Nordwehen ...

AF140632

Gewidmet dem Menschenkind,
das mir vor langen Jahren -
für eine schöne Zeit auf der Insel -
die Angst von der Seele genommen.

Bibliografische Information der Deutschen
Nationalbibliothek
Die Deutsche Nationalbibliothek verzeichnet diese
Publikation
in der Deutschen Nationalbibliografie, detallierte
bibliografische Daten sind im Internet über
http//dnb.dnb.de abrufbar

ISBN Nr. 9783 7392 47441

Herstellung und Verlag
BoD – Books on Demand, Norderstedt

Nordwehen ...
ein Inselsommer

Die kuschelige Bettwärme liegt seit einer halben Stunde hinter mir. Den Sprung aus dem Bett hätte ich heute Morgen gerne noch ein Stündchen weiter in den Tag hinein verlegt. Ein schöner Traum hatte mich nämlich die Nacht hindurch begleitet.

Während ich am Küchentisch vor einer dampfenden Tasse Tee hocke, kommt es mir vor, als wenn die rote 29 auf dem Abreißkalender neben der Küchentür immer größer wird. Irgendwie scheint sie sich ihrer Bedeutung bewusst zu sein.

Ein sonniger Aprilsonntag kommt langsam in das Puschen.

Mich treibt irgendeine Verpflichtung aus dem Haus. Niemand begegnet mir in dieser frühen Morgenstunde, sodass ich noch ganz für mich die Jungfräulichkeit des Tages genießen kann.

Einzig die Krähen in der kleinen Baumkolonie am Rande der Weide werkeln schon fleißig an ihren Horsten. Die Welt um mich herum ist noch unter sich, sie ist noch ohne technischen Lärm.

Die letzten Häuser bleiben hinter mir zurück. Ein Stück außerhalb des Ortes kommt mir ein Fahrzeug entgegen. Während es näher kommt, denke ich noch: Hee, ein Käfer mit Nienburger Kennzeichen - die Feriengäste hat es wohl auch nicht mehr in ihren

Betten gehalten. Vielleicht wollen sie zur Frühmesse in den nächsten Ort.

Langsam rollt das Auto an mir vorbei, und ein Gesicht im Innern des Wagens wischt an mir vorüber. Dieses Vorüberwischen hat im gleichen Augenblick vier Jahrzehnte meines Lebens mit sich genommen. Exakt genau vierzig Jahre. Damals war es auch am Tage nach meiner Mutters Geburtstag – am 29. April. Dieses Datum ist mir in die Seele gebrannt. Ich habe es die ganzen Jahre geahnt. In Momenten des Wissens habe ich es immer wieder verpackt, und sorgsam in die hinterste Lade verstaut. Doch plötzlich steht es im Licht - schöner und wertvoller als zuvor.

Ich bin auf einmal wieder der halberwachsene Junge von 1962. Ich bin längst kein Kind mehr, aber auch noch kein Mann. Ich bin ein Jüngling voller Gefühle - wie ein Meer voller Wasser. Genau so ruhig, genau so wild - genau so voll Zusammenhalt, und genau so voll innerer Zerrissenheit.

Ich fühle mich zurückversetzt auf die Insel Norderney. Seit einem Jahr ist dieser wunderschöne Sandhaufen vor der ostfriesischen Küste mein Platz zum Leben.
Die Ausbildung hat mich hierher verschlagen.
Zufällig. Natürlich nur vordergründig.
Eine Lehrstelle als Kellner hätte ich nämlich auch an

unserem Wohnort bekommen. In Wahrheit hat die Flucht vor meiner Mutter mich hier landen lassen. Die Flucht vor der fürsorglich liebenden, starken und bestimmenden Mutter. Ich muß gestehen - ich hatte genug, genug von der alles beschirmenden Mutterliebe. Bei ihr stand vielleicht die Furcht dahinter, etwas zu verlieren, was ihr doch ohnedies niemand nehmen konnte. Kinderliebe ohne Fesseln treibt doch viel mehr blühende Zweige.

Ich sitze an der Abbruchkante einer Düne. Es ist mein Lieblingsplatz während meiner freien Stunden. Im Staatsbad ist noch nicht viel los. Die Ostergäste haben die Insel gleich nach dem Fest wieder verlassen – sie stören nicht mehr die Idylle. Der Wind singt leise im offenen Gras und das Meeresorchester begleitet ihn. Ich kann mich jedesmal nur schwer von diesem Platz trennen. Im weiten Dünenland und auf dem langgestreckten Sandstreifen entlang des Wassers befindet sich außer mir kein menschlicher Zweibeiner. Die Möwen, die in schnellem Flug über die Brandung streichen, schackern beim Streit ums Futter. Der Kiebitz läßt hoch in der Luft sein helles Kiwit erklingen.

Widerstrebend erhebe ich mich, und lasse das vertraute Bild allein. *„Bis morgen ihr Lieben"*, rufe ich ganz laut in den pergamentfarbenen Himmel, und mache mich dann auf den Weg in die Stadt.

240 hungrige Kur- und noch gut ein halbes Hundert Hotelgäste warten darauf, bedient zu werden. Die Kurenden weilen als Versicherte der Knappschaft im dem „Kaiserhof" angegliederten Kurheim. Es sind in der Mehrheit staubgequälte Bergmannslungen. Frauen sind unter den Patienten in der Minderheit. Nur eine kleine Zahl der Kurenden nutzt jedoch die Gelegenheit zur Aufpäppelung ihrer angeschlagenen Gesundheit. Die meisten ziehen den Aufenthalt in den Dorfkneipen, oder ein Techtelmechtel mit dem Kurschatten irgendwelchen Heilbehandlungen vor. Sicher wird bei ihnen zuhause schon soviel an ihnen herumgedoktert, daß sie hier ganz einfach nur ein Stückchen Freiheit genießen möchten.

So ein Mist - jetzt hab' ich in meinen Gedanken versunken den falschen Weg genommen. Na, egal – es sind über die Kapdüne eh nur hundert Schritte weiter. Die Zeit reicht noch leicht. Mit irgendetwas im Kopf beschäftigt, drüdel ich an der alten Bake vorbei. Ich bin schon fast auf der anderen Seite, da weht mir ein freundliches „Häee" hinterher. Ich hab' gar nicht bemerkt, daß jemand auf den Findlingen unter der Bake sitzt.

Erschrocken drehe ich mich um - und tauche in der Sekunde in eine andere Welt.

Ich sehe ein Mädchengesicht vor mir, und spüre zugleich einen Schwarm bunter Schmetterlinge im Bauch. Ich müßte jetzt etwas sagen, doch ich bin stumm wie ein Fisch im Wasser. In meinem Hals sitzt ein Kloß, der so groß ist wie der runde Vollmond.

Die Gestalt vor mir erscheint mir wie eine Märchenfee. So wie sie sich von den Steinen erhebt, und zwei Schritte auf mich zukommt. Wir stehen uns schweigend gegenüber. Ich kann ihr nur in die Augen sehen. Es sind große, blanke, grüne Augen. Sie sind so tief wie ein Bergsee, und so warm wie die Sonne, die hinter meinem Rücken eintaucht in den fernen Horizont.

Wieviel Spannen Zeit wir so dastehen, kann ich nicht sagen. Mir scheint es wie ein Flug durch die Ewigkeit.

Festen Grund unter den Füßen spüre ich erst wieder, als unsere Lippen sich voneinander trennen. Ich weiß - ich befinde mich auf der guten alten Erde. Aber der Himmel hat sich für mich aufgetan. Hat mein Engel mich den Weg geführt? Ich glaube es ganz fest, denn Edeltraud - so heißen die strahlenden Augen - ist auch nicht an dem Platz, an dem sie eigentlich sein wollte.

Wir können beide nicht viel reden - genau genommen sagen wir gar nichts.

Da ist nur Nähe, da ist nur einander fühlen und streicheln. Die Schmetterlinge in mir wollen nicht

zur Ruhe kommen. Die einzigen Worte, die wir gleichzeitig nach einem endlos letzten Kuss flüstern, sind: *„Bis morgen Abend."*
Wir wissen beide, daß wir die gleiche Stelle, und die gleiche Zeit meinen.

Der Weg nach Hause ist für mich wie ein fliegen durch rosarote Wolken. Zuhause angekommen, laufe ich allerdings auf der Stelle. Herrgott noch mal, wie lang können vierundzwanzig Stunden sein. Für den nächsten Abend hat mein sonst so gestrenger Chef mir freigegeben. Ich glaube, er hat das Glück in meinem Gesicht leuchten sehen, und daraus seine Schlüsse gezogen.

Eine Stunde vor der Zeit habe ich mich schon mit beschwingtem Schritt zur alten Bake aufgemacht, und wen sehe ich kurz darauf über den Dünenweg schweben? Meine geliebte Herzensblume. Es war also doch kein Traum. Den ganzen Tag über habe ich gebangt und gefürchtet, am Abend aus einem schönen Bild gerissen zu werden.
Wie ich das letzte Stück des Weges so schnell hinter mich gebracht habe, weiß ich nicht. Liebe verleiht wohl doch Flügel. Wir liegen uns in den Armen, als wenn zwei Teile eines Ganzen wieder zusammengefügt worden sind.
An diesem Abend gehört die einsame Weite der Dünen uns allein. Eine neue, eine andere Welt hat sich

für uns aufgetan. Wir lieben uns mit einem Feuer das uns verbrennt - und doch keine Asche hinterläßt. Wir klammern uns aneinander wie zwei Ertrinkende im riesigen Meer. Immer und immer wieder.

Lange nach Mitternacht liegen wir zusammengekuschelt am Fuß des alten Leuchtturms. Über uns hängt der strahlende Kranz des Leuchtfeuers – unter uns knistert das noch wintersspröde Dünengras. Das erste Mal in meinem Leben fühle ich mich frei von Angst. Frei von der Angst, irgendetwas irgendjemandem nicht recht gemacht zu haben. Es fehlt plötzlich dieses teuflisch beklemmende Gefühl, das mir in der Vergangenheit zum Ergötzen meiner älteren Geschwister oft den Atem abdrückte.

In der Halsbeuge spüre ich das weiche Haar meiner Fee. Ihm entströmt ein Duft, der mir die Sinne nimmt. Im Paradies kann es nicht lieblicher gerochen haben.
Irgendwann in der Nacht machen wir uns notgedrungen auf die Füße. Der lange Weg vom Leuchtturm bis in die Stadt ist uns aber noch viel zu kurz.
Wissen wissen wir noch nicht viel über uns - kennen kennen wir uns schon ewig, so scheint es mir. Wir sind uns bestimmt nicht zufällig hier auf der Insel begegnet.

Vor dem Seehospiz trennen wir uns wie Zwei, die

einander nicht loslassen können. Edeltraud taucht rückwärts gehend in den dunklen Gängen unter, und ich - ich stolpere wie ein Blinder ohne Herz und Seele zum Kaiserhof. All dies ist bei ihr geblieben. Morgen - jubelt es in mir - Morgen bekomme ich es zurück.

Mein Schlaf ist in Träume gebettet. Es sind Traumbilder, die mich in Glück und Wärme wiegen, wie niemals zuvor.

Ich fühle mich wie am Beginn einer schönen Reise.

Die Arbeit läuft mir am nächsten Tag von der Hand, als wenn ich mit schnellerem Tempo die Stunden der Trennung verkürzen könnte. Es ist seliger Trug - ich weiß es ja - und trotzdem scheint es mir so.

Manoman, im Speisesaal läuft es heute auch überhaupt nicht. Als wenn die Kurgäste alle nichts Besseres vorhaben. Sonst geht es ihnen mit dem Essen gar nicht schnell genug, weil Kneipe, Tanz und Kurschatten warten. Das ist Heute anders. Es wird an den Tischen im Speisesaal geschäkert und herumgealbert - als wenn man alle Zeit der Welt hätte. Oder scheint es mir nur so, weil mich meine Liebe zieht?

Verdammt noch mal, denke ich – nun lüftet endlich eure Hintern und verzieht euch. Unsere Glücksstunden sind doch begrenzt. Sie sind eingeschnürt in das Korsett eiserner Regeln.

In Regeln von Nichtverliebten, in Regeln von verbiesterten Vorgesetzten und strengen keuschen Ordensschwestern. Am liebsten möchte ich den Trödelsusen im Saal Feuer unter den Stuhlsitzen machen, um sie in Bewegung zu bringen. Das tue ich natürlich nicht. Ich halte ganz schön meine Klappe und schweige. Stattdessen schmiede ich im Stillen Rachepläne gegen jeden, der mich auch nur vermeintlich um Minuten meiner Seligkeit bringt.

Endlich - endlich bin ich auf dem Weg zum Treffpunkt. Jeder Rekordhalter würde gegen mich unterliegen. Noch ein paar Schritte, und ich habe die Waldkirche erreicht.

Hohe Bäume säumen den Andachtsplatz in der Dünenmulde. Einsame Leere empfängt mich. Kein bunter Farbklecks ist zu sehen - kein erwartungsfrohes Häee ist zu hören.

In meinem Kopf schlagen die schwärzesten Gedanken Purzelbaum. Hinter jeden Stamm schaue ich, hoffe irgendwo mein Glück zu entdecken, und finde nichts.

Vor Enttäuschung könnte ich ins Gras beißen. In diesen Wirbel verrückter Gedanken dringt plötzlich ein silbernes Lachen. Es weht in meine Ohren wie der Klang von lieblichen Glocken. Edeltraud liegt - wie hingegossen - oben auf dem riesigen Findling, der während der Sommergottesdienste als steinerner Altar dient.

Dieses süße Biest hat mich absichtlich leiden lassen. Umso höher schlagen kurze Zeit später die Wogen über uns zusammen. Bis zur Erschöpfung lieben wir uns auf dem geweihten Stein.

Der liebe Gott hat den Schirm des Verstehens über uns gebreitet. Er sorgt dafür, daß uns kein anderes Wesen stört.

Als unsere Herzen den sanften Gleichklang wiedergefunden haben, machen wir uns zufrieden auf den Weg in unsere Welt. Die ruhige Weite des Insellandes wartet auf uns.

Es erscheint mir verrückt. Wir sind anscheinend wie zwei Hälften einer Seele umhergeirrt, bis wir uns hier auf der Insel gefunden haben. Wir gehen, wir stehen, wir setzen uns in den Sand – stets im Gleichklang. Wir brauchen keine Worte der Verständigung, bei dem was wir tun.

Die Zeit hat für uns Halt gemacht, auf ihrer Reise durch die Ewigkeit. Diesen Abschnitt des Verweilens hat sie uns beiden geschenkt. Zum Erzählen, und zum öffnen des Herzens, in dem so vieles eingeschlossen ist wie in einem tiefen Kerker.

Traudes Zuhause ist ein kleines Häuschen am Rande Nienburgs. Es ist ein verwunschenes Häuschen am Waldrand. Ihr Vater ist fanatisch religiös. Er ist ein Mann von kleiner Statur, aber dafür unerbittlich der Familie gegenüber in der Befolgung seiner Lebensregeln.

Die nächste Kirche ist für regelmäßige Gottesdienst-Besuche zu weit weg, also muß die Familie jeden Sonntagmorgen - im Feiertagsstaat - um sieben Uhr früh in der Küche versammelt sein.

Der Radiosender Luxemburg überträgt um diese Zeit in seinem Mittelwellenprogramm regelmäßig die Evangelisation von Werner Heukelbachs Zeltmission.

Die Mama dagegen ist großherzig, und voller Liebe zu den Kindern. Ohnmächtig ist sie aber gegenüber dem religiösen Eiferer, der ihr Mann ist.

Gottergeben ist sie in Leben und Schicksal - auch wenn es in Teufelsgestalt daherkommt. Schützen will sie ihre Kinder vor den Folgen der Vergangenheit des Vaters. In der ostdeutschen Heimat sah des Vaters Leben bis Kriegsende nämlich ganz anders aus.

Mit einer Namensänderung während der Flucht vor der anrückenden Roten Armee hat er versucht dieses Leben hinter sich zu lassen, um am Ende als Kerkermeister bei der Religion zu landen.

Zehn Geschwister hat meine Edeltraud noch. Sie alle leiden unter diesem Zuhause - und lieben es doch. Allein schon wegen der Mutter.

Nach ihrer Schulentlassung hat Edeltraud das Schneiderhandwerk erlernt. Es sollte ihr als Grundlage für ein Leben als Diakonisse dienen. Es war ein Diktat ihres Vaters, dem sie auch ihren Dienst auf Norderney verdankt. Das Seehospiz ist Kinderheim und Klinik eines evangelischen Ordens, in dem strenge Regeln für den Lebenswandel der Bediensteten herrschen. So ist es ihm wenigstens vom Gemeindepastor dargelegt worden.

Nach Meinung des Vaters ist dies ein geeigneter Aufenthaltsort für ein unschuldiges, junges Mädchen ausserhalb des Elternhauses.

Dass auch unter der Leitung von Diakonissenschwestern häufig die Zeit der Inquisition der Vergangenheit angehört, hat der Pastor seinem fanatischen Glaubensbruder weise verschwiegen, wenn er es denn selber schon wusste

Er hat vielleicht gedacht, Schweigen zur rechten Zeit ist keine Sünde.

Sie fragt sich oft, was der Vater wohl unter Unschuld versteht, denn das was sie als Zehnjährige durch einen wesentlich älteren Bruder über sich ergehen lassen musste, war von den Eltern als eine Lüge von ihr abgetan und dementsprechend geahndet worden.

So ist sie ins Seehospiz gekommen. Nicht ohne das feste Versprechen der Schwestern für den Vater, seine Tochter gottgefällig zu behüten. Ein Jahr ist sie schon auf dem Eiland. Sie hat hier – weitab von zuhause - ihre Liebe zur wilden, einsamen Schönheit der See entdeckt. Sie dankt ihrem Gott - der doch so anders sein muß, als wie ihn der Vater immer darstellt. Wie hätte er sie sonst so glücklich gemacht.

Gleich in den ersten Tagen ihrer Verbannung, in den behüteten Hort der Unschuld, ist ihr eine Frau über den Weg geschickt worden, die fortan um sie blieb wie eine Sonne - die herzige Oma Lüders.
Oma Lüders ist alt, und ihr Rücken von der Last des Lebens gebeugt. Sie muß trotz ihres hohen Alters täglich noch etwas dazu verdienen. Ihre Rente – die so schmal ist wie ein Handtuch - reicht nicht einmal für das zum Leben Notwendigste. Die Mutter Oberin gewährt ihr ein Zubrot - auch wenn sie nicht mehr so flink durch die Gänge saust wie wohl die jungen Mädchen es vermögen.

Oma Lüders ihr Zuhause ist eine ehemalige Wehrmachtsbaracke, die den Krieg überdauert hat. Zwischen Siedlung und Stadt steht sie einsam am Weg in die Dünen.
Vom Notquartier hat sich das Holzhäuschen zum schönsten Wohnplatz auf der Insel gemausert. Wir beide empfinden es jedenfalls so.
Wenn man durch die hohe Dornenhecke in das Geviert des Gartens tritt, wähnt man sich in eine andere Welt versetzt. Die fühlbare Liebe zur Natur überrollt mich beim ersten Besuch wie eine Woge von Zufriedenheit und Glück. Bei Oma Lüders sitzen und Tee trinken, das bedeutet für uns jedesmal so etwas wie eintauchen in Geborgenheit, Wärme und

Zuversicht.

Die alte Frau sitzt dann in dem uralten Lehnstuhl, der nahe beim Ofen steht. Er ist für sie ein Stück Heimat, noch von ihres Großvaters Händen aus ostpreußischem Holz getischlert.

Den weiten Weg von Gumbinnen - nahe der russischen Grenze - bis auf diese Nordseeinsel hat sie den Lehnstuhl auf ihrem Handwagen gezogen.

Damals saß auf weiten Strecken ihre betagte Mutter im Stuhl auf dem Leiterwagen, wenn die müden Beine ihr den Dienst versagten. Ohne den Stuhl auf dem Leiterwagen hätte ihre Mutter es niemals bis auf diese Insel geschafft.

Im Februar neunundvierzig hat der liebe Gott sie dann zu sich geholt. Was von ihr blieb liegt auf dem Inselfriedhof - ein Fußbreit neben dem Glockenturm.

Zu gerne wäre sie in der Heimat, inmitten der ostpreußischen Seen, zur letzten Ruhe gebettet worden.

Wenn des Sonntags in der Frühe die Glocken zum Gebet ins Gotteshaus rufen, dann erzählt Oma Lüders ihrer Mutter, was so die Woche über auf der Insel passiert ist, und wie sie das Leben ohne sie handhabt. Ich spüre, es liegt ihr viel an diesen Zwiegesprächen.

Ein anderes Stück Heimat in ihrer Küche - das kleine, buckelige Sofa - hat sie für ihre Liebesleute, wie sie oft sagt, für Edeltraud und mich reserviert.

Wenn wir im schummerdüster, eng aneinanderge-
schmiegt, auf dem verblichenen Samtbezug kuscheln, dann versinkt alles um uns her.

Der Lichtkreis der Petroleumlampe, die auf der hellen, sorgfältig gescheuerten Tischplatte steht, hält alles was sich nicht in ihm befindet, von uns fern.

Das Feuer im eisernen Küchenherd knistert und
knastert, als wenn wir im Herbst durchs trockene
Unterholz des Inselwäldchens laufen.

Durch die Risse und Schrunden, in der schwarzen,
blank geputzten Kochplatte, werfen die züngelnden
Flammen geisterhaft tanzende Sprenkel an die, von
Kochdunst und Rauch in langen Jahren braun
gefärbte, niedrige Küchendecke. In diesen Stunden
der Muße gibt es nur uns Drei. Die Welt führt in
diesem Stück Zeit ihr Hasten und Treiben ohne uns.
Oma Lüders Erzählen nimmt uns beide jedesmal mit
auf die Reise - zurück in eine Geschichte, die wir
zum Glück nicht erleben durften. Stundenlang könnten wir sie so begleiten.

Tja - und dann sind da die Abende, an denen Oma
Lüders nicht erzählt.

Sie fühlt, wenn uns etwas bedrückt - und schweigt.
Nur ihre zerfurchte, schwielige Hand sucht dann unsere Hände, oder sie fährt sacht über den Kopf
meiner Fee – so sacht, als wenn ein Engelsflügel
vorbei streicht.

Ganz von selbst fängt dann unser Kummer an zu

fließen. Worte und Sätze werden zu einem Bach, und Oma Lüders zeigt ihm den Weg, damit er in das große Meer der Erleichterung fließen kann. Jede Sorge, und jedes Bedrücken, verwandelt sie in einen frohen Abschied.

Oma Lüders weites Herz streut Blumen über jedes schwarze Erinnern. Die Teestunde ist meist der Einstieg in einen solchen Abend.

Unser Begehren aufeinander stillen wir, wenn Wetterpetrus es zulässt, in unserem weiten Dünenland. Oma Lüders weiß davon – nur, darüber spricht sie nicht. Nie nicht einmal eine Andeutung in diese Richtung hören wir von ihr.

Heute Abend geht sie zum Abschied mit uns bis vor die Dornenhecke. Zum ersten Mal begleitet sie uns beim weggehen hinaus. Bevor sie sich umwendet, um wieder ins Haus zurückzukehren, sagt sie noch:

„Kinners, morgen müßt ihr mir alten Tante einen Gefallen tun. Ich muß Morgen aufs Festland, um was Dringendes in Norden zu beschicken."

Das klingt richtig amtlich, doch als sie weiter spricht, wird ihre Stimme weich:

„Die Katze muß versorgt werden, und ich mag das Haus über Nacht nicht allein lassen. Hier ist ein Schlüssel von der Hintertür. Bleibt Morgen über Nacht man hier. Und - mein Deern - die Schwester Oberin hab' ich gefragt, die hat da niks gegen, daß du eine Nacht auf mein Haus acht gibst."

Edeltraud öffnet verdattert den Mund, als wenn sie etwas entgegnen wolle, doch Oma Lüders kommt ihr zuvor.

„Ich will keine Ausreden hören. Das ist eine abgemachte Sache. Wir seh'n uns übermorgen wieder. Paßt man schön auf alles auf."

Unsere Sprachlosigkeit haben wir noch gar nicht abgeschüttelt, da stehen wir auch schon allein auf dem Weg. Das erste Mal können wir eine ganze Nacht zusammenbleiben. Ganz allein im Haus, in einem Bett. Oma Lüders hat mich ja mit einbezogen in ihr: ‚passt man schön auf alles auf'. Sie hat es geschafft. Die Überraschung ist ihr gelungen.

Heute Abend fällt uns das Auseinandergehen leichter. Ich denke nur an Morgen. Traude scheint es nicht anders zu ergehen, denn auf dem Weg zum Hospiz fällt zwischen uns nicht ein einziges Wort. Nur unsere Hände sprechen eine beredte Sprache.

Dich scheint's ja gewaltig erwischt zu haben, stellt mein kluger Chef so ganz beiläufig fest, als ich ihn am nächsten Morgen nach dem Frühstück um eine Freinacht bitte. Als er das sagt, strahlt er gar nichts ‚Beißerhaftiges' aus, so wie wir es sonst an ihm kennen, wenn ein Begehren unsererseits die Ordnung stört. Plötzlich sieht er eher aus wie eine lächelnde Bulldogge. Entgegen allen bisherigen Erfahrungen, die wir Lehrlinge in solchen Dingen mit ihm gemacht haben, meint er nur:

„Das kriegen wir schon hin - aber paßt gut auf, ihr Beiden."

Wieder höre ich dieses: *„Paßt gut auf"* - harrijeses - können denn mit einem,mal alle um mich herum hellsehen?

Na - und wenn schon. Das ist mir dann auch egal.

Nur mit den Schmetterlingen im Bauch muß ich den Tag über alleine fertig werden. Sie flattern und flattern, und wollen sich überhaupt nicht in ihre Blütenbäume setzen. Die können auch wohl in die Zukunft schauen. Wenigstens bis in die folgende Nacht.

Mit dem Abräumen der Kaffeetische ist für mich am Nachmittag die Arbeit beendet. Duschen und Umziehen muß ich Heute nicht im Eilzugtempo hinter mich bringen. Vor einer guten halben Stunde zog meine Liebste nämlich noch mit ihrer Kindergruppe auf der Strandpromenade am Kaiserhof vorbei. Sie hat um die normale Feierabendzeit Dienstschluß. Um Liebesurlaub kann sie die Schwester Oberin ja schlecht angehen.

Meine Hochstimmung leidet darunter nicht - eine ganze, lange Nacht liegt ja vor uns.

Abholen vom Seehospiz muß ich mein Glück aber doch. Die große Normaluhr am Denkmal in der Stadtmitte geht auf halb sechs zu, als ich lostöffel. Jetzt aber man gau, sonst bin ich doch noch zu spät am Seehospiz.

Auf dem Weg springe ich schnell noch bei Feinkost Bakker rein, um eine Schachtel Feodora, und eine Mediumflasche Fürst Metternich zu kaufen. Meine private Trinkgeldkasse wird angesichts dieser Ausgabe zwar eine mächtige Delle bekommen, aber heute möchte ich sonst was tun.

„Hast du heute Abend was Besonderes vor", will Claas Bakker von mir wissen, als ich mein Kaufbegehren von mir gebe. Stifte mit zwanzig Mark Lehrlingsgeld im Monat kaufen wohl nicht so häufig Pralinen und Sekt in seinem Laden.

Außerdem scheinen sich alle, denen ich heute begegne, auf mich einzuschießen. Jeder will etwas von mir erfahren. Ich bin doch kein Auskunftsbüro - oder sieht man mir etwa an, daß ich vor Glück rein aus dem Häuschen bin?

Pfeifend und trällernd schlendere ich die Beneke-Straße hoch – in Richtung Seehospiz. Zehn Minuten muß ich mich denn doch noch gedulden, als ich das große Tor erreiche. Mein Gott, hat vielleicht jemand die Uhrzeiger angehalten? Sie bewegen sich ja gar nicht vorwärts.

So ein Quatsch, denk ich dann wieder - aber es kommt mir einfach so vor.

Heiße Ohren hat mir das Denken an die Nacht schon beschert, als endlich meine Märchenprinzessin aus dem Halbdunkel auftaucht.

Wie eine Elfe erscheint sie mir heute. Ein gelber

Rock tanzt um ihre wunderschönen Sommerbeine. Die langen seidigen Haare - sonst sittsam in einem Knoten zusammengefasst - wehen wie ein goldener Schleier um ihr strahlendes Gesicht. Ich kann mich nicht von der Stelle rühren - bis sie in meinen Armen liegt. In ihren Augen glitzert es verräterisch - ein paar Glückstränen schwimmen auf dem grünen See. Können zwei Menschen nur durch ihr Zusammensein vor Seligkeit überströmen? Ich kann die Antwort nicht geben - ich kann sie nur fühlen. Würde die Schwester Oberin uns jetzt sehen - wir bräuchten ihr bestimmt nichts mehr zu erklären.

Hand in Hand bummeln wir aus der Stadt hinaus, dem Anger zu. Vom Rande des Argonnerwäldchens her beobachtet uns eine Ricke. Sie steht zwischen den maigrünen Büschen. Im Frühling wechseln die Tiere von den ostfriesischen Mooren auf die Insel über. Sie benötigen dafür keinen Wattführer.
Unser Reh zeigt keine Scheu. Auf zehn Schritte Entfernung läßt es uns an sich vorüberschlendern.
Es äugt mit großen braunen Lichtern zu uns her. Die Ricke läßt ihre Lauscher spielen, als ob sie sagen wolle: *Vor euch fürchte ich mich nicht – ich wünsche euch viel Glück, ihr Beiden.* Als wir uns ein wenig von ihr entfernt haben, dreht sie langsam bei, und verschwindet im Dickicht.

Die Franzosenschanze hat sich wie eine Wand zwischen uns und den neugierig blitzenden Fenstern der letzten Häuser des Dorfes geschoben. Als wenn der Schutzwall weiß, daß wir uns hochnötig umarmen und liebhaben müssen, um unseren drängenden Gefühlen ein Ventil zu öffnen.

Oma Lüders Dornenhecke ist noch gar nicht in Sicht, da haben wir schon den Duft der aufbrechenden wilden Rosen in der Nase.

Nun hält uns aber nichts mehr. Unsere Beine werden wie von selber immer schneller. Einen Schritt machen wir noch durch die Rosenhecke, und sind dann mitten in unserem verwunschenen Reich.

Glücklicher können Dornröschen und ihr Prinz auch nicht gewesen sein. Die rote Lilly liegt zusammengerollt auf dem Dach des alten Ziehbrunnens. In vollen Zügen genießt sie die wärmende Maiensonne. Ein halbes Auge schenkt sie uns nur als Beachtung, denn noch ist ja nicht Futterzeit.

Wenn ihr Magen knurrt, dann sind es zwei Augen, ein erhobenes Köpfchen, ein krummer Buckel, ein hoch aufgestellter Schwanz, und ein begehrliches Schnurren. So sehr unterscheiden wir warmblütigen Geschöpfe uns in gewissen Situationen da gar nicht voneinander.

Meine Prinzessin ist schon im Inneren des Häuschens verschwunden. Ich höre von ihr einen hellen Schrei, eile ihr nach - und bleibe in fassungslosem Erstaunen unter der Tür stehen.

Ich merke, wie eine feuchte Spur meine Wangen zeichnet. Traudel nimmt ganz zärtlich meinen Kopf in ihre Hände und küßt sie mir fort. Als wenn ein Fabelwesen mir etwas flüstert, weht ihre Stimme in mein Ohr: Oh, wie ich dich liebe - deine Tränen streicheln meine Seele.

Seltsam – ich empfinde keine Scham über meine Tränen, sondern Freude breitet sich in mir aus. Freude und Glück - und eine unendliche Wärme. Es ist mir, als wenn ich die Sonne in meinen Armen halte.

Wir stehen wie Eins in der Küche - schauen um uns zu - schauen uns an, und flüstern:

„Liebe, liebe Oma Lüders."

Zu mehr sind wir einfach nicht fähig. Die Küche, und die angrenzende Kammer sind ausgeschmückt wie zu einer Hochzeit. Den Küchentisch ziert ein steif gestärktes, damastenes Tischtuch. Drei blutrote Rosen neben zwei schneeigen Kerzen in einem silbernen Leuchter zieren den Tisch. An der Seite unseres Kuschelsofas stehen Gläser aus feinstem Kristall und eine Flasche edlen Burgunders.

Das Bett in der Kammer sieht aus, als wenn es vom Himmel gefallen wäre. Das wolkendicke, strahlendblaue Bettzeug ist schon einladend aufgeschlagen.

Der Herd ist zum anzünden vorbereitet - wir brauchen bloß noch ein Streichholz anreissen.

An der Vase auf dem Tisch lehnt eine vergilbte Hochzeitfotografie. Sie zeigt einen Soldaten des

Kaisers, und seine Braut. Es sind Oma Lüders und ihr Mann.

Auf der Rückseite steht, wohl mit zitternder Hand geschrieben:

„Dies ist mein Dankeschön für euer Geben. Die Liebe zwischen zwei jungen Menschen ist das Schönste, was der Herrgott uns schenkt. Mir wurde sie in der Jugend versagt. Lebt sie für mich mit - eure alte Oma Lüders. "

Es dauert geschlagene fünfzehn Minuten, bis wir wieder klar blicken können. Oma Lüders hat mit ihren Worten eine Quelle freigelegt, aus der das Herzenswasser nur so sprudelt.

Das trübt aber nicht die Stimmung, sondern ganz im Gegenteil hat es mein Ungestüm eher sachte gebremst.

Als wir endlich im Bett liegen, hülle ich mein Liebstes in Berge von Zärtlichkeit. Ihre Wärme bringt die Pralinen, die ich auf ihrem Körper verteilt habe, zum schmelzen. Meine Zunge schleckt emsig die Schokolade von ihrer Haut. Wir treiben uns mit unseren Liebkosungen in schwindelnde Höhen, um dann mit einem Jubelschrei in die Tiefen der Erlösung zu fallen. Am Grunde angekommen denke ich, ich bin tot.

Bin ich tot? - nein ich lebe, ich lebe die schönste Sache der Welt - ich liebe das schönste Mädchen der Welt. Diese kleinen Tode der Liebe möcht ich jeden

Tag tausendmal sterben – jedesmal mit einem fröhlicheren Herzen.

Wie kann sich lieben doch schön sein.

Unsere Stunden auf dem Meer des Vergessens werden vom heimeligen Licht der Petroleumlampe umfangen.

Von dem guten Roten haben wir bislang nur ein winziges Gläschen getrunken - mehr Zeit gibt die Liebe nicht her. Sie zeigt uns die Sterne des Lebens – sie treibt uns von Himmels- zu Himmelsrand.

Den Sekt wollen wir mit Oma Lüders nach ihrer Rückkehr gemeinsam genießen.

Zwischen den wirbelnden Lustreigen muß ich immer wieder verzaubert meine Märchenfee betrachten. Ich sehe das weiche Gesicht in den Wolkenbergen ruhen. Alles Glück ist in ihm vereint, als wäre es gelöst vom Gestern und vom Morgen.

Mitternacht ist lange vorüber, als wir uns zusammenkuscheln wie Zwillinge im Mutterleib.

Wohlbehütet in der Wiege des Lebens.

Träume ich oder ist es Wirklichkeit? Ich spüre ein zartes Lippenpaar auf meiner Stirn, auf meinen Wangen, auf meinem Mund. Ein zartes Vögelchen zirpelt an meinem rechten Ohr, und flüstert mir zu: *„Ich liebe dich - ich liebe dich - ich liebe dich."*

Der Schlaftraum weicht, und das Vögelchen zirpelt immer noch an meinem Ohr. Es hüllt mein Gesicht in einen goldenen Baldachin verführerisch duftender

Haare.

Du Langschläfer - das Frühstück ist fertig. Dieser Satz bringt mich dazu, mit beiden Beinen zugleich aus dem Bett zu springen. Halt - du hungriger Wolf. Willst du nach den Stunden des Schlafes nicht erst deine Wölfin begrüßen - sagt meine innere Stimme. Diese Mahnung hätte sie sich sparen können. Die strahlenden Augen und der lockende Mund meiner Zauberfee, eingesponnen in einen Kokon weiblichen Duftes, hindern mich ohnedies am Aufstehen.

Was wäre es, so einen Tag zu beginnen, ohne sich der Liebe zu beugen. Das beste Frühstück der Welt wird dadurch nur immer noch besser. Es werden schon noch genug einsame Morgen folgen, an denen ein trockenes Brötchen die einzige Freude sein wird.

Weise, wie meine Prinzessin nun einmal ist, brüht sie den Tee erst auf, als unser Verlangen wieder auf ruhigerem Wasser schwimmt.

Irgendjemand hat es so eingerichtet, daß wir beide einen gemeinsamen freien Tag haben. Da ich niemanden aus meiner Bekanntschaft in diese Möglichkeit einbringen kann, hat Oma Lüders ganz bestimmt ihre ordnende Hand im Spiel gehabt. Dieser gemeinsame freie Tag schließt sich, auch sicherlich nicht rein zufällig, an Oma Lüders Reise auf das Festland an.

Unserer Nacht in der Sternenwelt der Liebenden folgt ein sanftes Gleiten, wieder hinunter auf die erwachende Erde.

So eine Reise möchte ewig dauern, doch das haben Reisen meist nicht so an sich.

Den Tag über werkeln wir gemeinsam im Garten, um unserer Wohltäterin ein wenig Arbeit abzunehmen. So wie Gott uns schuf bestellen wir den Acker. Es ist ein herrliches Gefühl, sich hüllenlos in der Natur zu bewegen.

Um sechs Uhr nachmittags wird Oma Lüders mit der letzten Fähre auf die Insel übersetzen. Wenn wir mit ihr vom Dampfer kommen, soll ihr Heim wieder so sein wie zuvor. Mit dem blank gescheuerten Küchentisch vor dem Sofa, und auf dem Bett in der Kammer die bunt gemusterten Laken, unter denen sie immer schläft - ganz so, als sei nichts geschehen.

Traudel konnte aber nicht umhin, das Hochzeitsfoto von Oma Lüders, inmitten eines großen Herzens aus Heckenrosen, auf den Küchentisch zu legen.

Ich habe mich noch schnell auf die Socken gemacht, um von meinem Freund Bent einen dicken, frisch geräucherten Aal zu besorgen. Für einen Smoortaal würde Oma Lüders sterben - das wußte ich - nur leisten würde sie sich ihn nie. Ihre Spargroschen ausgeben, um uns damit eine Freude zu bereiten - ja. Sich selber einen Räucheraal leisten - unmöglich.

Oma Lüders ist wohl ein Mensch, der von Gott geschickt wurde, um die Erde reicher zu machen.

Fünf Uhr am Nachmittag. Es ist die Stunde der Sanftmut. Um diese Zeit sind alle Menschen nett zueinander. Liegt es am Tee, der überall gereicht wird, oder ist es, weil das grelle Hastvergnügen des Tages vorüber ist – weil Atem geschöpft wird zwischen den Stundenzeiten? Die Lösung wird uns wohl verborgen bleiben. Etwas anderes bleibt uns nicht verborgen – es wird uns beim Einlaufen der Fähre offenbar. An der Reling steht Oma Lüders - und neben ihr, in ihrer Amtstracht weithin sichtbar, die Schwester Oberin. Seltsamerweise scheint es uns überhaupt nichts auszumachen. Unsere Liebe hat uns die Angst vor Racheengeln genommen.

Na ja, wohl nicht so ganz - ein wenig klüterich ist uns schon im Magen. Traudel allerdings merklich weniger als mir. Frauen sind da eben gefestigter. Das sage ich laut – und gegen den Protest anwesender männlicher Spezies, die am liebsten sofort auf die Festungswälle steigen möchten, um ihre Stellung zu verteidigen.

Hektisches Gedränge herrscht am Kai. Die Wartenden scharen sich um die schwankende Schiffstreppe. Jeder will „seinen" Ankommenden zuerst begrüßen.

Wir stehen etwas außerhalb des Menschenknäuels - was kommt, das kommt noch früh genug. Alles ruft und winkt und redet durcheinander - und plötzlich schweigt der ganze Haufen. Als sich die Menge teilt bildet sich eine Gasse. Es ist wie ein Spalier, durch das nun Seite an Seite unsere Oma Lüders und die Schwester Oberin schreiten. Wir stehen plötzlich nicht mehr am Rande, sondern bilden den Mittelpunkt des Ganzen.

Die beiden alten Damen laufen auf uns zu. Tausend böse Vorahnungen schwirren in meinem Kopf hin und her. Wir vier stehen uns gegenüber - keiner von uns sagt ein Wort. In dieses fühlbare Schweigen hinein hebt die Oberin die Arme - legt ihre Hände auf unsere Köpfe und sagt, für die große Schar klar zu hören: Gott segne euch - meine Kinder.

Na - das wird Gesprächsstoff für die Insulaner sein. Und nicht bloß für heute.

Unendlich schöne Male zeichnen meiner Liebsten Gesicht - ihr innerer Frieden hat sich ein Bild geschaffen. Oma Lüders steht ihr in nichts nach, ihr Antlitz zerfließt vor Seligkeit. Sogar ihren vielen Fältchen und Runzeln hat ihr Glück heute freigegeben.

Zwischen den brummenden Motordroschken auf dem Hafenplatz verlieren sich die wenigen Landauer, die es noch auf der Insel gibt. Sie sind das ruhige Fortbewegungsmittel für Gäste mit Muße und Moos.

Die großen blaugelben Inselbusse der Kurverwaltung

stehen in Reih' und Glied vor der Hafenmeisterei. Damit fahren die Inselbesucher, denen es an beidem mangelt. Die haben nicht soviel klingende Münze im Beutel, dafür aber meist mehr Platz im Kopf für die Schönheiten dieser kleinen Welt in den Watten der Nordsee.

Die Schwester Oberin wird standesgemäß von der hospizeigenen Kutsche erwartet. Der Kutscher in seiner schlichten Uniform hat schon ihr Gepäck verstaut. Er will gleich - nachdem die beiden Damen eingestiegen sind - die Pferde in forschen Trab bringen. Ein Zuruf seiner Chefin läßt ihn zögern. Die Oberin fordert uns nachdrücklich auf, zu ihr in die Kutsche zu steigen. Das haben die Menschen auf dem Hafenplatz auch noch nicht erlebt.

Nachdem wir unsere Verblüffung überwunden haben, lassen wir uns nicht ein zweites Mal bitten. Ohne in die Runde zu schauen, klettern wir in die Kutsche, und schon geht die Fahrt los.

Mit keinem Wort werden wir Verliebten in Verlegenheit gebracht. Erst nachdem die Oberin uns drei an der Dornenhecke abgesetzt hat, beugt sie sich aus der Kutsche heraus, fasst uns an den Händen und sagt in ostpreußischer Mundart:

„Der liebe Gott hat schon viel, viel größere Sünden vergeben.“

Sie läßt uns zwei Kinder mit offenen Mündern stehen, und fährt augenzwinkernd davon.

Oma Lüders ist währenddessen schon im Haus verschwunden. Unsere heftige Umarmung wird begleitet vom klappern des Teekessels, das bis zu uns nach draußen dringt. Es scheint mir, als ob sie aus Erklärungsnotstand etwas forsch mit dem kupfernen Wassersieder umspringt. Als wir nach geraumer Zeit in die Küche treten, sitzt Oma Lüders am Küchentisch. Das Kinn hat sie auf die Hände gestützt, und badet das Heckenrosenherz in Tränen. Keinen Laut hört man von ihr. Die Entsagungen ihres ganzen Lebens fließen in diesen Minuten aus ihren gütigen Augen. Wir schließen leise die Tür hinter uns, und lassen sie für eine Weile allein. Der Zaubergarten hört auch von uns in der nächsten Stunde kein lautes Wort. Zuviel müssen wir zwei, nun eng aneinander geschmiegt - auf die Reihe bringen. Als Sinn und Auge wieder etwas Luft bekommen, gibt es endlich den verdienten Tee. Nach den vorhergegangenen Ereignissen bekommt er uns jetzt doppelt gut.

Unsere schweigende Teestunde läßt mich einen langen Abend ahnen. Auf der letzten Tasse Tee dehnt sich noch wohlig das Rahmwölkchen, als Oma Lüders sich aus ihrem Lehnstuhl erhebt, die kleine Buddelei in der Ecke ansteuert, und ein abgegriffenes, braunes Kästchen vorsichtig aus dem obersten Schub nimmt. Danach setzt sie sich, begleitet von einem tiefen Seufzer, wieder auf ihren Platz am Küchentisch. Im Raum schwebt eine Stille, die man fühlen kann - nur getragen vom schwingenden Knistern des Holzfeuers.

Inzwischen ist es in der Küche dunkel geworden.

Wir haben kein Licht angezündet, irgendwie würde es stören.
Oma Lüders hat zwei Ringe der Herdplatte zur Seite geschoben. Rötlicher Feuerschein liegt auf ihrem Gesicht. Sie hat die Augen geschlossen, und ihre Hände, wie um einen Schatz, um das Kästchen auf ihrem Schoß gelegt.
Ich habe Angst, mit meinem Atem unsanft die Stille anzustoßen. Traudes Kopf liegt an meiner Brust - ganz fest hält sie meine Herzenshand umklammert. Meine Rechte ist unter ihren Haaren verborgen. Der Abend fließt in weichen Wellen durch den Raum – wie mit stetem Begehren auf die Nacht, die unmerklich näher rückt.

„*Wißt ihr*" - wie der Laut eines Nachtvogels streicht dieses wißt ihr um uns herum. „*Wißt ihr*", schickt Oma Lüders immer dann voraus, wenn sie aus dem großen Schatz ihres Lebens etwas verschenken will.
„*Wißt ihr, es ist eine lange Geschichte - mit mir und meiner Freundin Theodora.*"
Theodora - jetzt hat das mit den Augen zwinkernde Oberinnengesicht für uns plötzlich einen Namen.

„Wir lebten als kleine Kinder schon zusammen, auf dem Gut ihrer Familie. Weit im Osten Masurens, inmitten der ostpreußischen Seen."

Schwer geht ihr Atem nach diesem Satz. Es scheint uns, als wenn sie innerlich eine Mauer überwinden müßte.

„Bis zum Beginn der Schulzeit waren wir Alltags nicht zu unterscheiden, wenn wir in den Sandkuhlen oder auf den Windbrüchen spielten.
Als wir sechs Jahre alt wurden, änderte sich das schlagartig. Die Schule rief uns von da an. Die Kinder, die außerhalb des Herrenhauses lebten, mußten in die einklassige Dorfschule. Zum Schulmeister Rübenknecht in den Unterricht."

Es kommt uns vor, als wenn sie in diesem Moment wieder das kleine Mädchen von vor sechzig Jahren ist, wie sie da zusammengesunken in ihrem Lehnstuhl hockt.

„Theodora hatte im Westflügel des Schlosses ein Studierzimmer. Ganz für sich allein - und lange Jahre als einzige Gesellschaft einen griesgrämigen, verbitterten Hauslehrer. Wir Dörfler haben ihn nie zu Gesicht bekommen - wegen seines Höckers mied er anderer Leute Blicke wie die Pest."

Ein Lächeln huscht über ihr Gesicht, als wenn sie den buckeligen Hauslehrer – den sie nie gesehen hat - vor sich sieht

„Für die Häuslerkinder war Schulzeit immer nur dann, wenn die Arbeit auf den Feldern es zuließ. Wir

sahen uns nur noch selten - viel zu selten. "
Wieder schweigt sie eine Weile, als wenn sie mühsam die Erinnerungen aus dem Brunnen der Vergangenheit schöpfen muß.

*„Die Kinderzeit war viel zu schnell zur Jung-
mädchenzeit heran gewachsen. Unsere kleine Welt
des Gutsdorfes, und die andere große Welt da
draußen, sie liefen ihren gewohnten Gang.*
*Bis Neunzehnhundertzehn des Kaisers Geburtstag
gefeiert wurde. "*
Ihre Finger schlagen auf dem Deckel des Holz-
kästchens eine seltsame Taktfolge.
Wahrscheinlich hört sie die Musikanten von damals
spielen.

*„Der Herr Baron - Theodoras Vater - ließ zu Ehren
des Kaisers ein großes Dorffest ausrichten. In dieser
Nacht verliebte sich Theodora in einen schmucken
Burschen aus der Gegend, der auf dem östlichen
Vorwerk als Stallknecht seinen Dienst tat. Einen
Sommer lang schwebten die beiden im siebten
Himmel. Bis - ja- bis es dem Baron zu Ohren kam. In
der Befolgung seiner Lebensregeln war er auch ein
unerbittlicher Vater. "*
Wir wissen nicht, ob sie bei dem *auch* an ihren, an
Traudes oder an meinen Vater denkt.

*„Irgendeine Schöne aus dem Dorf hatte wohl der
Neid geführt. Sie hätte vielleicht selber gerne den
Platz an des schmucken Burschen Seite innegehabt.
Theodora kam wegen dieser Liebschaft kurzerhand*

nach Königsberg in ein Ordensinternat, und der hübsche junge Bursche mußte künftig weit im Süden, auf dem Sommergut des Barons, arbeiten."

Mit einigen Scheiten Holz bringt sie das Feuer im Herd wieder zum knistern, bevor sie weiterredet.

„Theodora haben wir im Dorf nicht wieder gesehen, und ihr kurzes Glück wurde drei Jahre später mein Mann. Im Frühling feierten wir Hochzeit, und im Herbst zog er in den Krieg. Für unseren Kaiser. Ich habe ihn nicht wiedergesehen - er ist in den ersten Wochen gefallen. So haben Theodora und ich für einen kurzen, heißen Sommer unser Glück in den Armen gehalten. Bis es uns genommen worden ist. Jeder von uns wohl nicht auf dieselbe, aber beiden auf eine gleich schreckliche Weise."

An diesem Punkt angelangt, schweigt Oma Lüders. Das erzählen ist ihr bestimmt nicht leicht gefallen. Ihren Kopf, mit den immer noch naturdunklen Haaren, hat sie leicht zurückgelegt. Ihre Augen sind geschlossen. Nur die schon etwas steifen Finger bewegen sich. Sie umspielen das glänzende Kästchen. Ihre Seele ist weit, weit in die Vergangenheit eingetaucht. Als sie wieder in die Gegenwart zurückgekehrt ist, hebt sie aufs Neue zu sprechen an.

„Im Jahre achtzehn änderte sich zwar die Politik, aber für uns armen Leute blieben die Tage gleich. Wir mußten arbeiten solange es hell war, um zum Leben gerade genug zu haben. Das wurde erst ab

dreiunddreißig anders. Die neue politische Führung gab der darbenden Bevölkerung im Lande ein Selbstwertgefühl wie wir es noch nie vorher gekannt hatten.

Uns Deutschen war vom Himmel das Heil beschert worden. Dadurch würde zukünftig alles anders werden.

Das haben wir zu Millionen geglaubt. Den Glauben an dieses Anders haben wir allerdings teuer bezahlen müssen. "

Ihr Körper zittert, als wenn es sie fröstelt.

„In den ersten Jahren der neuen Bewegung verbesserten sich unsere Lebensbedingungen tatsächlich erheblich – bis uns auf brutale Art die Augen geöffnet wurden. Da war es aber für eine Umkehr viel zu spät. Uns blieb nur die Flucht Richtung Westen.

Als wir im Frühjahr fünfundvierzig, von unserem langen Treck erschöpft und am Ende unserer Kraft, auf dieser Insel an Land gingen, da fanden wir im Seehospiz das erste warme und trockene Lager nach unserem Marsch durch die Hölle. Es war eine Hölle – so unvorstellbar, und von Menschen angerichtet. "

Erinnerung an dieses Grauen verschließt ihr erneut den Mund.

Kinners - laßt es nie wieder so weit kommen. Der liebe Gott mag euch davor behüten. "

Ihre Worte sind lauter geworden.

„Unter den Schwestern entdeckte ich am zweiten

*Tag Theodora. Sie war Diakonisse geworden. Die Zeit zwischen der Trennung von **unserem** Mann und dem Wiedersehen auf der Insel war verschwunden – sie war ausgelöscht.*

Wir wussten, wir trauerten immer noch um denselben Menschen – aber ohne trennende Gefühle. "

Verstohlen wischt sie sich mit ihren von der Gicht steifen Fingern über die Augen.

„Theodora war fünfundvierzig noch keine Schwester Oberin - die wurde sie erst zehn Jahre später.

Um unsere gemeinsame Geschichte weiß hier heute niemand mehr. Nur unser Herrgott benutzt uns manches Mal als sein Werkzeug - wenn hier unten wieder mal was geradezubiegen ist. "

Während ihr Erzählen noch den Raum füllt, und uns fast den Atem nimmt, hat sie das abgegriffene Kästchen geöffnet. Den Inhalt hat sie mit zärtlichen Bewegungen ihrer Hände zwischen sich und uns auf dem Küchentisch ausgebreitet.

Es ist vergilbtes Papier. Es sind Briefe, die Theodora ihrem Geliebten schickte, bevor er das Mädchen aus dem Dorf heiratete - und Briefe, die Oma Lüders von ihrem Mann aus dem Feld bekam. Es sind bloß eine Hand voll - aber es ist ein Schatz, wie er kostbarer wohl nicht sein kann. Wir berühren die alten Seiten nicht. Sie sollen ein Edelstein in Oma Lüders Herzen bleiben. Nach langem Schweigen schickt ihr Mund noch einen Satz in die Dunkelheit der Nacht:

„Wenn der Herrgott mich zu sich ruft, dann möchte ich dieses Kästchen mit auf die Reise nehmen."

Langsam werde ich wach - vor den Fenstern singen die Vögel ihr Morgenlied. Es ist gleich halb fünf. Wir haben es nicht mehr bis ins Bett geschafft, sondern sind aus dem Erzählen heraus in den Schlaf gerutscht. Oma Lüders schnarcht in ihrem Lehnstuhl leise vor sich hin. Traudes Kopf liegt noch genauso geborgen in meiner Armbeuge wie vor Stunden.
Es gelingt mir aufzustehen, ohne daß mein Liebstes wach wird. Gegen die morgendliche Kühle schütze ich meine beiden Frauen mit einer wollenen Decke, die ich über sie breite. Keine der beiden bemerkt etwas davon - Gott sei Dank. Ein tiefer Seufzer kommt vom Kuschelsofa. Wovon mein Schatz wohl gerade träumt? Wahrscheinlich von Engeln die aussehen wie Oma Lüders oder Theodora, die Mutter Oberin. Ich kann es mir gut vorstellen.
Ich husche nach draußen – wische barfuß durch das nachtfeuchte Gras. Am Brunnen recke und strecke ich mich wie eine Katze nach schlafvoller Stunde. So gut habe ich mich in meinem ganzen Leben noch nicht gefühlt. Das kalte Brunnenwasser bringt mich wieder auf die Erde zurück. Schnell einen Korb Brennholz aus dem Schuppen geholt, und wieder rein in die Küche. Kleines Anmachholz ist immer griffbereit im Backofen. Leise, wie eine Katze auf Mäusejagd, schaffe ich es, den Herd in Gang zu

bringen. So - jetzt noch schnell den Wasserkessel füllen - rauf auf die heiße Ofenplatte - und los. Im Dauerlauf geht es zu Bäcker Saathoff. Harald Saathoff backt die knusprigsten frischen Brötchen auf dem ganzen Erdenrund. Sieben Minuten Zeit habe ich bloß für den Hinweg dem Morgen gestohlen. Das ist schon rekordverdächtig. Auf dem Rückweg in das Dünenschloss in der Schulzenstrasse bei Milchbauer Meyer noch schnell zwei Papptüten mit Milch rausgelangt - und schon bin ich wieder im Rosengarten. Den Rückweg hat die Stoppuhr mit zehn Minuten registriert. Diese Zeit ist auch nicht zu verachten.

In der Küche herrscht noch friedliche Ruhe. Es hat sich noch niemand bewegt. Langsam fängt der Kessel an zu singen, und plötzlich haben sich auch meine Nymphen aus Morpheus Armen gelöst.

Es fällt ihnen aber sichtlich schwer, ihre Träume im Schlaf zurückzulassen.

Während des Frühstücks werden die beiden letzten Tage mit keiner Silbe erwähnt. Es ist sicher ein bißchen so, daß wir fürchten das wunderbare Gebilde des Erlebten zum Einsturz zu bringen. Wir müssen es sich wohl erst etwas verfestigen lassen. Mit ein wenig Abstand wird es leichter fallen, über viele Dinge zu reden.

Nach dem Frühstück sind wir dann endgültig wieder mit beiden Füßen im gewohnten und täglichen Trott gelandet. Aber, toi toi toi – das ist nur unser Spielfeld bis zum Abend.

Die folgenden Tage sind für unsere Liebe eine ruhige Fahrt. Im Hotel läuft der Saisonbetrieb an. Bis aber alles läuft, geht es schon mal drunter und drüber. Der Patron sagt zwar nicht viel, aber an seinen heftigen Reaktionen merke ich, daß es ihm ganz schön zusetzt.

Schnitzer dürfen wir uns in dieser Zeit nicht erlauben - so wie es zum Beispiel einer meiner Stubenkameraden getan hat.

Wölfi lernt Koch, zwei Lehrjahre hat er schon hinter sich gebracht. Sein Umgang in der Freizeit sind nicht wir anderen Stifte, sondern die Gilde der Hausdiener und Pagen. Sie alle sind ein paar Jahre älter als wir. Da wird ein anderes Freizeitvergnügen gepflegt. Im Quartier der jungen Mannsleute brennt nächtelang das Licht. Es wird mit Karten gespielt – nein, nein - nicht Mau Mau oder Sechsundsechzig - Pokern ist angesagt. Knallhart geht es da um Mädchen und Moneten. Wer einmal in den Kreis eingestiegen ist, der kommt da nicht so einfach wieder heraus, als wenn man aus einem Omnibus aussteigt. Die Sucht und die flüchtige Hoffnung: Morgen hast du Glück – morgen gewinnst du alles wieder zurück, sind ständige Triebfeder und Schlinge zugleich.

Wölfi ist in diesem Kreis gern gesehen - als potenter Verlierer. Seine Eltern besitzen ein Hotel im Wendland. Es sind gutsituierte honorige Leute, wenn man

Wölfi so reden hört.

Sein Verhalten spricht dafür. Geld ist für uns, bei unserem geringen Salär, ein seltenes Gut. Von den großzügigen Zigarettenrationen, die seine Eltern ihm schicken, profitieren auch wir. Wenn man zu dritt auf einem Zimmer wohnt, wird vieles geteilt. Das geschieht dann meist selbstverständlicher, als wie es oft unter Geschwistern der Fall ist.

Meine Liebste habe ich drei Tage nicht gesehen. Ich empfinde es als seelische Folter, und werde es meinem Chef dick ankreiden. Er wird schon sehen, was er davon hat.

Im Ernst - es ist von ihm keine Bosheit, daß er uns mehr noch als gewöhnlich arbeiten läßt. Es ist einfach unumgänglich. Unsere Hotelküche ist in Reparatur. Die Gasinstallation war marode. Der Betrieb läuft, während der Umbauarbeiten, natürlich weiter. Wir arbeiten sozusagen unter rollendem Rad.

Ein jeder muß sich dabei nach seinen Fähigkeiten einbringen. Heiner ist der Dritte im Bunde auf unserer Bude. Seit sechs Uhr morgens haben wir beide gemeinsam gestemmt. Fliesen aufgestemmt und Schutt gekarrt. Wölfi dagegen hat sich beizeiten vom Acker gemacht - die Spielsucht zog ihn fort. Wir fallen nach über achtzehn Stunden Knochenarbeit wie tot in unsere Betten.

Jemand hat mich an der Schulter zu fassen, und

rüttelt mich mit hartem Griff aus dem Tiefschlaf. Wie aus einem bleiernen Sarg tauche ich an die Oberfläche des Wachseins. Das Zimmer ist hell erleuchtet. Der Nachtportier, in Begleitung von drei Gendarmen, hat uns zum Leben erweckt. Aber wie sieht unser Schlafraum aus? Hat man den Krieg ausbrechen lassen, ohne uns vorher zu warnen, oder sind die Vandalen bei uns durch die Hütte gezogen? Die Schränke sind leer, die Kommoden ausgeräumt. In der Schubladenfront, die ich mir mit Wölfi teile, haben die Schutzleute mehr als siebzig Packungen Zigaretten entdeckt. Wir müssen unsere Hände vorzeigen - man sucht nach Schnittverletzungen. Bei Heiner und mir sucht man vergebens.

Was war geschehen? Es hat in der Nacht in der Jan-Berghaus Straße ein männlicher, jugendlicher Täter zum wiederholten Mal einen Automaten geknackt. Bei diesem unrühmlichen Tun hat er sich verletzt.

Die Polizei ist den Blutstropfen hin und her über die Insel gefolgt. Hier bei uns im Zimmer fanden sie den letzten. Wer von uns Zimmerbewohnern ist der Täter? Ganz klar - der Mann mit der blutigen Hand. Wo ist der B. fragt man uns. Weil wir es nicht wissen, ist nur ein Schulterzucken unsere Antwort.

Wir haben vor Erschöpfung geschlafen, wie die Mumien der Pharaonen.

Fünf Minuten später hat man Wölfi im Flakturm, dem Zockerquartier, aufgestöbert. Jetzt erfahren wir, daß die Zigaretten, über die er während der ganzen

Zeit stets so reichlich verfügte, nicht von zu Hause gekommen sind.

Zwanzig mal hat Wölfi Auf der Insel Tabakwaren-automaten aufgebrochen - bis es ihm eine Verletzung zum Verhängnis wurde. Die Kompanie Uniformier-ter hat sich wieder aus unserer Bude verzogen.

Unser Nachtportier marschierte wie ein Feldwebel vorneweg. Die Polizisten hatten Wölfi in ihre Mitte genommen. Zwei ganz schön bedeppert aus der Wä-sche guckende Zimmergenossen bleiben im Quartier zurück.

An weiterschlafen kann ich nach dieser Räuber-pistole nicht mehr denken. Heiner ist da wohl anders gepolt, oder er ist von der Maloche noch kaputter als ich.

Halb vier ist es erst. Menschenskind - wie gerne würde ich jetzt das Bett mit Traude teilen. Dann hätte ich anderes zu tun, als dieses verquere Ding von geklauten Glimmstengeln im Kopf herumzuwäl-zen.

Irgendwie macht sie mir schwer zu schaffen - die Sache mit Wölfi. Wenn ich es mir recht überlege, haben wir doch auch von seinen schrägen Einkäufen gezehrt.

Warum hat er uns die Rauchstäbchen geschenkt? Sollte das der Preis für unsere Freundschaft sein?

Ein profitables Elternhaus - das ganze darum herum – war das alles nur Spiegelfechterei? Und das alles vielleicht nur, um Freunde zu gewinnen? Irgendetwas kann ich daran nicht verstehen.

Meine Gedanken wirbeln um Probleme, um die ich mich besser nicht kümmern sollte. Mein Revierchef hat mich anfangs meiner Lehrzeit schon einmal dahingehend gewarnt, als ich mich für einen anderen Lehrling einsetzte.

Heiner sägt schon wieder Bäume in nicht vorhandenen Wäldern. Nichts ist mit reden mit ihm, und so.

Ich wälze mich von einer Seite auf die andere.

So ein Mist aber auch! Es gibt für mich nur eines, raus aus der Falle, leichte Klamotten über mein Knochengerüst gehangen - und ab nach draußen.

Der Morgen beginnt im Osten sachte die Nacht beiseite zu schieben. Der Himmel am Horizont ist schon ganz rot vor Anstrengung.

Unser Melkbuur ist auch schon unterwegs, ich höre ihn von weitem leise mit den Milchkannen klötern. Einen Handgruß, und ein gedämpftes Hee, schicke ich zu ihm hinüber. Er schaut auf – ein erstauntes *„Hee"* - und ein fragendes *„ Wat deist du denn all um disse Tied up?"* kommt auf Platt von ihm zurück.

„Büst du ut dien Nüst full'n", fragt er mich. Im gleichen Atemzug erzählt er mir, daß bei seinem Kollegen Brauer in der Jan Berghausstrasse heute Nacht schon wieder ein Automat geknackt worden sei. *„Sieh mal an"* – sag' ich ganz lässig – *„und davon bin ich aus dem Bett gefallen."* Seinen

fassungslosen Gesichtsausdruck hätte ich gerne fest-
gehalten. *„Wuso"*, sagt er – *„wee dat so luut? Dat is
doch een heel Enn'n wäch van jo!"*. *„Nee"* - sag ich
- *„gehört hab' ich den Knall nicht, aber die
Zigaretten sind bis zu mir in die Kommode
geflogen."*

Da ich auf diese Art seine Neugierde geweckt habe,
muß ich ihm natürlich die ganze Geschichte haar-
klein erzählen.

Er ist ein aufmerksam lauschender Zuhörer, und läßt
sich nicht ein Detail entgehen. Es sind auf jeden Fall
goldwerte Nachrichten für seine frühen Kunden, die
mir als Dankeschön einen Becher Kakao mit Sahne
bescheren.

Ich bin mir ganz sicher, bis zum Erscheinen der
Badezeitung ist die Geschichte schon über die Insel
gehuscht. Wofür hat die Stadt sonst ihre wandelnden
Nachrichtenblätter.

Mein hoch zufriedener Melkbuur zieht fröhlich pfeifend weiter. So habe ich am frühen Morgen doch
schon jemand glücklich gemacht.

Besser würde es mir sicher gehen, wenn es mein
Schatz gewesen wäre, den ich glücklich gemacht
hätte.

Ich kneife mir selbst in die Wange, und denke so für
mich: Bescheiden, bescheiden, junger Mann - von
zuviel Glück sind auch schon Menschen erschlagen
worden.

Mein Weg führt mich quer über die Kaiserwiese. Ich mache einen Satz über die Balustrade, und lande auf der Strandpromenade. Die einzigen, die um diese Zeit dort promenieren, sind die vielen Emmas. Emmas sind die großen stolzen Silbermöwen, die ihre kleineren Verwandten nur fliegend über sich dulden.

Keine Bange, ihr Lieben, ich will euch nicht stören, sag ich laut zu ihnen. Ein paar Schritte das Deckwerk hinunter und ich befinde mich im Sand - inmitten hunderter schlafender Strandkörbe.

Der Korb mit der Nummer achtzehn ist mein Ziel. Mein Herzblatt und ich sitzen oft hier, in Stunden, in denen der Strand mit sich alleine ist. Ich setze mich in den Korb, ziehe die Beine unter mich, und lasse meinen Gedanken freien Lauf.

Fünf singende Schläge zittern durch den kühlen Morgen, und unterbrechen meine Gedankenreise. Die alte Turmuhr ist unbestechlich in ihrem Zeitmaß. Das Glockern ist gemeinhin mein Zeichen zum Dienstantritt. Heute tut es gut, die fünf hallenden Schläge der alten Glocke über dem Wasser verwehen zu lassen, ohne in der Pflicht zu stehen. Die Plakkerei beim Küchenumbau hat Heiner und mir nämlich drei arbeitsfreie Tage beschert.

Weit draußen an der Kimm zieht langsam ein Fischkutter seinen Kurs. Das Rauschen der auflaufenden See, nur strichartig unterbrochen vom hellen

Schrei sich streitender Möwen, läßt mich die Augen schließen.

Ich meine Traudes Weibsgeruch in der Nase zu spüren – gerade so, als wenn sie neben mir sitzt und mich wahnsinnig macht - allein durch ihre Nähe. Ob sie weiß, daß sie alle Macht der Welt über mich besitzt? Ich lache still vor mich hin. Was bin ich doch für ein kleiner Döspaddel - wenn sie das nicht wüsste, dann wäre sie keine Frau.

Es ist mittlerweile viertel vor sechs geworden. Nun muß ich aber langsam in die Hufe kommen. Ich mache mir nicht die Mühe, die Strandmauer zur Promenade hoch zuklettern. Entlang des Flutsaumes schlendere ich barfuß zum Seehospiz runter. Meine Schuhe habe ich an den Schnürsenkeln zusammengebunden, und über die Schulter gehängt. Am Strand entlang ist es eine gute halbe Stunde bis zum Kinderheim.

Vielleicht kann ich noch einen Blick, oder einen geworfenen Handkuss, von meinem Schatz auffangen, bevor sie ihren Dienst antritt. Die Aussicht darauf macht meine Füße wohl schwerelos. Vierzehn Minuten später bin ich schon gleichauf mit dem Seehospiz.

Helles Kinderlachen - durchsetzt von freundlichen Jungmädchenstimmen – glittert schon um die altehrwürdigen Mauern.

Zu Zeiten des hannöverschen Königs - vor mehr als

einem Jahrhundert - wurde diese Anlage als Waisen-pensionat errichtet.

In der damaligen Zeit herrschte sicherlich eine andere Atmosphäre in den Gemäuern. Ich wünschte, die kleinen Bewohner hätten damals auch eine Theodora zur Schwester Oberin gehabt. Welch ein glücklicher Wandel hat sich für alle, die hier leben - und leben müssen - vollzogen.

Die Krone der Umfassungsmauer ist ein schöner Sitzplatz. Meine Füße baumeln an der Binnenseite, über jungen Gemüsepflanzen in vielfältigem Grün. Die Schwester Gärtnerin hat ihre Äcker wohlbestellt. Zum Waschhaus hinüber zieht eine wirbelnde Gruppe halbwüchsiger Mädchen.

Die beiden Kindertanten, die sie begleiten, haben sichtlich Mühe, die Blase im Zaum zu halten.

Trotz der übermütigen Schäkerei hat man mich wohl bemerkt - den sitzenden Jüngling auf der Mauer des Gemüsegartens.

Eine der beiden Fräuleins winkt mir mit beiden Händen vergnügt zu. Ich kann aus der Entfernung nicht erkennen, ob ich sie kenne.

Bevor ich mit mir einig bin, was ich jetzt machen soll, ertönt auf dem Gelände schon ein schriller Doppelpfiff. Er klingt gar nicht mädchenhaft – eher burschikos. Das hat es hier vor hundert Jahren ganz sicher auch nicht gegeben. Offenbar ist der Pfiff aber ein Signal.

Sekunden später, der Ton ist gerade zwischen den roten Backsteinbauten verschwunden, steht an einem offenen Fenster im Hochparterre das Ziel meiner Begehrlichkeit. Die Truppen haben mich auf jeden Fall erkannt, und irgendjemand hat Melder gespielt. Ein Sonnenball wirbelt wenig später durch den Gemüsegarten, und landet direkt in meinen Armen.

Uns bleibt bloß die Zeit für einen atemlosen, verzehrenden Kuß, und die Worte:

„Bis zur Freistunde - Dünenhäuschen sieben. "

Schon ist der Sonnenball wieder weg, und läßt einen verwirrten und vor seliger Erwartung zitternden Halbmann, inmitten arg gebeutelter Kohlpflänzchen, stehen. Bevor ich mich über die Mauer davon mache, richte ich noch schnell das Grün zu meinen Füßen. Eine verärgerte Schwester Gärtnerin möchte ich uns nun doch nicht einhandeln.

Vergnügt klabastere ich zum Kaiserhof zurück. In unserem Zimmer angekommen, höre ich, daß Heiner mit seiner anstrengenden Waldarbeit noch nicht fertig ist. Er schnarcht in seiner Koje noch zum Gotterbarmen. Der Junge ist ja wohl kaputt wie nur was. Na ja - ich kann es irgendwie verstehen. Er hat ja auch keine liebende Sonne, die ihm ständig neue Energie schenkt.

Dabei ist er mir in manchem über, der Gute. Das muß ich neidlos anerkennen.

Wir sind am gleichen Tage hier auf der Insel eingetrudelt, und waren von der ersten Stunde an wie Brüder zueinander. Man nennt uns auch wohl die unzertrennlichen Zwillinge.

Wir haben in der Zeit hier gemeinsam schon so manchen Bockmist verzapft. Holla, damit bloß kein falscher Eindruck von uns entsteht – es war nichts Ehrenrühriges. Aber tierisch war's doch schon so manches Mal.

So auch im letzten Herbst, kurz vor der Winterpause. Der Chef und die Chefin waren eine Woche außer Haus, und wie das so mit den Mäusen ist, wenn die Katze nicht da ist: Es wird auf den Tischen getanzt.

Den genauen Anlaß, für unser auf den Tischen tanzen, weiß ich nicht mehr - auf jeden Fall stiftete irgendwer von den Kollegen zwei Flaschen französischen Orangenlikör. Orangenlikör klingt harmlos - nur die Prozentchen in ihm, die hatten es in sich. Und uns stifteten die lieben Kollegenfreunde an, uns zu beweisen. Was wir denn auch prompt taten!

Es war so etwas nach dem Motto: Chef - wo steht das Klavier? Jeder sollte eine Flasche Likör auf Ex austrinken. Der standfestere von uns würde die Königskrone bekommen.

Geleert haben wir beide unsere Flasche, bloß - ich fiel schon nach knapp zehn Minuten in die bodenlose Tiefe eines Donnerrausches, und Freund Heiner stand fünf Minuten länger auf den Beinen. Ihm gebührte also die Krone. Nur - was hatte er von seiner Krone? Genau soviel elend zufrieden, und genau soviel struwweligen Kater wie ich. Also war es am Ende Null Vorteil.

Bis die Stabsführung denn wieder im Hause war, waren die bei uns sichtbaren Schäden an Geist und Körper schon wieder ausgebügelt.

Es war ein Glück für uns zwei. Ein mittelschweres Erdbeben auf der Führungsebene wäre sonst wohl die Folge unserer Sauferei gewesen.

Auf meinem Weg, vorbei an der Küche, langt mir jemand einen Teller mit Personalfrühstück zu. Damit verkrümele ich mich erst einmal in den Fußvolk-speiseraum im Keller. hier ist die hinterste Ecke mein Platz für die nächste halbe Stunde. Die Stelle, an der ich sitze, ist vom Flur her, durch die offen-stehende Tür, nicht einsehbar. Ich verspüre nämlich absolut kein Verlangen, mit jedem Kollegen, der zufällig vorbeikommt, immer wieder das Geschehen der letzten Nacht durchzukauen.

Lustlos stochere ich auf meinem Tablett in der Vierfrucht Marmelade herum. Das Mus in der kleinen Schale ist einfach nicht einzuordnen.

Die Bestände der Reichswehrmacht an Marmelade müssen gewaltig gewesen sein, denn dies Gemengsel stammt garantiert noch daher.

Die Schufterei in der Küche hat uns zwar drei arbeitsfreie Tage beschert, auf der anderen Seite bedeuten sie aber auch drei Tage Schmalkost für uns.

Das heißt, wer keinen persönlichen Zugang zu den

überquellenden Küchenmagazinen hat, der ist mit seiner Verpflegung nicht besonders gut dran.

Das offizielle Frühstück fürs Personal besteht aus einem Sternchen Margarine, zwei Scheiben Gummiwurst und einem kräftigen Luftschlag besagter Marmelade. Brot, Kommissbrot, gibt es bergeweise dazu. Als wenn es die einzige Art ist, auf die ein Bäcker Brot backen kann.

Für das ausknobeln der Speisekarte, für die Hauptmahlzeiten der Angestellten des Hauses, haben die Autoren wohl Tage gebraucht, um die raffinierte Menüfolge hinzukriegen.

Wer es nicht erlebt hat, kann sich die vielfältige Einfalt gar nicht vorstellen.

Mittags steht an jedem Tag Makkaroni mit Gulasch auf dem Plan. Abends gibt es dann Gulasch mit Makkaroni. In der Küche wird penibel darauf geachtet, daß der Wechsel in der Reihenfolge auch eingehalten wird. Im Verdauungsapparat des Personals könnte sonst wohl ein Durcheinander entstehen.

Aus diesem Grunde sind wir Stifte heilfroh, daß der Frühdienst in Küche und Service grundsätzlich Lehrlingssache ist. In der ersten Morgenstunde können wir uns so täglich mit anständiger Verpflegung eindecken.

Wie sagten doch schon die frühen Bewohner des Reiches der Mitte:

„Molgenstund' ist allel Lastel Anfang."

Wir halten uns da lieber an den Leitspruch der

Glücksritter im Wilden Westen: *„Morgenstunde hat Gold im Munde"* - wenn bei uns auch nur in Form von zartem Kochschinken, guter Butter, und dem Saft frisch gepresster Apfelsinen.

Durch die hinteren Gänge verlasse ich klammheimlich das Fort der Arbeit und Fron. Ich muß sehen, daß ich Land gewinne, bevor mich der Baas beim Wickel hat, und mir helfen will, meine freie Zeit herumzukriegen. Das schaffe ich schon alleine, so groß bin ich denn doch schon.

Heiner horcht noch angestrengt an der Matratze. Ihn jetzt zu wecken, um irgendetwas gemeinsam zu unternehmen, das verkneife ich mir.

Um Mittag hätte ich dann große Mühe ihn wieder loszuwerden. Meine Braut umwerben kann ich nämlich leicht ohne fremde Hilfe.

Das ist nun mal die ewige Misere von großen, unverbrüchlichen Jungmänner Freundschaften.

Sobald der Zweig am Bauch zum Ast im Walde wird, kann man nicht mehr darauf zählen.

Diese Erkenntnis ist bestimmt schon älter, als es die Sprüche des antiken Griechen in seinem leeren Weinfass sind.

Am rückwärtigen Kellereingang rollt soeben der Müllwagen vor. Nun gilt es, in Windeseile von der Bildfläche zu verschwinden. Wenn mich jetzt auch nur irgendjemand am Wickel zu fassen bekäme, hieße das gnadenlos: Ran an den Feind, und Müll aufladen.

Das würde bedeuten, den ganzen Vormittag im Abfall herumzuwühlen. Stundenlang in den Siebentageabfällen eines Hotelbetriebes mit über 700 Betten herumzugrabschen, das ist fürwahr kein Zukkerschlecken. Die Müllkammer, mit ihren Abmessungen von der Größe einer bäuerlichen Wohnstube, war stets bis obenhin gefüllt. Zwei Rollwagen reichten meistens nicht für die Leerung.

Die Menge war ja bei den Leerungen gar nicht so schlimm – Arbeit ist schließlich Arbeit – wenn uns nur anschließend der Geruch nicht noch den ganzen Tag verfolgt hätte.

Nee, nee – nach ,*sowat Feinet'* steht mir der Sinn heute Morgen überhaupt nicht. Ich sause um die Ecke, verschwinde wie ein geölter Blitz in der nächsten Lohne - und weg ist der Heuer.

In der Poststrasse kurbelt Haarschneider Kurt gerade sein Schaufenster frei. Das ist für mich die willkommene Gelegenheit, die Gefahrenzone endgültig zu verlassen.

Ohne mich auch nur noch einmal umzuschauen, steuere ich direktemang seinen Salon an. Kurtchen onduliert in seinem ,*Hairstudio'* eigentlich nur die Köpfe von Kunden, deren Hintern auf gut gepolsterten Bankkonten ruhen.

Ich habe ihn anfangs einmal gefragt, warum er seinen Frisörladen so nenne. Er hat gar nicht dumm

geguckt, angesichts meiner Frage. Er hat nur ge-
lächelt, als er mir charmant erklärte, dadurch würde
er sich weniger gut betuchte Kunden vom Leibe
halten. Im Stillen habe ich ihn damals ein Arschloch
genannt – aber wie gesagt, da kannte ich ihn noch
nicht so gut, und wußte noch nicht von seinen
Neigungen.

Das er sich regelmäßig, zu einem kleinen Preis, mit
meinem Eierkopf beschäftigt, das ist ein absoluter
Ausnahmefall. Es liegt wohl nicht zuletzt daran, daß
ich ihn, als häufigen Gast bei unseren Abendveran-
staltungen, stets diskret, und ein wenig bevorzugt,
bediene.

Kurtchen führt nämlich seine ausnahmslos *'männlichen Begleiterinnen'* mit Vorliebe in den Kaiserhof. Von wegen glitzernde Welt und so, und weil die
zahlungskräftigen Gäste des Hotels zum großen Teil
zu seiner Kundschaft zählen. Kurt ist, einfach
ausgedrückt, ein Schwuler der gehobenen Klasse

Feinmachen soll er mich nun heute Morgen -
schmücken für mein Liebstes. In den Jahren, die ich,
bis zu meiner Landung auf der Insel, durch das
Leben geschleudert wurde, war Haarschneiden für
mich stets ein quälendes, gefürchtetes Ritual.

In meiner Kinderzeit kam alle vier Wochen der
Frisör zu uns ins Haus. Zuerst stutzte er generell dem
Haushaltsvorstand die glatten Strähnen. Ich habe oft
gedacht, für meinen Vater hätte er eigentlich noch

Haare mitbringen können.

Anschließend mußten wir Jungen der Reihe nach in den Stuhl. Wir waren immer so Stücker zehn kurze bis halblange Bengels. Unsere Wohnküche war so etwas wie eine Filiale seines Hauptgeschäftes. Die Nachbarväter aus dem näheren Umkreis trieben ihren männlichen Nachwuchs zum Haarschneide- termin nämlich auch in unsere Koppel. Mein Vater bekam dafür seinen Haarschnitt kostenlos, und von den anderen Vätern auch wohl mal einen Korn spen- diert. Nachdem in unserem Hause kein Sprit mehr gebrannt wurde, war unsere Speisekammer so gut wie alkoholfrei geworden.

Die Haarschnitte waren übrigens streng genormt.

Die Normen stammten noch aus den Knall- Bummjahren der Fronteinsätze.

Frisör Hein Bruckmann war ein ehemaliger Bord- kamerad von Vater Hermann. Er hatte sich schon in der engen Schiffswelt der Seeleute mit Kamm und Schere ausgetobt.

Sein Prinzip war allgemeinverständlich, und klar: Kurz und praktisch mußte es sein. Und so sahen wir denn auch aus – wir hatten alle miteinander den so genannten Nachttopfeinheitsschnitt.

Während er mit seiner Schere – manchmal war es auch Mutters Schneiderschere, wenn seine Frisör- schere durch die vielen Schöpfe denn zu stumpf ge- worden war – an unseren Köpfen herumschnipselte, konnte es ruhig ziepen und kneifen - unser

Haarkünstler selber merkte ja nichts davon. Und wir hatten uns, bitte schön, nicht so zu haben. Punkt, aus!

Da die Reihenfolge der *,Behandlung'* an der Körpergröße festgemacht war – und zwar von oben nach unten, niemals andersherum – waren unsere kleinen Köpfe naturgemäß häufiger die *,Schneiderscherenköpfe'*.

Wenn wir den Hausbesuch kommen sahen, kam es auch schon mal vor, daß wir absichtlich nicht greifbar waren. Diese Fluchtversuche von uns waren aber stets vergebens. Auf der Rücktour von seiner Geschäftsreise stand Heini Bruckmann dann eben noch einmal auf der Matte. Wir konnten ihm einfach nicht entkommen.

Alles das ist Vergangenheit, und heute Morgen drängt es mich, den Schmuck meines Hauptes in Schwung bringen zu lassen. Oh Liebe, was bewirkst du Wunder.

Bei Figaro Kurt wird viel erzählt.

Sein Salon ist die Nachrichtenbörse für den gehobenen Inselklatsch!

Heute muß ich natürlich herhalten, und sein Wissen auf den neuesten Stand bringen. Dafür macht er mir auch einen besonders schönen Schlag in die Frisur. Sozusagen als Extrahonorar.

Irgendwie bin ich nach Ende der langen Prozedur doch heilfroh, der halbwarmen Atmosphäre seines

Salons entwischen zu können. Die Bedienung neuer Kundschaft macht eine weitere Unterhaltung nämlich unmöglich.

Draußen muß ich erst ein paar Mal tief durchatmen, um die halbwarme Luft des Salons aus meiner Lunge loszuwerden. Nach ein paar Atemzügen geht es mit mir wieder einigermaßen.

Während der Sitzung vor dem Spiegel ist mir die Zeit davon gerannt.

Zum Mittagessen zurück in den Kaiserhof zu gehen ist nicht mehr drin. Ich frage mich ernsthaft, ob ich auf Makkaroni und Gulasch wirklich verzichten kann, und beschließe, das opulente Mahl heute zu verschmähen.

Das Dünenhäuschen sieben ist mein Ziel. An einem Rosenstock mit herzblutroten Blüten kann ich unterwegs nicht vorbeigehen. Eine mittelalte junge Frau ist in dem Garten gerade dabei, sich einen Strauß zusammenzustellen. Nachdem ich ein wenig um ihre drallen Formen herumscharwenzelt bin, bitte ich sie um eine von den prachtvollen Blüten für **mein** Herzblut. Das Geld, das ich ihr dafür anbiete lehnt sie lächelnd ab. Meine Bitte hat sie wohl so sehr überrascht, daß sie mir meinen Wunsch nicht abschlägt. Die schönste Blüte schneidet sie für mich vom Rosenbusch.

Den ganzen Weg, bis hin zu meinem Glück, habe ich meinen Riecher an der Blume. Es entströmt ihr ein

Duft, der meine Sinne schon fast betrunken macht. Mein Schatz braucht gleich nur noch ein Tröpfchen ihres Duftes obendrauf tun, und ich bin ihr verfallen mit Haut und Haaren.

Die Luft über den Dünen flimmert in der Sonne. Das Wetter hat sich anscheinend vom Mittelmeer an die Nordsee verirrt. Die frühen Gäste, die um diese Jahreszeit schon auf dem Eiland weilen, haben sich, bis auf wenige Sonnenanbeter, über die Mittagszeit in ihre Quartiere zurückgezogen.
Die hartnäckigen Sonnenbrand Aspiranten unter den Besuchern der Insel bevölkern erst während der Sommerferien Strände und Dünen.
Zwei Reitersleut' tauchen vor mir auf dem Dünenweg auf. Fünfeinhalb freundliche Worte fliegen im vorbeireiten zwischen uns hin und her, und schon bin ich wieder allein.
Offenes Entgegenkommen scheint eine Charaktereigenschaft der Inselbewohner zu sein. In Zeiten der großen Besucherschwemme wird sie oft überdeckt durch die Hast und Hektik des Kurbetriebes.
Die ruhiger dahin fließenden Stunden und Tage des Spätherbstes und des Winters haben mich den Menschen von hier innerlich näher gebracht. Besinnlich sind sie, die Eiländer, und ohne allzu viele Worte - doch einem anderen immer das Gefühl vermittelnd, nicht allein zu sein. Ganz sicher sind sie geprägt durch das jahrhundertealte auskommen müssen mit

dem übermächtigen Meer.

Ein Stück voraus sehe ich schon die Abzweigung zum Seehospiz. Querab durch die Gräser schwebt Traudel wie ein bunter Falter. Sie ist meine Sehnsucht, mein Glück. Die Ahnung von Seligkeit hat sie mir entgegen getrieben. Ein jubelnder Schrei ertönt, ein Wirbeln wie ein heißer Sommerwind umfängt mich. Nach atemlosen Minuten kann sie nur noch stammeln: *„Bitte bring' mich nicht um."*

Bei aller Leidenschaft hat Traude mir eines voraus: Alles verzehrende Sehnen läßt sie niemals die grundlegenden Dinge vergessen.

Typisch Frau neidet es in mir - bis auf die Momente, in denen wir miteinander verschmelzen - in denen unsere Sinne verglühen, wie eine Sternschnuppe am nächtlichen Himmel. Jedes Denken ist dann ausgeschaltet. In diesen Augenblicken leben wir nur noch in uns selbst. Bin ich sie - ist sie ich?

Das ist wohl das große ungelöste Rätsel der Liebe. Ehe ich es recht begreife, finden wir uns in der nächsten Dünensenke wieder. Ich bin ganz Objekt ihrer Begierde. Meine glühende Amazone hat mich Ewigkeiten entbehrt. Ich fühle es in ihr lodern.

„Das Dünenhäuschen kann warten, ich kann es nicht" - wispert sie mit vergehender Stimme.

Der Himmel ist plötzlich für mich eine große goldene Scheibe. Ich sehe, ich fühle und rieche nur noch Glück. In mir brennt es, als wenn mich die Engel rösten.

Über mir ist ein warmer, weicher, rasender Lust-mensch, soviel bekomme ich noch bewußt mit - und dann falle ich in die Unendlichkeit. Als mein Ver-stand wieder meinen Kopf erreicht hat, versuche ich passende Worte zu finden.

Ich lasse es, und kapituliere vor meiner Sprach-losigkeit. Alles Sagen wäre bloß ein flüchtiger, farbloser Abklatsch meiner durcheinander wirbeln-den Gefühle.

Schwellendes, heißes Schweigen hüllt uns in einen Dom zärtlicher Liebe.

Wo ist all das geblieben, was uns zu Hause, als Umgang mit dem Leben, in die Köpfe geschrieben wurde. In den Minuten, in denen ich wortlos den erblühten Körper meiner Traumfee betrachte, geht mir so vieles durch den Kopf.

Wie lange braucht das Schicksal, um einen so schönen Menschen zu formen? Die letzte Riefe wird wohl erst gezogen, wenn die Flamme des Lebens verweht.

Würde meine Mutter, oder Traudes Vater, uns hier sehen - pure Verzweiflung würde sie erfassen. Der Schlag träfe sie beide. Besonders meine Mutter dauert mich, weil ihr dieses Urgewitter der Liebe wahrscheinlich versagt geblieben ist.

Bruchstücke von gestern schieben sich immer wieder

in mein goldenes Sonnenfeld. Es sind zerrissene Fetzen der Erinnerung.

Als wenn Gedanken durch die Zeit geistern, die uns unser Glück neiden. Oft genug wurden mir schon Sterne unterschlagen, von denen ich stets nur ahnte. Meiner Mutter Eifersucht hat jedes bei mir aufkommende Tasten, hin zum anderen Geschlecht, bereits im Keime erstickt.

Es ist ein mir Angst machender Gleichlauf zu dem gestrengen Vater meiner Liebsten. In manchen Nächten meines jungen Lebens habe ich meine Mutter inbrünstig dafür gehasst. Sie wird wohl nie davon erfahren.

Ein süßes Kribbeln verscheucht die schwarzen Schatten. Wenn Traudels liebkosende Finger, und mein, vor Lust sich streckender, kleiner Mann nicht wären - man könnte uns für in Bronze gegossene Bilder aus einer Sagenwelt halten.

Der Eindruck verschwindet erst, als unsere nackten Körper sich im Sand wälzen, und in meinem Kopf die Sterne explodieren.

Fingernägel krallen sich in meine Schultern, und, wie aus weiter Ferne, wehen spitze Schreie in mein Ohr:

„Nicht aufhören...nicht aufhören...ich verbrenne gleich ... "

Von den Gipfeln der heißesten Lust rasen wir in die tiefsten Tiefen der Sinnesgefühle. Wir befinden uns auf einer Achterbahn des Rausches, auf der unsere glühenden Körper durch das Universum rasen. Behutsam tauchen wir aus den wilden Wassern des Vergehens auf.

Um uns herum liegt die Welt in seidiger Stille, allein unsere Herzen schlagen noch im Takt des Sturmes, der uns durch die Unendlichkeit trug. Wie endlos endlich ist das Begehren unserer Augen, ineinander zu versinken? Selbst während wir uns ankleiden, können sie nicht voneinander lassen. Oh, ihr glücklichen Augen.

Das Dünenhäuschen sieben bekommt uns heute nicht mehr zu Gesicht, zu hoch war die Barriere unserer Leidenschaft. Zu lange hat das abtragen des angestauten Begehrens gewährt.

Traudes Kinderkreis ruft sie. Auf dem Heimweg sind meine Knie ziemlich weich, und das ganz sicher nicht bloß, weil der Sand unter meinen Füßen bei jedem Schritt nachgibt.

Mein Schatz hat wohl eine leise Ahnung davon, denn sie hält mich fest umschlungen – so, als wenn ich ein Teil von ihr bin. Behutsam, zärtlichleise ist unser Abschied unter dem großen Tor. Meine freie Zeit - wie gut wäre sie angelegt wenn wir sie gemeinsam verbringen könnten.

Mein Schatz muß, leider, ihren Dienstplan einhalten. Auch wenn für uns die Liebe der Mittelpunkt allen Seins ist - die Welt und ihre vielen kleinen Nebenmärkte folgen ihrer eigenen, unerbittlichen

Spur. Als wenn eine eiserne Hand sie gepackt hat, reißt Traude sich los, dreht sich um, und tanzt von mir fort. Ich stehe einen Moment mit einem riesigen Loch in der Brust - so scheint es mir. Nach gut zehn Schritten wendet sie kurz ihren Kopf.

„Geh zu Oma Lüders", ruft sie mir mit verwehender Stimme noch zu - und weg ist sie. Mit Bestimmtheit hat sie mir den Satz zugerufen, und doch zieht er wie eine Zeile aus einem himmlischen Choral durch meinen Kopf. Ein paar Augenblicke harre ich noch aus - zeigt sie sich noch einmal? Nein, sie bleibt verschwunden.

Zögernd, wie von einem Band gezogen, schlage ich den Weg zum Dorfrand ein. Geh zu Oma Lüders, ist das einzige, was hinter meiner Stirn kreist. Wie von zarter Hand geleitet bin ich bald darauf im Traumgarten gelandet.

Ich wundere mich etwas. Im Garten, neben dem Brunnen, ist für zwei Personen der Teetisch gedeckt. Störe ich irgendeinen Besuch?

Ich will mich schon wieder verdrücken, als Oma Lüders aus der Küche heraus ruft:

„Der Tee ist gleich fertig – setz' dich man schon hin mein Jung. "

In meinem Kopf schlägt es langsam Kapriolen. Wieso werde ich hier um diese Zeit erwartet? Kaum sitze ich, da werde ich auch schon von Lilly mit Beschlag belegt. Es ist schon seltsam, sie kümmert sich doch sonst um diese Zeit noch nicht um Gäste.

Hat sich in den drei Tagen meiner Abwesenheit denn alles verändert? Na - Gott sei Dank - Oma Lüders ist nicht anders geworden. Sie kommt, wie immer, in ihrer blauweiß gestreiften Schürze aus der Küche.

Aber halt - irgendwas ist an ihr anders. Tatsächlich – sie trägt eine neue Frisur, und hat ein Strahlen im Gesicht, als wenn da wo was lauert.

Tief in mir drin sitzt etwas, ich spüre es in der Brust, da wo sich die Rippen treffen. Als kleiner Junge hatte ich das gleiche Gefühl, wenn ich alleine im Dunkeln unterwegs war. Jeden Moment war ich gefaßt darauf, etwas aus einer Ecke springen zu sehen. Heute springt aber nichts - so sehr ich auch warte.

Oma Lüders hat einen Stuten gebacken. Wie so vieles andere, ist er auch eine Spezialität von ihr. Es ist ein Stück unvergessliches Ostpreußen, daß sie begleitet. Nirgendwo ist das Rezept zu lesen - nirgendwo steht es aufgeschrieben. Ich nehme mir fest vor, sie zu bitten, es mir zu verraten.

Süßer Stuten, gebacken aus einer Mischung von Weizen- und Maronenmehl mit Honig. So etwas darf doch nicht in Vergessenheit geraten.

Obwohl Oma Lüders keine eingeborene Teetrinkerin ist, die Zubereitung dieses königlichen Getränkes betrachtet sie als Zeremonie. Man sieht es, man riecht es, man schmeckt es.

Ich sitze ihr am Tisch gegenüber, und zwar das erste

Mal ohne meine Liebe. Es ist mir, als wenn Oma Lüders alles Erleben meiner Kindertage aus mir herauszieht. Dabei sagt sie nicht ein einziges Wort. Ich breite, ohne Aufforderung, mein Inneres vor ihr aus. Wo würde ich das sonst tun, ohne gleichzeitig ein Gefühl von elendiger Nacktheit zu verspüren?

Hier, und in diesem Moment, ist es mir wie selbstverständlich. Meine Kinderzeit passiert zwischen uns Revue. Als wenn es dieses Platzes, dieser Stunde bedurft hätte. Mit jedem gesprochenen Wort weicht ein Stückchen Schatten von meiner Seele.

Hin und wieder versagt sich mir die Stimme - zu tief bin ich in die Vergangenheit eingetaucht. Ich sehe meine sich mühende, ständig überforderte Mama vor mir. Wie die Angst vor ihrem eigenen Mann, und ihre Unfähigkeit sich dagegen zur Wehr zu setzen, sie zerstört,

Oma Lüders zärtlich streichelnde Hand holt mich jedesmal in die Gegenwart zurück, sodaß die Worte wieder fließen.

Wenn bei uns zu Hause Probleme mit den Kindern auftauchten, lag der Gummitampen stets griffbereit oben auf dem Küchenschrank. Nein, nein - kein Kind ist damit mißhandelt worden. Dafür hatte die Mama in ihrer Kindheit selber zu sehr gelitten. Er war eher ein Drohmittel, als Zeichen der Hilflosigkeit, und Ohnmacht gegenüber den herrschenden Verhältnissen.

Aber auch angedrohte Schläge konnten nicht alles

ins Lot bringen, und so war Mamas letzter Rettungsanker immer der gleiche Satz:

„Ich steck euch in die Erziehungsanstalt, dann muß ich mich nicht mehr mit euch herumärgern. "

Diese ständige Verheißung schwebte stets wie ein Schwert über unseren Köpfen.

Kein Kommentar, keine falschen Fragen hindern mich an meiner Reise in die Vergangenheit – nur, wie es in Oma Lüders arbeitet, das fühle ich durch ihre Hände, die inmitten des Tisches auf den meinen liegen.

Ich habe aufgehört zu reden. Für eine Weile umgibt uns nur bedrückendes Schweigen.

Ein tiefer Seufzer aus Oma Lüders Brust bricht das Beklemmen, und bringt einen Satz mit ans Licht, der mir in diesem Moment wie ein Sakrament erscheint. Eine Gänsehaut macht mich schauern.

„Jetzt hat deine Seele Platz für die Liebe. "

Als wenn sie diesen Ausspruch, Buchstabe für Buchstabe, in ihrem Herzen extra für mich angefertigt hat - so breitet er sich vor mir im Rosengarten aus, setzt sich auf jede Blüte, und hüllt mich in einen Umhang aus purem Glück.

Wie in kleinen Bächen läuft das Behagen an mir herunter. Ich weiß plötzlich, daß ich in meinem Gegenüber den Menschen gefunden habe, den ich in meiner Mutter und meinen Großmüttern vergeblich suchte. Jetzt weiß ich es.

„Du brauchst Heute nicht zum Hospiz zu rennen, Traude kommt hierher."

Traude sagt sie ganz bewußt - Edeltraud läßt sie mir. Ich warte auf eine Erklärung, aber mehr an Mitteilung kommt da nicht. Na gut, denke ich.

Laut sage ich: *„Denn kann ich ja noch eine Runde Brennholz klein machen!"* - und verziehe mich in den Schuppen im Hof.

Mir ist so leicht ums Herz, als wenn jemand riesige Sandsäcke von meinen Schultern genommen hat, die ich allein nicht loswerden konnte.

Ich ertappe mich dabei, wie ich laut die Melodie eines anrüchigen Liedes pfeife.

Wie ein gestellter Dieb breche ich den Ton ab - und höre, fast wie ein Echo, Oma Lüders in der Küche den gleichen Singsang trällern. Na also – bin ich doch nicht alleine so *,verdorben'*, wie unser Alter Pauker immer sagte, wenn er dieses Lied von uns hörte.

Irgendetwas steht in der Luft - nur, ich kann es nicht greifen. Der Teil Zigeunerblut in mir, der mir das signalisiert, hat mich noch nie getrogen.

Durch das Holzhacken komme ich richtig in Fahrt, und merke gar nicht wie die Stunde verfliegt.

Plötzlich sagt das kleine Zigeunerchen in mir:

,Dreh dich doch mal um.'

Im Geviert der Schuppentür steht mein holder Engel - in ihrem Rücken der sonnenschwangere, strahlend blaue Himmel. Man könnte glauben, sie wäre aus fremden Welten zu mir geschickt worden.

Eine so heiße Umarmung, wie sie zwischen uns beiden in den nächsten Minuten abgeht, hat der alte Schuppen, seit er an diesem Platz steht, noch nicht miterlebt.

„Der Abendbrottisch ist gedeckt" - mit so einfachen Worten holt mich mein Schatz wieder in die Wirklichkeit zurück. Ich will sie noch einmal an mich ziehen, aber: *„Spare es uns für später"*, ist das letzte was sie mir mit schelmischen Augen zuwirft - bevor sie mir entwischt.

‚Hähä' - sagt der kleine Zigeuner in mir – *‚ich weiß etwas, was du nicht weißt.'* Er ist auch noch schadenfreudig, der kleine Heißblütige. Was bleibt mir zu tun? Nur das, was alle verliebten Gockel in einer solchen Situation tun, sie stolzieren ihrer Henne hinterher

In der schummerigen Küche ist alles ganz normal. Nur werde ich während der ausgedehnten Mahlzeit das Gefühl nicht los, da sitzt noch irgendwer mit am Tisch. Nach dem Essen haben wir gemeinsam den Tisch abgeräumt, und das Geschirr gespült. Alles ist wieder aufgeklart.

Bevor mein Schatz heimwärts in die Bastion muß, bleibt uns noch Zeit für einige Partien Mühle.

Brettspiele sind Oma Lüders heimliches Laster.

Sie freut sich jedesmal diebisch, wenn sie es

geschafft hat, mich wieder einmal aufs Kreuz zu legen. Ich kann diese Verluste aber ganz gut verkraften.

Die alte Uhr über dem Küchenherd schiebt mit ihrem ticken die Zeiger auf ihrem Zifferblatt unbarmherzig in die Runde.

Verstohlen habe ich schon ein paarmal zur Seite geschaut. Edeltraud sitzt in der Sofaecke mit einem Zeichenblock auf dem Schoß, und entwirft Kleider für sich. Während mein Gehirn auch schon einem schwarzweißen Brett ähnelt, ist sie völlig in ihre Arbeit vertieft, und bringt Strich um Strich zu Papier. Da sie auf meine heimlichen Hilferufe nicht reagiert hat, erhebe ich mich endlich. Es ist schon spät, und ein wenig Zeit möchte ich auch noch für die Liebe haben, zumal es draußen noch wunderbar warm ist. Auch jetzt noch tut Edeltraud ganz unbeteiligt, und Oma Lüders baut sogar seelenruhig noch eine neue Partie vor uns auf.

„Aber Schatz, wir ....." - weiter komme ich nicht.

„Noch nicht, Liebster...." Mit diesem Halbsatz zieht Traude mich wieder neben sich.

Im Kopf ziemlich ratlos, lasse ich es geschehen, und wende mich wieder den Spielsteinen zu.

Die nächste Partie Mühle geht für mich natürlich restlos in die Hose. Wie soll ein verliebter, verwirrter Kopf sich auch auf ein Brett mit schwarz/weissen Feldern konzentrieren, wenn seine Sinne etwas völlig anderes im Sinn haben.

Die beiden haben es geschafft. Die Sperrstunde ist überschritten – uns bleibt keine Zeit mehr für die Liebe.

Traude kommt ohnedies schon zu spät heim.

In mir drin ärgert es mich schon, Heute auf so einige schöne Dinge verzichten zu müssen. Bevor sich bei mir aber die Gnadderichkeit breit macht, steht Oma Lüders unvermittelt auf.

„So, Kinners - nun bin ich rechtschaffen müde - alte Tanten müssen um diese Zeit zu Bett. Mein Deern, du weißt ja wo alles steht – aber bleibt ihr beiden man auch nicht mehr zu lange auf.“

Mit einem bedeutungsvollen Blick, zu mir herüber, verschwindet sie in ihrer Kammer.

Ich kann mich ja selbst nicht sehen, aber mein Gesicht hat im Moment wohl mehr Ähnlichkeit mit einem verstörten Ochsen, als mit einem gestandenen Mannsbild.

Im Zeitlupentempo wende ich mich Traude zu. Diese Abgeklärtheit in ihrem Gesicht, und das Strahlen ihrer Augen – ich werde diesen Anblick mein Lebtag nicht mehr vergessen.

In den Tiefen ihrer feucht schimmernden Augen kann ich jetzt auch erkennen, wer bei uns den ganzen Abend mit am Tisch saß: Es war Eros persönlich.

Ich bin nicht fähig etwas zu sagen, und so dauert es geschlagene fünf Minuten, bis es Tröpfchenweise – bing, bing, bing - in mein Gehirn eingeht ... wir wohnen hier.

„ Tja, mein Schatz - wer vor Überraschungen sicher sein will, der darf mich nicht so lange allein lassen. "

Es ist ein Ratschlag, den ich mir für die Zukunft merken muß.

Trotzdem - Überraschungen solcher Art gefallen mir. Daran könnte ich mich gewöhnen. Sie gefallen mir sogar ausnehmend gut.

Dementsprechend ist auch meine Reaktion, die sogleich von Traude heftig erwidert wird

Als wir wieder Luft holen können, werde ich gnädig in das Geschehen eingeweiht. Die Seligkeit auf ihrem Gesicht hat einem spitzbübischen Lächeln Platz gemacht.

Diese gelungene Sache bereitet ihr fast noch mehr Freude, als wie ich sie empfinde.

„ Schau mal mein Schatz, Oma Lüders sorgt sich echt um uns beide. Wenn die Saison beginnt, wirst du abends doch nur noch sehr wenig Zeit für mich haben. Sie weiß doch, wie lange bei euch im Hotel der Betrieb jeden Tag läuft. "

Traude hat leise begonnen zu erzählen. Meine Lauscher werden so groß wie die Ohren eines neugeborenen Elefanten - damit mir auch ja kein Hauch entgeht.

Mein Schatz fährt flüsternd fort:

„ Was macht ihr denn solange mit eurer Liebe, ohne Liebe zu machen, hat die Oma mich gefragt. Ihr könnt sie nicht einfach, wie einen Besen, irgendwo in den Schrank stellen. Da würde sie ganz schnell

verstauben.

Was sollte ich ihr darauf antworten? Liebe vergeht nicht - oder so einen ähnlichen Stuß? "

Traudes Wangen glühen vor Erregung. Wie zur Bekräftigung ihrer Argumente beißt sie mir zärtlich in die Nase

„Ich weiß es doch nicht. Woher soll ich es auch wissen. Ich war vorher noch nie verliebt. Ich weiß nur, daß es das schönste ist, was mir in meinem Leben bisher passiert ist - und daß ich es ganz, ganz festhalten möchte. "

Wie um es mir zu beweisen, schlingt sie ihre Arme um meinen Hals. In ihren grünen Augen blinkt das flackernde Licht der Kerze – es fängt an zu schwimmen, und rinnt über ihre samtene Haut. Meines Engels Seele weint vor Glück.

Ohne daß ich eines Wortes fähig bin, spüre ich, daß es mir nicht anders ergeht. Traude ist auch für mich das Schönste, was mir bisher passiert ist, und das schöne an dem Schönen können wir nun jede Nacht passieren lassen.

Wange an Wange geschmiegt vereinen sich unsere Tränen miteinander.

Und wieder wehen zerrissene Fetzen der Erinnerung an meinem Denken vorbei.

Ich wünsche mir in diesem Moment, ich hätte meinen Vater nur einmal weinen sehen.

Traude spürt wohl die anderen Gedanken in mir herumpoltern.

„Mein Schatz, woran denkst du?" höre ich sie wispern.

Ohne meine Antwort abzuwarten, fährt sie fort:

„Seltsam - ich muß gerade an zu Hause denken."

„Ich auch" - kann ich nur als Antwort hauchen.

Wir liebkosen und streicheln uns. Die nächste halbe Stunde ist angefüllt mit drängender Zärtlichkeit, bis sie fast unhörbar weiter spricht:

„Laß mich das man machen, mein Deern, hat Oma Lüders nur zu mir gesagt. Vor zwei Tagen bin ich dann hier eingezogen."

Ich spüre, wie stolz sie auf sich ist.

„ ...und für Platz für dich hab' ich auch gesorgt," kommt von ihr schelmisch hinterher.

Ich glaube die Schwester Oberin und Oma Lüders hatten eine lange Konferenz mit dem lieben Gott. Die Konferenz mit meinem Chef habe ich denn ja wohl noch vor mir.

Der wird allerdings den lieben Gott, als meinen Fürsprecher, nicht akzeptieren - aber daß er mich zu diesem Gespräch begleitet, darum werde ich den alten Herrn da oben doch bitten. Na ja - das steht erst in drei Tagen an - zwei Tage habe ich ja noch frei.

„Zwei Tage darfst du schon mal zur Probe wohnen - ich muß ja wissen, ob es mit dir überhaupt klappt!" - flüstert mein Schatz mir ins Ohr.

Heute Nacht hat es auf jeden Fall hervorragend mit mir geklappt. *‚Hervorragend im wahrsten Sinne'* -

steckt mein kleiner Zigeuner mir noch ins Gehirn, bevor mich die Nachtgeister zu sich rufen.

Wer liegt denn hier mit in meinem Bett, ist mein erster Gedanke nach dem Erwachen. Von meinen zwei Zimmergenossen ist doch keiner von südlichen Ufern. Nach dem ersten Lidschlag bin ich dann aber wieder voll auf dem richtigen Dampfer.

Diesen göttlichen Duft hat kein Stift im Kaiserhof an sich. Über meinen ersten gedanklichen Ausrutscher werde ich mal schön den Mund halten.

Lieber Gott - bei soviel Glück, das du in den letzten vierundzwanzig Stunden über mich ausgeschüttet hast, da haben schon weitaus robustere Gemüter die Balance verloren. Verzeih mir, daß mir das passiert ist.

Heute Morgen ist die Küche ein Garten Eden. Einen Arm voller Blumen hab' ich, noch im Morgentau, draußen gepflückt und überall in den Räumen verteilt.

Das Feuer im Herd erzählt schon seine vertrauten Geschichten, und der Teekessel singt vergnügt sein Morgenlied.

Ich wiesel fröhlich pfeifend hin und her, während ich den Frühstückstisch richte.

„Oh - gütiger Gott", ertönt es plötzlich, laut und fassungslos, hinter mir.

Vor Schreck wäre mir beinahe die Teekanne aus der Hand gefallen. Ich wende mich verdattert um.

Oma Lüders steht im wallenden, bunten Nachthemd barfuß in ihrer Kammertür.

Es sprudelt nur so aus ihr heraus:

„Das ich auf meine alten Tage sowas noch erleben darf - da hat der Sargtischler schon bei mir Maß genommen, und plötzlich steh' ich wieder mitten im Leben. Kinners nee - so ein Wunder, nee, so ein Wunder aber auch."

Ich finde, sie übertreibt mit ihrer Begeisterung - aber ein bißchen schmeichelt es meinem Ego schon.

Heimlich, so bei mir selbst, darf ich es mir wohl eingestehen.

Durch Oma Lüders ihre Erstaunensrufe bin ich aber reinweg um ein Morgenvergnügen gekommen.

Ich wollte meine Liebste doch zärtlich aus dem Schlaf küssen - und nun steckt sie, durch Oma Lüders Ausruf aufgeschreckt, ihren Kopf schon durch die Tür. Mit schlaftrunkenem Blick versucht sie, das Geschehen in der Küche auf die Reihe zu kriegen. Um den Rest meiner Morgenfreude zu retten, nehme ich sie ersteinmal zärtlich in die Arme. Mit tausend kleinen Küssen verscheuche ich die Schlafgeister aus ihrem Gesicht.

Unter der kühlen Seide des kurzen Nachthemdchens fühle ich die schwellenden Formen ihres nackten Körpers. Traude trägt nämlich nichts anderes darunter als nur ihre nackte Haut.

Ich rieche, wie sich bei ihr Millionen Poren anschicken, mich unter ihrem betörenden Duft zu begraben.

„Laß uns bis heute abend warten", flüstert mein goldener Engel, als meine Hände sich an ihrem Körper auf Wanderschaft begeben wollen. Ich muß mich gewaltsam von den verführerischen Düften losreissen. Natürlich hat sie Recht - wie immer, wenn sie etwas Kluges sagt. Obwohl... abgeneigt wäre ich nicht - zumal Oma Lüders sich wieder still in ihre Kammer zurückgezogen hat.

Ich klopfe aber meinen Fingern gehörig auf die Finger, und benehme mich wie ein anständiger junger Mann sich in einer solchen Situation benehmen sollte. Meinem Filius behagt mein Rückzieher offenbar überhaupt nicht. Er war sichtbar schon auf Taten eingestellt, und ördelt jetzt leise vor sich hin.

‚Rebelliere ruhig - mein kleiner Zigeuner, heute Morgen bist du überstimmt.'

Mit diesen Gedanken versuche ich dem kleinen Hetzer in mir den Stachel zu nehmen. So ganz überzeugen kann ich ihn aber offenbar nicht. Im Laufe des Tages wird er wohl noch öfter versuchen, es mir heimzuzahlen. Ich kenne den Schlawiner - wir sind ja zusammen groß geworden.

Es wird ein freudiges Frühstück - voller Freude auf das Leben. Selbst Oma Lüders summt ihre Gedanken vor sich hin. Eine Stunde später überlasse ich vor dem großen Kinderland meinen Schatz ihrem Tagewerk. Ich tue es zwar widerwillig, aber einsichtig in die Notwendigkeit!

Als Traude meinen sehnsuchtsvollen Blicken entschwunden ist, mache ich mich schnurstracks auf den Weg zum Kaiserhof.

Mit äußerster Wachsamkeit schlage ich mich zu meinem Zimmer durch. Jetzt von jemand am Schlafittchen gepackt, und um meine freien Tage gebracht werden, das fehlt mir nämlich gerade noch. Dann wäre es mit meinem Probewohnen fürs erste vorbei.

Unser Zimmer ist verwaist. Im Nachbarzimmer erfahre ich, daß Heiner schon wieder im Dienst ist. Er mußte in der Küche ersatzweise für Wölfi einspringen.

Wölfi ist vorerst vom Dienst freigestellt, denn seine Eltern werden für den Nachmittag im Hause erwartet. Oh Graus, wenn ich mir das vorstelle, dann kann ich den Ärmsten nur bedauern.

Am Abend wird dann wohl das Femegericht im Glaskasten tagen. Glaskasten, so nennen wir mit heimlichem Schauer respektlos das Zentralbüro des Patrons. Von da aus hat er alle wichtigen Bereiche im Blick. So meint er es jedenfalls. Vielleicht will er auch nur, daß wir dieser Meinung sind. Was er alles nicht im Blick hat, hat ihm natürlich noch niemand auf die Nase gebunden.

Heiner befindet sich also schon wieder in der Tretmühle – trotz unseres Schwerstarbeiterbonus. Meine Vorsicht war also nicht unbegründet. Man kann doch auf nix mehr bauen. Schnell habe ich die Kleider gewechselt und den Waschbeutel unter den Arm geklemmt – nun geht es ab durch die Mitte.

Um ein Haar geht mein Abgang fast noch schief. Nur durch einen schnellen Sprung auf die dunkle Kegelbahn kann ich dem Patron und unserem Direktor auf ihrem Weg in die Siechenbar noch aus dem Wege gehen. Mein Glück ist, daß das Haus so viele Türen hat. Jetzt aber nichts wie weg und landgewinnen, denke ich, als die beiden Würdenträger um die nächste Ecke verschwunden sind. Nur weg von diesem gefährlichen Kriegsschauplatz, bevor ich mir noch einen Volltreffer einfange, und als Opfer auf dem Schlachtfeld liegen bleibe.

Noch ist früher Vormittag - eigentlich könnte ich noch auf einen Sprung ins Café Matz reinschauen. Bei Jonny Matz bin ich schon eine Zeitlang nicht mehr gewesen. Seit ich Edeltraud begegnet bin, haben Kneipen für mich sehr an Bedeutung verloren. Vielleicht hat man mich im Matz ja bereits für tot erklärt.

Schnell entschlossen springe ich die drei Stufen zum Eingang hoch.

Die Flügel der Doppeltür sind bereits einladend geöffnet. Es herrscht aber noch Ruhe im Café - einzig Fritz, der Kellner, wuselt schon emsig zwischen den Tischen hin und her.

Er ist im Schankraum am aufklaren. Die Begrüßung

fällt herzlich aus. Fritze ist ehrlich erfreut, aber auch erstaunt, mich zu sehen. Für tot erklärt hat man mich auch nicht, weil alle wissen, daß ich bis über die Ohren verliebt bin. Fritz lächelt verstehend, als er mir das erklärt.

„Ich war ja auch mal jung", schickt er seiner Erklärung noch hinterher, als ob er sich dafür entschuldigen will.

„Es war wieder einmal eine verdammt lange Nacht." Wie zur Bekräftigung seiner Worte muß er verhalten gähnen

„Als die letzten Gäste um vier Uhr abgezittert sind, war ich einfach zu kaputt, um noch Rein Schiff zu machen."

Er braucht sich bei mir dafür wahrlich nicht zu entschuldigen - ich kann es ihm nachfühlen. Wir müssen nämlich nach Feierabend nachts des Nachts stets das gleiche Ritual vollziehen. Wir sind also so etwas wie Brüder im Leid.

Soviel Verständnis tut ihm sichtlich gut. Dafür spendiert Fritz erst einmal einen Cognac für uns zwei. Es ist eine äußerst seltene Geste bei ihm.

Das die freundschaftliche Geste nicht nur der Leidensbrüderschaft entspringt, macht mir der Satz nach dem *‚Prost'* klar.

Die wie beiläufig hingeworfene Frage nach den näheren Umständen der Automatengeschichte mit Wölfi entlarvt ihn. Krumm nehme ich es ihm aber nicht. Ich verstehe ihn völlig, denn zum Kellnersein in einer Kneipe, in der nur das Personal aus den umliegenden Häusern verkehrt, gehört selbstverständlich auch, daß man umfassend über alles, was im Milieu geschieht, informiert ist. Sonst kann man als Respektsperson gleich einpacken.

Da ich heute Morgen ja reichlich Zeit habe, bin ich ihm gerne behilflich sein Wissen auf den neuesten Stand zu bringen.

Zumal unser Fritze auch leicht mal fünf gerade sein läßt, wenn jemand von uns etwas schwach auf der Brust ist. Wie gesagt – wir sind Brüder im Leid.

Er hat sich währenddessen schon einen Hocker hinter den Tresen gezogen, und läßt sich mir gegenüber an der Theke nieder.

Das ist in der Tat ein ungewöhnliches Verhalten bei unserem Fritz. Daraus schließe ich sofort messerscharf, daß er viel zu erfahren hofft.

Mein lieber Freund und Kupferstecher, denke ich so innen drin - wenn das man so ist, will ich es dir auch schön bunt ausschmücken.

„Weißt du Fritz - eigentlich darf ich ja niemandem davon erzählen ...aber dir... "

Mit einer bedeutungsvollen Pause unterstreiche ich die Wichtigkeit dieses Satzes. Sie ist ein Signal für unseren Fritz, erneut hinter sich zur Cognac Flasche zu greifen.

In ganzer Breite und Ausführlichkeit bringe ich ihm die Geschichte nun nahe. Soviel bin ich dem alten Gerüstkellner schuldig. *,Und wenn man schon mal* *so ein gefragter Informant ist ...'* - der kleine Zigeuner in mir stachelt mich an: *,Los, los - zieh ihm noch ein paar Kurze aus der Nase, dem Geiz-kragen.'*

In stiller Zwiesprache pfeife ich ihn schroff zurück. Er darf Fritz doch nicht einfach so beleidigen.

,Du kleiner Rest eines fahrenden Volkes willst mich doch nur betrunken machen - als Revanche für heute morgen. Nicht mit mir, und nicht jetzt. Basta.'

Selbst mit so kleinen Quälgeistern muß man ab und an ein Machtwort sprechen. Es scheint zu wirken - er läßt mich in Ruhe. Wenigstens vorläufig.

Die ersten Frühschoppengäste trudeln im Matz ein. Es ist das Signal für mich, aufzubrechen.

Für heute habe ich Fritze denn auch genug bunte Bilder gemalt, und verdrücke mich leise. Sonst laufe ich noch Gefahr, weiteren Bekannten als Quelle für ihren Wissensdurst herhalten zu müssen.

Das kann Fritz besser tun. Ich habe ihn ja aus-reichend Informationen darüber versorgt. Es stärkt seine Reputation gegenüber den Stammgästen. Heute Abend ist die Geschichte dann garantiert schon ein kompletter Kriminalroman.

Unsere Insel ist doch eine schöne kleine Welt.

Das nächste Ziel, das ich anlaufe, ist die Markthalle. Markthalle – das klingt wohl riesig groß - nach Paris und so. Es ist aber nur ein kleiner, richtig feiner Gemüseladen. Besonders schnieke Produkte werden aus der Markthalle schon mal in die Kochwelt des Hotels geliefert - für die französische neue Küche. Daher kenne ich den Inhaber ziemlich gut. Ohne dieses Protegé bräuchte ich meinen Fuß gar nicht über die Schwelle dieses Schlaraffenlandes zu setzen. Diese Schatzkammer ist für meinen kleinen Geldbeutel schlicht dreißig Preisklassen zu hoch angesiedelt.

Dank meiner freundschaftlichen Beziehung kann ich aber einen Beutel vom feinsten Gemüse mitnehmen. Wenn meine Damen heute Mittag nach Hause kommen, dann steht für uns Drei leckerer, bunter Salat auf dem Tisch. Das wird eine Überraschung sein!

Meister Extra's Schlachterladen kann ich natürlich nicht links liegen lassen. Schlachter Extra packt mir auf meinem Wege durch seine Wurstküche noch schnell ein paar Schnitzel ein. Das Fleisch bei ihm ist, wie immer, allererste Sahne.

Normal gehen natürlich keine Kundenwege durch Schlachter Extras Wurstküche, für gute Freunde sind sie aber schon mal freigegeben.

Hier auf der Insel hat sich der Lehrsatz meines Großvaters wieder bewährt: Durch freundlich sein vergibt man sich im Leben nichts, bekommt dafür aber häufig etwas zurück.

Ich bin früh genug an der Burg. Lilly kommt mir schon auf dem Sandweg entgegen. Es ist eine ungewöhnliche Zeit für sie, aber sie scheint den Wandel im Alltag schon registriert zu haben.

Überhaupt - Katzen! In letzter Zeit habe ich es häufiger mit hoch entwickelten Kätzchen zu tun.

Jetzt muß ich mich sputen, und darf die Gedanken nicht mehr so unkontrolliert abschweifen lassen.

Sonst komme ich mit der Zeit in die Bredouille. Zuerst einmal hin zum Brunnen um frisches Wasser zu holen. Als der Eimer über dem Brunnenrand erscheint, muß ich mir einen großen Becher davon zu Gemüte führen. Ich muß Fritze seinen Cognac damit verdünnen, der mir noch immer leichtflüchtig durch den Kopf kreiselt.

Mein kleiner Zigeuner hat sich auch noch gar nicht wieder gemeldet. Der betrachtet dieses Kreiseln wohl als eine Fahrt über den Rummelplatz, und ist anscheinend ausreichend mit sich selbst beschäftigt.

Nun das Gemüse waschen, und alles fein putzen - die Minuten fliegen mit Schallgeschwindigkeit durch den Raum.

Hhhmmm - da hab ich mir aber eine raffinierte Soße einfallen lassen - ich kann ja richtig stolz auf mich sein. *,Warte ab was die Frauen dazu sagen'* - meldet sich in mir drin jemand zu Wort.

Aha, die Fahrt über den Rummelplatz ist beendet - jetzt muß ich wieder herhalten, und die kleinen süffisanten Sticheleien über mich ergehen lassen. Soll er seine Freude haben. *,Irgendwann schmeiße ich ihn raus.'* Das darf ich nur nicht laut denken,

sonst macht er mir das Leben vorher noch zur Hölle - dieser Mistkerl. Au – hab' ich mich geschnitten. Hat doch der Zigeuner garantiert meine schwarzen Gedanken mitgehört, und sich umgehend dafür revanchiert. *,Entschuldige bitte'* - versuche ich ihn milde zu stimmen – *,ich werde in Zukunft nur noch über dich herziehen, wenn du Achterbahn fährst.'*
Er ist beleidigt und schweigt eine Runde.
So - der Salat steht! Das Feuer im Herd hat sich schon richtig rund eingelaufen. In der eisernen Pfanne fängt das Fett an zu brutzeln.
Ich werfe einen Blick zur Uhr – ich habe noch fünfzehn Minuten Zeit.
Es klappt wunderbar. Schnell noch die Schnitzel geschlitzt, den Käse hinein, das Ganze zugeheftet, und ab in die Pfanne, ihr Lieben. Als meine beiden Augensterne in die Tür treten, meldet auch meine Pfanne: Alles klar, Chef! Die Überraschung ist mir gelungen, und eine wunderschöne Mittagsstunde ist gerettet.
,Das hast du ja bloß gemacht, weil du dir was erhoffst' - mault mich mein Vize von innen her an.
,Du bist ja bloß neidisch,' kann ich ihm nur zur Antwort geben.
,Jetzt hör mir mal zu' - giftet er mich an – *,du hältst das schönste Mädchen im Arm, treibst die tollsten Sachen mit ihr - und ich, ich muß alles mit ansehen. Das einzige was du mir gönnst, ist ein roter Kopf - und da soll unsereiner nicht vor Neid zerplatzen.'*

Peng - hab ich mein Fett weg. Recht hat er ja, der Arme. Mir würde es nicht anders ergehen. Aber die Plätze tauschen, das kommt überhaupt nicht in Frage. *‚Wenn du auch vorne dran bist'* weise ich ihn zurecht – *‚bestimmen tu immer noch ich.'*

„Traude, da hast du dir ein Goldstück geangelt" - bauchpinselt Oma Lüders meine Eitelkeit - um gleich einschränkend hinzuzufügen:

„Gib aber gut acht, daß es so bleibt."

Ich vermute, mein eifersüchtiger kleiner Schweinehund hat ihr einen Tritt versetzt. Das traue ich ihm glatt zu, weil er bloß still vor sich hin lacht. Häme in reinster Form.

Das Essen hat vorzüglich geschmeckt.

„Abwaschen," sagt Oma Lüders, *„das mach ich nachher - ich brauche heute nicht mehr ins Hospiz. Jetzt ist erstmal Mittagsstunde."*

Mit diesen Worten nimmt sie uns das Geschirr aus den Händen, und schiebt uns nach draußen. Hinter dem Haus, in der Laube, stehen Liegestühle, die wir in der Sonne aufstellen. Schön dicht beieinander. Händchenhaltend liegen wir mit geschlossenen Augen in der späten Mittagssonne. Wir wollen ein bißchen Schlaf nachholen, ein bißchen Kräfte tanken - vielleicht?

Nach wenigen Minuten schon geht meine Hand auf Wanderschaft, um lockende Regionen in der Nachbarschaft zu erkunden.

Meine Fingerspitzen tasten sanft über einen glatten Bauch, massieren die prallen Rundungen der schwellenden Brüste und gleiten von den hart gewordenen Spitzen zurück zum Nabel. Eine Weile ist es für meine Finger der Nabel der Welt. Doch neugierig geworden, streben sie nach mehr.

Irgendwo befindet sich das Zentrum des Universums - auf dem Weg dahin haben sie den Hügel der Venus schon erobert. Aphrodite hindert sie mit sachter Hand am weiteren Vordringen. Du mutiger Krieger, warte - ich hole uns eine Decke; flüstert meine Königin. Wieder bemerke ich diese Neigung zum praktischen – es ist wahrlich ein seltenes Schmuckstück, dem ich da in die Fänge geraten bin. Ich komme ihr zuvor, und eile ins Haus, um eine Decke zu holen. Oma Lüders bemerkt mich gar nicht - sie schnufelt mit glücklichem Gesicht in ihrem Lehnstuhl vor sich hin. Schöne kleine Welt. Die Decke geschnappt und schnell zurück. Im vorbeihuschen breche ich von der Hecke eine jungfräuliche Rosenblüte. Wo ist meine Traude geblieben? Ihr Platz ist verwaist. Hat sie sich himmelwärts, auf Wolke sieben, verzogen? Ohh, nein - kaum habe ich die Decke ausgebreitet, steht sie vor mir. In einer Schönheit - wie sie nur Adam im Paradies sehen konnte. Willenlos knie ich vor ihr nieder, bis zum Hals angefüllt mit Wollen - ohne Denken und Verstand. In den goldig schimmernden Pelz ihrer Scham stecke ich die jungfräuliche Rose -

und kose dieses Bild einer Göttin mit meinen heißen Lippen.

Willfährig folgt mein Mund ihren Bewegungen. Ich bin schmelzendes Wachs in einem glühenden Ofen. In meinem Kopf ist Funkenregen und Singen - ich tanze auf einem bebenden Vulkan. Das Toben dauert schier endlos. Mit einem Laut, als wenn der Himmel sich öffnet, sinken wir zu Boden, als glühende Reste göttlicher Lava.

Bis wir uns gesammelt haben, und unser Denken und Fühlen wieder am richtigen Platz ist, vergeht eine Weile. Durch unsere Körper laufen kleine Nachbeben, als wenn uns ein Jemand behutsam vom großen Ausbruch wegführt. Bleib in mir - fleht die vergehende Hitze - bleib in mir - bitte - laß mich nicht allein.

Drei Glockenschläge trägt der Wind zu uns herüber - sachte, nicht treibend. Verhaltene Mahnung zur Pflicht. Ohne Hast löse ich mich aus der Umarmung meines Engels, werde wieder ich selbst. Eine halbe Stunde kann sie noch ruhen.

Ich bedecke ihre Blöße wie ein Kleinod, das schon allein durch den Blick fremder Augen Schaden nimmt. Traude haucht mir noch einen Kuß hinterher, als ich mich davon mache, um für uns die Vesper zu bereiten.

Oma Lüders werkelt in ihrem Gemüsegarten. Die Erdbeeren zeigen die erste Röte - verschämt noch, wie ein junges Mädchen, dem die erste Liebe zu schaffen macht.

Es ist reichlich früh in der Zeit - die Nachtfröste ziehen noch übers Land. Das macht nichts, sagt Oma Lüders. Man muß sie nur beschützen - wie so junge Mädchen auch - und zur rechten Stunde zur Stelle sein. Dann hat man Freude an der reifen Frucht.

Ich habe in der kurzen Zeit unserer Bekanntschaft schon mehr an Lebensweisheit von Oma Lüders geschenkt bekommen, wie von anderen Menschen in den Jahren davor. Meine Mutter hat mir auch unendlich viel gegeben - sie hat sich in ihrem Leben immer nur für die Familie eingebracht.

Das aber zehrte von anderen Wurzeln. Mutter ist von einer grenzenlosen Gutheit belastet - Oma Lüders aber ist mit einer grenzenlosen Güte gesegnet.

Ich konnte es bislang nicht einordnen, aber seit ich Oma Lüders kenne, bin ich vom Himmel mit manchem Verstehen beschenkt worden. Manche Träne des inneren Leids habe ich während meiner Kindertage in dunkler Ecke trocknen lassen, um nicht hören zu müssen: Männer weinen nicht.

Mein Engel hat mir gezeigt, feuchte Augen waschen auch bei harten Männern das Fühlen rein. Falsche Scham bringt uns vielleicht um das Kostbarste, was wir erleben dürfen - eine offene Seele.

Eine Seele, die in Eisen gerüstet ist, verspürt nämlich selten ein zärtliches Streicheln.

‚Was du immer hast.' Mein kleiner Revoluzzer ist wieder aktiv.

‚Und wer stellt mich immer in die hinterste Ecke, wenn es am schönsten wird? Mein Seelenleben interessiert doch auch niemand.'

‚Freundchen' - warne ich ihn – *‚bescheide dich. Sonst besorge ich für dich eine schwarze Brille, und nichts ist mehr mit zugucken.'*

‚Hab dich doch nicht gleich so', kommt noch von ihm, bevor er sich wieder in seine Ecke zurückzieht. Junge - höllisch aufpassen muß ich, damit er mir nicht eines Tages auf dem Kopf herumtanzt - der kleine Schurke.

Während meine Gedanken mit sich selbst Pingpong spielen, habe ich die Vesper angerichtet. Traude hat sich zurück verwandelt, in die herbe Schönheit einer Kornblume.

In meinen Armen wird sie zur Lotusblume, die in den Stürmen der Leidenschaft blüht, wie die Rose von Jericho. Wer sie schaut wird blind, taub und stumm. Schauen kann die Blüte aber nur, wer reinen Herzens ist.

‚Kannst du dir ja was drauf einbilden, du taubstummer Blinder' - fährt es mir aus dem Bauch herauf ins Gehirn – *‚paß' nur auf wo du hintrittst.'* Ich ignoriere einfach den kleinen Nörgler. Mit aller Macht will er mir die Laune verderben – nur, seine Mühe ist vergebens.

Is Teetied - rufe ich laut in den Garten hinaus. Die letzte Silbe ist noch auf dem Weg, da stehen meine beiden Frauen auch schon hinter mir. *„Das ging* *aber fix"*, entfährt es mir.

Meines Engels verschämte Erklärung für ihre Schnelligkeit: *„Wir stehen schon einige Zeit vor der Tür ...!"*

„Wir mußten dich einfach beobachten" - setzt Oma Lüders verschmitzt hinzu.

„Von so einem Mannsbild" - Mannsbild sagt sie, nicht Junge – *„da hab ich mein Leben lang von geträumt."*

Traudes Gesicht strahlt wie die warme Nachmittagssonne. Mir ist rein ein bißchen genierlich zumute, ob soviel Lobes. Ich besorge doch nur, wonach es mich drängt - was mir Freude bereitet. Einfach, weil es mir Spaß macht.

,Besorgen, und Spaß haben' - hakt der Kleine in mir wieder nach – *,da könnte ich dir auch noch was zu erzählen ...!'*

,Halt endlich die Klappe', fahre ich ihm in die Parade. Es ist gar nicht so einfach, sich von so einem Halunken nicht ablenken zu lassen.

Der Duft des Tees nötigt uns zum Platz nehmen. Wie eine Wolke hängt er über dem Tisch. Ich hab meine stille Reserve angeschnitten. Es ist Mettwurst. Handgemacht. Eine liebevolle Mitgabe meiner Cousine Martha, bei meinem letzten Besuch in Holtrup. Bäcker Saathoffs Schwarzbrot und luftgetrocknete Mettwurst. Da kann man nur mit geschlossenen Augen der Zunge lauschen. Während die Scheiben im Munde verschwinden, meint man Ostfriesland zu riechen. Niemand sagt ein Wort - wir sind zu sehr mit genießen beschäftigt. Den feinen Ausklang besorgt ein dickes Stück von Oma Lüders Sonntagsstuten.

„Na, das war aber reichlich für so einen gewöhnlichen Tag" - merkt Oma Lüders an, während sie sich zufrieden lächelnd in ihrem Sessel zurücklehnt. Edeltraud streicht mir liebevoll über meinen Bauchansatz, was von meinem Stänkerer in mir mit: *,da ist aber viel Platz für die Seele!'* - kommentiert wird.

Anscheinend nimmt er meine Drohungen gegen ihn nicht ernst. Wenn ich nachher alleine bin, muß ich ein ganz hartes Wort mit ihm reden.

Im Innern gebe ich ihm ja Recht. Ich muß schon höllisch aufpassen, damit mein Bauch nicht zur Plautze wird.

Das muß er mir aber nicht ständig unter die Nase reiben. Unter guten Freunden tut man so etwas nicht. Ich werde ihm noch die Freundschaft kündigen müssen, wenn er sich nicht bessert.

Die gemeinsamen Stunden des Glücklichseins führen sich auf, als könnten sie es nicht erwarten, wieder in das Maß der Ewigkeit zurückzukehren. Ich fühle wie sie verrinnen, so wie der Sand durch meine Finger rinnt, wenn ich an der Abbruchkante meiner Düne sitze.

Genau wie jetzt, nachdem die Bastei mein Liebstes wieder verschluckt hat. Die Stunden ohne meine Liebe sind - ich sehe es plötzlich wie in einem Spiegel - öd und leer. Der Spiegel beginnt zu leben - die zerrissenen Fetzen der Erinnerung fügen sich in ihm zu einem Bild.

Ich sehe mich - wohlbehütet im Schoß der Familie. Ein Schoß, der, mit den in ihm versteckten Waffen, meiner kleinen Seele viele Wunden zugefügt hat. Die vielen Risse glaubte ich längst vernarbt - doch plötzlich merke ich, daß aus jedem Stich noch Wundwasser fließt. Ein Bild, das von einem Jahrzehnt meines Lebens verschüttet schien. Zehn Jahre meiner Zeit sind in ein Loch gefallen.

Als kleiner siebenjähriger Butscher sitze ich am Strand - ein anderer Strand - dasselbe Wasser. Der Sand in meinen Händen rinnt mir durch die kleinen Finger. Ich müßte schon Stunden zu Hause sein, im Kreise der Familie.

Davor graut mir! Der Platz am Wasser schenkt mir eine kurze Zeit ohne Angst. Sie ist hinter dem Deich zurück geblieben, fürchtet sich wohl selber vor der Freiheit - die mich, hier am großen Wasser, in ihre Arme nimmt.

Ich möchte einmal ohne unsichtbares Zittern im kleinen Körper sein. Ich wünsche mir, einmal dem Vater mit Freude zu begegnen. Dem Vater, der mit eiserner Strenge jedes Malheur ahndet - nein, nicht mit Schlägen. Nichtbeachten, oder beugen einer kleinen Seele sind da in seinen Augen viel wirkungsvoller. Der kleine Bastard sollte spüren, daß er nur gelitten war. Der hätte sich ja nicht gerade in ein reifes Ei, im Bauch der Angetrauten, einnisten müssen – im vorletzten Kriegsfrühling. Obendrein auch noch von einem anderen Mannsbild stammend, denn er selbst turnte zu der Zeit durch die Betten norwegischer Blondinen.

Ich möchte einmal ohne Angst vor den Geschwistern sein, die um ihre Pfründe fürchten.

Des Spiegels Bild zerbricht in tausend Stücke. Ich sitze wieder auf der Dünenkante, Sand in den Händen. Ein mordsmächtiger Kerl hat mir, nach seiner Ansicht zärtlich, auf die Schulter geklopft. Es ist Franz, ein Arbeitskollege, und gleichzeitig guter Geist im Kaiserhof.

„Wir haben schon geglaubt, du wärst verschütt gegangen" - poltert er freundlich los. *„Da hat einer in dem ganzen Trabbel tagelang frei, und läßt sich nicht einmal an der Front sehen, um den Kumpels Mut zu machen. Stattdessen hockt er hier in der Wüste, mutterseelenallein, und zählt die Sandkörner. Wie weit bist du denn schon damit? "* will er von mir wissen.

Ich muß nun doch lachen. *„Nee, nee Franz - mach dir man keine Sorgen um mich. Ich war nur kurz verreist. "*

„Ach so – wohin warste denn? Nach Hause? " Verständnis macht sich in seinem Gesicht breit.

Ich nicke nur mit dem Kopf. Das es bloß eine Geisterreise war, binde ich ihm wohlweislich nicht auf die Nase.

„Komm' mit" - fordert er mich auf – *„Eier suchen. Ich muß einem meschuggen Gast noch einen Korb Möveneier verscheuern - der ist da ganz wild drauf. Heute ist die letzte Gelegenheit dazu. Morgen früh macht der die Fliege. Ich geb' dir dafür am Flugplatz auch einen aus. "*

Ohne eine ausführliche Erklärung werde ich den guten Franz sowieso nicht wieder los - also denn, auf, auf ihr müden Krieger. Bei mir brennt ja dadurch nichts an, und ich erfahre gleich den neuesten Hausklatsch.

„Schietsache - das mit Wölfi" - geht es denn auch schon los. Nein, denke ich - nicht das schon wieder erzählen müssen. Darauf hat es der Gute aber gar nicht angelegt. Ich muß mir in den nächsten zwei Stunden nur seine Sicht der Dinge zu Gemüte führen. Er hat sonst nicht oft Gelegenheit, was ihn alles so bewegt, an irgendjemand los zu werden

Er steht bei uns im Ruf, etwas sonderbar und einfältig zu sein. Diesen Eindruck muß ich nach zwei Stunden gründlich korrigieren - wenigstens schon mal bei mir.

Seit seiner unkonventionellen Landung bei unserer Truppe haben wir es ihm auch wahrlich nicht leicht gemacht. Niemand hat dermaßen unsere derben Späße ausbaden müssen, wie der gute Franz. In diesen zwei Stunden geht mir eine ellenlange Kette von Lichtern auf. Ich schwöre insgeheim, das kommt so schnell nicht wieder vor.

„Hast ein schlechtes Gewissen was' - kitzelt es in meinem Bauch. Dem Spürhund in mir entgeht aber auch nichts, beständig liegt er auf der Lauer.

„Sag mal, wann schläfst du eigentlich?' - frage ich lautlos zurück.

Ein vergnügtes Kichern ist die Antwort. Nur gut, daß ihn keiner außer mir vernehmen kann. Die Blamagen, die er mir ständig bereiten würde, die könnte ich gar nicht mehr zählen.

Geschlagene zwei Stunden und zehn Minuten habe ich Franz nun zugehört - mit steigendem Interesse. Plötzlich kommt ein Geschoß auf mich zu.

„Man erzählt sich, du hättest 'ne Freundin - ganz was Festes." Jetzt will er wohl was hören. So scheint es mir, und ich gehe seelisch in Abwehrstellung. Ich errichte sofort eine Festung, um unsere Liebe. Ich schweige eisern - bis der Raubritter in meiner Seele mich piesackt: *„Typisch für dich - von wegen ganz was Festes! Willst dein Liebchen wohl genauso totschweigen wie mich.'*

Ein Zorn steigt in mir hoch.

„Dir werde ich es beweisen', hau' ich ihm auf den Kopf.

Franz setzt auch gerade an, um noch eine Salve auf mich abzufeuern, als ich ihm zuvorkomme.

„Da erzählt man recht - Franz - und auch wieder

nicht. "

Sein rundes Gesicht zerfließt zu einem riesigen Fragezeichen. Das will ihm denn doch nicht so recht eingehen.

Was denn nun, fragt es mich mit unverhohlener, stummer Neugier - Hüh oder Hott?

Der Schulmeister bricht in mir durch - so ein bißchen hab ich doch schon die Manieren meines kleinen Zigeuners angenommen.

„Sieh mal Franz, Freundinnen hat ein Jeder an jeder Ecke zwei. ICH hab' meine große Liebe gefunden. "

Langes Schweigen folgt meinen Sätzen.

‚Lackaffe!!!' tönt es unüberhörbar in mir.

„Das mit den Freundinnen, das kapiere ich nicht ganz. Ich hab' nämlich keine Ecke, an der ich Zwei habe. "

Ein leichtes Zweifeln hängt noch in seinem Gesicht – *„das mit der großen Liebe"* - sagt er, *„das kann ich verstehen - ich hab' meine Mama auch ganz doll lieb. "* Peng sagt es - und mein Bedauern über die Streiche, die wir ihm gespielt haben, hat nicht mehr ganz so große Füße.

Vor der Flugplatzbar nutz' ich die Gelegenheit zum davonkommen. Der Goliath von Jule Hering steht mit knatterndem Motor auf dem Parkplatz. Ich weiß, daß er nicht lange bleibt. Nicht, das er es mir gesagt hätte - das nicht. Wenn Jule Herings Dreirad irgendwo steht, weiß jeder auf der Insel sofort, ob es für kurz oder länger ist. Bei Stopps, die länger als Fischabliefern und einen Klaren dauern, ist der Motor abgestellt. Wenn er nur etwas reinlangen muß, bleibt der Knatterkasten in Gang. Er muß nämlich anschließend wieder mit der Kurbel den Motor anschmeißen - das Schmuckstück hat noch keinen elektrischen Anlasser. Jules Museumsstück ist von Geburt noch ein Hansa-Kleinlastwagen aus den Vareler Autowerken - Jahrgang 34. Er ist mittlerweile eine Rarität, genau wie Jule selbst.

Ich hab' Jule mal einen Gefallen getan - sozusagen mich als sein Lebensretter profiliert. Darum ist das mitnehmen für ihn überhaupt keine Frage.

,Nun spiele dich man nicht so auf' - ördelt mein kleiner Vize in mir drin – *,du hast dafür ja auch eine rasante Liebesnacht gehabt. Kostenlos!'*

Immer, und immer wieder muß er mich an diese halbseidene Geschichte erinnern.

Es ist im Spätsommer des letzten Jahres. Heiner und ich sind in der Kajüte gestrandet. Wir wollen hier noch einen Absacker nehmen, und denn in die Koje. Das haben wir uns zumindest vorgenommen. Wer sitzt am Tresen mit einer Wucht von Braut, als wir in die Gaststube reinkommen? Jule Hering!

„Moin moin - und tu uns man eben ein Bier" – ist unser Spruch zum Wirt.

Das Bier steht kaum vor uns - ich hab' noch gar nicht zugelangt – da legt Jule mir einen weichen, warmen Arm auf die Schulter. Es ist der Arm seiner Begleiterin. *„Das Fräulein hört zu dir"*, raunt er mir zu. Im gleichen Augenblick steht er auch schon, fünf Schritte entfernt von uns, allein am Tresen und greint in sein Bier.

Hat das Schlitzohr doch durch die offene Tür seine Else kommen sehen, und lamentiert jetzt lautstark, daß sie ihm nicht einmal seinen Feierabendkööm gönnt. Und ich habe eine Braut am Hals.

Daß dieser Umstand mir direkt zuwider ist, kann ich nicht sagen. Nach unserer Stundentour durch etliche Krüge bin ich ja auch nicht mehr hundert Prozent frisch im Kopf.

‚Man kann sich die häßlichste Frau schön saufen' - klingt der Einwurf aus dem Bauch zu mir herauf.

‚Lieder, die man nicht kennt, soll man nicht singen' - kontere ich dem Witzbold. Es ist schon ein Kreuz mit so einem Moralapostel in den Eingeweiden.

Na ja, aus Koje wird in dieser Nacht nichts - zumindest nicht aus der eigenen. Die abgeschobene Braut hat das verhinderte Téte a téte mit Jule schnell abgehakt, und mich als vollgültigen Ersatz angenommen.

Es wird eine Nacht mit Hauen und Stechen. Jules persönliches Pech hat mir eine Lehrmeisterin der Liebe beschert, die wohl direkt dem Kamasutra entstiegen ist.

Bevor sie mich bei Tagesanbruch aus ihren Fängen läßt, steckt sie mir noch: Bezahlt hat Jule schon. Ich muß, vielleicht zu meiner Schande, gestehen, Gewissensbisse habe ich deswegen nicht. Nur einen riesigen Muskelkater, und den in Körperteilen, von denen ich bisher gar nicht wußte, daß da Muskeln angesiedelt sind.

Der kurze Weg in den Kaiserhof führt an diesem Morgen über die Alpen. So kommt es mir jedenfalls vor. Heiners Bemerkung, als ich noch gerade rechtzeitig zum Dienst erscheine:

„Du siehst aus wie ein Wollpullover nach einem Heißwaschgang bei Melles. "

Helmuth Melles ist unser Wäschereimeister. Wie Recht er hat. Es dauert eine gewisse Zeit, bis ich meine Ausgangsform wieder erreicht habe.

Wiedergesehen habe ich die kleine Teufelin nie. Sie ist wohl am Morgen stehenden Fußes wieder in den Kamasutra gehüpft. Nur der selbsternannte Prediger in meiner Brust muß mir die Geschichte von Zeit zu Zeit aufs Brot schmieren. Er ist halt ein nachtragender Miesepeter, der Kleine. Irgendwann bekommt er sein Fett auch noch weg. Garantiert.

Franz ist, sicherlich zu seinem Leidwesen, nun doch allein in den Salzwiesen am Eier suchen, und ich sitze mit Jule Hering im rumpelnden Goliath.

Ich bin stolz wie Oskar, weil er mir das Steuer überlassen hat. Nach der Rettungsaktion in der Kajüte will er mir partout das Auto fahren beibringen.

Die Strecke vom Flugplatz ins Dorf bietet sich

geradezu an für solche Unternehmungen..

Unsere Inselsheriffs sehen das sicherlich ganz anders, aber sechs Gendarmenaugen können nicht an jedem Ort zugleich sein.

Kurz vor der Meierei wechseln wir wieder die Plätze - sicher ist sicher. Ausgangs der Dünen noch ein kurzer Handschlag zwischen uns, und meine Beine treten wieder in Aktion. Das restliche Stück Weg durch die Siedlung lege ich zu Fuß zurück.

Hin und wieder höre ich ein Hee und ein paar freundliche Worte - man kennt mich hier. Wenn auch nicht als Insulaner, so doch als dazugehörig.

Von meinen drei Schwestern die Jüngste, hat einen waschechten Norderneyer Jung zum Mann.

Das ist sozusagen meine Eintrittskarte in den Kreis der Eiländer.

So kleine verwandtschaftliche Beziehungen haben oft etwas Bestechendes an sich. *„Kommt doch heute Abend zu uns her, um ein bißchen mit uns zu feiern. Wilfried hat Geburtstag"* - wird mir aus einem offenem Fenster zugerufen. Kommt doch heute Abend - nicht etwa komm doch heute abend!

Man weiß also in der Siedlung auch schon um mein Glück.

„Danke" - rufe ich zurück – *„wir kommen gerne. "*
Obgleich mir dieses gerne gar nicht gerne über die Lippen kommt.

Nicht, daß ich die Menschen nicht mag - und so eine

Feier unter Freunden ist ja auch nie weg - aber ...,
und dieses aber kriecht mir so ein bißchen unter die
Haut - die Welt ist so klein! Wenn wir heute Abend
gemeinsam hier feiern - und wir werden es tun -
dann werden die Buschtrommeln nicht allzu lange
Zeit benötigen, um die Kunde von unserem Glück
über die norddeutsche Tiefebene zu verbreiten.

„Na, denn man frischauf, wagen wir es!" sagt
Traude nur, als ich ihr von der Einladung berichte.
Meine Bedenken hinsichtlich der fliegenden Nach-
richten wischt sie natürlich nicht so einfach vom
Tisch, dafür ist sie viel zu klug. Mutiger als ich ist
sie obendrein auch noch.
*„Durch weglaufen werden Probleme auch nicht
kleiner - dadurch kann man höchstens mal für kurze
Zeit seinen Hintern retten"* - ist ihre einzige Er-
klärung. Oma Lüders nickt zustimmend mit dem
Kopf. Zwei so überzeugend argumentierenden
Damen bin ich nicht gewachsen. Mein lahmer
Einwand, *„aber wir haben doch gar kein
Geburtstagsgeschenk für Wilfried"*, wird zum plat-
zenden Luftballon.
Traudes Schutzengel zaubert aus ihrer Truhe eine
herrliche Miniatur hervor – es ist ein Buddelschiff.
Es ist ein so gelungenes Exemplar wie ich es vorher
noch nicht gesehen habe.
Ich hab' für solche, und andere Fälle, immer eine
Kleinigkeit im Hause, verkündet die Oma - und

vertieft damit das Strahlen in den Augen meiner Angebeteten. *„Ihr habt gewonnen"*, kann ich den beiden nur sagen. Und damit sind wir wieder auf einer Linie.

„Ja, ja" - sagt Oma Lüders – *„Mannsleute sagen oft, sie glauben nicht an unsern Herrgott. Dabei erwarten sie meist jeden Tag ein neues Wunder."* Das hat sie völlig ernst gemeint - so scheint es mir zumindest. Ich frage aber lieber nicht nach.

Jetzt noch die Krone aufs Haupt meiner Liebsten gesetzt, und ab unters Volk.

In Oma Lüders Augen sind wir das schönste Liebespaar.
Es wurde ein Abend, wie er nicht schöner hätte sein können. Traude wurde von den Anwesenden erst einmal gründlich unter die Lupe genommen. Das taten die meisten, ohne sich dabei zu genieren. Und sie wurde für gut befunden. Damit war sie als vollwertiges Mitglied in den Stamm aufgenommen.
Stunden später, die Feier ist vorbei, sitzen wir am Nordstrand in unserem Traumschloß, dem Strandkorb achtzehn. Ich fühle mich wie Gott Neptun, der mit seiner schaumgeborenen Nixe soeben dem nächtlichen Meer entstiegen ist.
Wir konnten einfach nicht umhin, nach diesem schönen Abend noch in die glitzernden Wellen der unruhigen See zu springen. Es war wie lindernder

Balsam für unsere heißen Körper.

Eng aneinander geschmiegt, lassen wir die letzten Stunden noch einmal Revue passieren.

Romantischer kann es unter duftendem Oleander an südlichen Stränden auch nicht sein. Langsam schlendern wir heim - dem Schlafe zu - der uns schon auf leichten Füßen entgegeneilt, als könne er es nicht erwarten, uns in seine gnädigen Arme zu nehmen. Wie zwei Kinder, die irgendwo umherirren, versinken wir in den Tiefen der Nacht.

Der Alltag hat mich wieder. Heiner klappert in der Küche mit Töpfen und Tiegeln, er ist emsig mit den Vorbereitungen des Tages beschäftigt.

Aus der Kaffeeküche duften Bilder, die denen eines Wiener Kaffeehauses gleichen. Die Kaffeeköchin hat sich schon seit vier Uhr in ihre Märchenwelt gehüllt.

Ich umrunde die Tische des Speisesaales, um alles noch ein zweites Mal zu kontrollieren.

Hier noch die Lage eines Löffels, da noch den Stand eines Glases korrigieren. Ich will auf jeden Fall Minuspunkte vermeiden.

Wenn die unbestechlichen Augen Mister Doornkaats erst die gedeckten Tische begutachten, dann ist alles zu spät. Mister Doornkaat, unseren Direktor, kennen wir nicht anders, als stets piekfein und korrekt im Stresemann daherkommend. Die silberweißen Haare sind immer bewußt nach der neuesten Mode gerichtet. Nur sein Gang ist manchmal etwas onduliert, wenn er dem beleibten Titelbild der grünen, vierkantigen Doornkaatflasche zu häufig Bescheid gestoßen hat.

Daß seine Frau, eine bekannte Fernsehansagerin, ihn austauschte gegen einen ebenso bekannten Sport-reporter, hat ihn leicht aus der Bahn geworfen. Seitdem ist der Geist aus der Flasche zu seinem Tröster geworden, und er, als exzellenter Hotel-fachmann, zu einer Marionette unseres allgegen-wärtigen Patron.

Es ist noch reichlich Zeit in der Zeit, bis die ersten Gäste ihre übernächtigten Nasen zeigen. Die frühe Morgenfähre lichtet um sechs die Anker.

Wir Frühdienstler treffen uns bei Eleonore, unserer Kaffeeköchin. Wir wollen in der Kaffeeküche mit der Wiener Kaffeehaus - Atmosphäre noch schnell einen ostfriesischen Tee trinken. Es scheint eine verkehrte Welt, aber so ist es in der Gastronomie. Der Tee bringt Leben in meinen langsam anlaufen-den Denkapparat. Ich hab' zwar wunderbar in den Armen meiner Liebsten geschlafen, aber zu wenig - vermute ich. Vermute ich klingt so nach nicht wis-sen. Frommer Selbstbetrug - klar weiß ich, das ich zu wenig geschlafen habe.

Wie sonst hätte Traude heute morgen geschlagene fünf Minuten gebraucht, um mich munter zu ma-chen. Mich - den Herold der Frühaufsteher, der Morgen für Morgen die Kollegenschar weckt. Hoffentlich verführt mich dieses zärtliche Wecken nicht dazu, es mir zur Gewohnheit werden zu lassen. In der vergangenen Nacht hätte man mich mit klingendem Spiel entführen können - ich wäre erst wieder in fremden Landen zu mir gekommen. Seltsam - mein Schatz hat genauso viel Schlaf entbehrt wie ich - und doch sorgt sie, daß ich pünktlich in die Hufe komme. Es ist ein weiterer Beweis für mich - Frauen sind in vielen Dingen des täglichen Lebens robuster und belastbarer.

„Hee" - berührt mich jemand unversehens an der Schulter – *„träumst du?"* Ich hab' gar nicht bemerkt, daß die anderen schon wieder am werkeln sind.
Eleonore schaut mich mit wissenden Augen fragend an.
„Die Gedanken an dein Glück laß' besser für die nächsten Stunden hier bei mir - ich verwahr' sie für dich", raunt sie mir im vorbeigehen zu.
„Sonst gibt es garantiert Ärger mit dem Direks - der turnt nämlich schon seit ein paar Minuten vorne in der Halle herum" – flüstert sie mir als Warnung ins Ohr.
Wenn wir Stifte Lore nicht hätten - ihr Herz muß so groß sein wie ein Güterwagen. Sie hat so manches Verhängnis, das uns drohte, darin verstaut. Mir scheint, alle sind mit ihrem Verhalten einverstanden – alle sind irgendwie froh, daß sie da ist - sogar Mister Doornkaat. Jaaa - könnte jetzt jemand sagen, bei einer so gut aussehenden Frau - das ist doch

verständlich. Indem dieser Jemand das sagt, fällt es auch mir auf - sogar eine ungewöhnlich gut aussehende Frau. Seltsam mutet es mich schon an - man wird bei Eleonore zuerst an ein warmes Nest erinnert. An Geborgenheit und Sicherheit. Ihre Schönheit residiert an zweiter Stelle - auch für Jedermann gut sichtbar, doch immer ihrer Seele den Vortritt lassend. Es dämmert mir, warum sie nicht von unseren ständig balzenden Besatzungsmitgliedern hofiert wird. Nein, nein – es gibt da auch auch keine Versuche unter Decke. So etwas läßt sich in so einem feinfühligen Gebilde, wie unser Personalkörper eines ist - nicht eine Viertelstunde lang geheim halten. Und sei es nur der begehrliche Blick eines hungrigen Männerauges auf den verlockenden Schritt einer Dame - alles wird peinlich genau registriert - und diskutiert!

Nicht der Hauch eines Versuches wurde in der Nähe unserer Kaffeeköchin aufgefangen. Als wenn ein Strahlenkranz sie umgibt, der alle lüstlichen Gedanken sich heran pirschender Böcke neutralisiert.

Eleonores warmes Lippenpaar berührt sacht meine Wange - nun sause los, du Träumer. Ein flüchtiger Klaps auf meinen strammen Po bringt mich in Schwung. Ich sause husch, husch - durch das Office zur Schwingtür – atme dort noch einmal tief durch, um danach gemessenen Schrittes mein Revier zu durchqueren. Das wir in jeder Situation richtig gehen - darauf wird von der Hausleitung sehr geachtet. Es war die erste Lektion nach unserer Ankunft hier.

Im Speisesaal ist bereits alles wohlgefällig und proper hergerichtet. Ein schneller Blick in Mister Doornkaats Gesicht genügt mir, um zu erkennen, dass er sich heute morgen schon angeregt mit seinem Freund auf dem Titelbild der grünen Flasche unterhalten haben muß.

Seine rote Nase signalisiert mir: Alles in Ordnung Kumpel. Was Wunder aber auch. Der Nachtportier steckt mir im vorübergehen: *„Der Patron ist mit der ersten Fähre weg - bis übermorgen. "*

Darum ist die Stimmung so locker im Hause.

Durch meinen Kurzurlaub herrscht bei mir ein gewisser Mangel an Informationen. Da hab' ich aber keine Sorge, das Vakuum wird sich bis zum Mittag wieder aufgefüllt haben.

Die ersten Gäste finden sich an den Tischen ein, meist sind es noch ziemlich verschlafene Gesichter. Jeden Abend Hausfeier mit Tanz und Musik, das hinterläßt Spuren, selbst beim hartgesottensten Gesellschaftslöwen mit der Zeit sichtbar.

Gestern abend war Wiener Abend bei Kerzenlicht. An diesen Abenden gibt unser Hausorchester sich besonders große Mühe – allein der Name der Musikantengruppe verpflichtet doch schon. Horst Winter und das Wiener Tanzorchester gastieren jedes Jahr den Sommer über im Kurhotel Kaiserhof. Als Stargast tritt diese Woche ZARAH LEANDER auf!

Die große Zarah Leander - ein großes Herz gegen-
über uns Bediensteten hat sie auf jeden Fall nicht.
Unwirsch und zickig ist sie. Es ist schwierig mit der
Diva umzugehen.
Erleichterung herrscht bei uns jedesmal, wenn wir
laut Dienstplan nicht für sie eingeteilt sind.
Von den Plakaten für die kommende Woche strahlt
dagegen ein quicklebendiger LOU van BURG.
Das ganze Haus freut sich schon auf ihn. Er ist ein
Star ohne Allüren.
Wir kleinen Läufer sind am meisten beglückt von
den Trinkgeldern, die er uns, wie selbstverständlich,
stets ohne Aufsehen zukommen läßt. Natürlich nur,
wenn keiner unserer großen Kollegen in Sicht ist.
Wahrscheinlich weiß er, daß für uns Stifte im
allgemeinen nur Brocken abfallen. Danke, Onkel
Lou – danke!

Heute ist es ganz schön heftig. Fast die Hälfte der
Gäste verläßt am Vormittag die Residenz. In irgendeinem Bundesland gehen die Schulferien zu Ende.
Die nächste Belegung der Betten steht bis zum
Mittag schon auf der Matte, da heißt es für alle sich
sputen. Da bleibt keine Zeit, um sich zwischendurch
mal auszutauschen. Na ja, auch dieser Tag wird
vorübergehen. Morgen sieht es dann schon wieder
anders aus.
Ein Wermutstropfen plumpst kurz vor Mittag in
unsere gelöste Stimmung, wir erfahren, daß die

Freistunde ausfällt. Mister Doornkaat hat es uns so-eben wissen lassen. Der Herr Direktor geruht, uns über die Mittagspause mit dringenden Arbeiten zu beschäftigen. Glänzen will er nur - wenn der Patron wieder einläuft. Wir kennen doch unseren Direktor. Unsere gute Stimmung lassen wir uns deswegen aber nicht verderben. Einzig meine Traude wird sicher traurig sein. Damit sie nicht wie ein Vögelchen im Käfig durch den Rosengarten flattert, stecke ich Wilt - meiner Schwester Schwager, und seines Zeichens Hausmaler im Kaiserhof - ein Brieflein für Edeltraud zu.

Sein Weg nach Hause, zum Mittagstisch, führt ihn an unserem Paradies vorbei. Mein Engel muß heute Mittag leider mit nur ein paar Zeilen von mir vorlieb nehmen.
Wir müssen in der Freistunde den Weinkeller auf-klaren. Eine Fuhre mit geistigen Getränken ist, von Bremen kommend, im Frachthof von Spedi - Fischer eingetroffen. Die hanseatischen Weinhändler Reide-meister & Ullrich haben Nachschub geliefert.
So wissen wir auch gleich, was uns in den nächsten freien Stunden erwartet.
Eine komplette Neubestückung des Weinkellers dauert erfahrungsgemäß eine Woche. Was wir aber auch aus Erfahrung wissen: Wo viel Schatten ist, da ist auch viel Licht. Den Weinkeller beschicken ist nämlich eine Sache, um die sich alle mit Freuden

bewerben. Er ist das Herzstück, und das Allerheiligste unseres Hauses. Wer diese Arbeit hinter sich gebracht hat, sieht in den Wochen danach so mancher fröhlichen Stunde entgegen. Michael, der Oberbestücker und gute Geist des Kellers, sorgt nach Kräften dafür, daß niemand von seinen Hilfskräften zu kurz kommt.

So hat der Direktor uns mit seiner Anordnung genau genommen sogar eine Freude bereitet. Wir werden es auf jeden Fall unbeschadet überleben.

Der Feierabend naht. Kurz vor acht ist es. Die lustigen Bergleute sind abgezittert zu Schwoof und goldnem Wein. Der Speisesaal ist abgeräumt und für das Frühstück gerichtet - ich kann mich auf Traudes weiche Arme freuen. In den Festsaal brauche ich heute Abend nicht mehr - Heiner hat sich angeboten, für mich einzuspringen. Freundschaft ist doch was wert.

Na ja, so ein bißchen springt für ihn auch dabei heraus. Ich müßte nämlich heute Abend aus dem Bauchladen heraus Zigarren und Zigaretten verkaufen.

Das ist mein kleines einträgliches Nebengeschäft. Heiner hat als Koch sonst keine Gelegenheit für derlei Dinge. Bei Bedarf macht er denn auch mal Kasse um seinen schmalen Etat aufzubessern. Uns beiden wird schließlich dadurch geholfen, denn eine Hand alleine kann ja bekanntlich nicht klatschen.

Der Patron sieht diese Art von Unterstützung zwar

nicht gerne, aber wie gesagt - er ist ja nicht da.

Trotzdem ich höllisch kaputt bin, habe ich in Windeseile den Schauplatz gewechselt. Mein Schatz empfängt mich mit einer Innigkeit, als wenn wir uns vier Wochen nicht gesehen haben. Als zweites reicht sie mir eine Tasse Tee.

„So mein Dickerchen - und ab in die Heia" - klingt es an mein Ohr.

„Heute Abend wird nur gekuschelt, sonst hängst du morgen früh wie ein entseelter Luftballon in den Seilen."

Gegen die bestimmten Worte meiner Königin hab ich kein Geschütz aufzufahren. Ich füge mich - und wie ich mich füge. Ihre zärtlichen Streicheleinheiten sind für mich wie das Zirpen eines Vogels, das mich in den Schlaf singt. Unmerklich, sanft und süß.

Ich werfe einen Blick zur Uhr – es ist gleich fünf. Halbschlafend versuche ich noch, einen Hauch von Glück zu erhaschen. Jetzt aber raus aus den Federn. Eine Stunde haben meine lieben Kollegen mir heute Morgen noch erlassen, da will ich auf keinen Fall zu spät kommen.

Meine Lippen berühren zum Abschied die samtenen Brüste meiner Liebsten - und weg bin ich. Es ist schon ein grausiges Spiel, aus dem Schoß des blühenden Lebens erbarmungslos in die frische Kühle eines Inselmorgens befördert zu werden.

Ich habe es geschafft – um vier Minuten vor halb sechs sprinte ich durch den Hintereingang in die Höhle des Löwen. In der Kaffeeküche hat Lore soeben den Tee bereitgestellt. Es ist mir also nichts entgangen. Das Gegenteil ist der Fall - man hat mir etwas aufgehoben.

Eine ellenlange Batterie Gläser, Überbleibsel vom gestrigen Abend, warten auf mich. Sie schreien alle durcheinander: Spül' mich, spül' mich, spül' mich und polier mich!

Heiner, der Schlawiner, hat zwar mein lukratives Geschäft im Saal bestens ausgeführt, aber das damit gekoppelte Anhängsel - nach Schluß der Veranstaltung Gläser spülen und polieren - in der Spülküche übernachten lassen. Lore tröstet mich: *„Heiner war völlig geschafft. **Ich hab ihn zu Bett geschickt - bevor jemand Schlieren an den Gläsern moniert, hab' ich mir gedacht, es ist besser, wenn du das selber machst.** "* Sie lächelt mir zu.

„Verstimmung bei der Gewitterziege kannst du doch ganz gewiß jetzt nicht gebrauchen. "

Sie ist umsichtig wie immer - unsere Lore. So kleine Verstimmungen ihrer Kollegen verwandelt sie mit ein paar Worten einfach in ein Lob – und schon scheint wieder die Sonne. Es ist eine Kunst, die wahrlich nicht jeder beherrscht.

Unser Personalbestand ist aufgestockt worden - gestern sind drei neue Zimmermädchen eingetrudelt.

Es sind drei leibliche Schwestern - aber sie sind so verschieden, wie Gott Schwestern nur verschieden machen kann. Alle drei sind so Anfang Zwanzig. *„Das ist frische Beute für unsere geilen Pinguine"* - ist Eleonores Kommentar.

Mit Pinguine sind unsere Ober in höheren Dienstgraden gemeint.

Jedes neue Mädchen umschwärmen sie sofort wie die Motten das Licht. Sie geben nicht eher Ruhe, bis es fällt. Daher kommt auch wohl die Redensart: gefallenes Mädchen.

Die meisten von den Mädchen wissen aber schon ganz gut, wie sie hinfallen müssen, um anschließend elegant wieder aufstehen zu können.

Die Rothaarige von den drei Schwestern ist ein richtiges Luder. Heute Nachmittag hat die Hausdame sie der Fensterputzkolonne zugeteilt. Die Restaurantfenster müssen geputzt werden.

Dabei arbeiten jeweils zwei Mädchen oben auf dem Putzwagen, während ein Hausdiener den Wagen die lange Reihe der Fenster entlang schiebt.

Steht doch die Amazone oben auf dem Wagen, in ihrem blütenweißen Kittel, und darunter ... nichts als Natur. Da ist nur ihr strammer Körper - und zwischen den sonnenbraunen Schenkeln kann man in den himmlischsten aller Himmel schauen. Die Nachricht von dem Naturwunder verbreitet sich wie ein Lauffeuer unter den bestückten Kollegen.

Jeder hat plötzlich etwas im Restaurant zu tun. Man

hört eine einhellige Expertenmeinung – es ist der bärigste Bär, der je auf dem Putzwagen herumturnte.

So etwas macht dann einen grauen, tristen Arbeitsalltag plötzlich zu einer Schau mit Feuerwerk und Musik.

Na klar - ich nehme auch ein Auge voll. So etwas muß man sich doch anschauen, wenn man es schon freizügig geboten bekommt.

Appetitanregend wirkt es wohl auf die meisten von uns - nur nicht alle haben im eigenen Bett etwas zu essen, um den Hunger zu stillen. Wie arme Reiter stehen sie da, gestiefelt und gespornt, und haben kein Pferd zum Besteigen.

Da hilft nur eines, Kameraden – baggern, baggern, bis man auf sein Glück stößt.

‚Du hast gut reden' - meldet sich nach längerer Pause mein Intimus mal wieder zu Wort – *‚wo du selber keine Hand zu deinem eigenen Glück rühren brauchtest.'*

‚Den Seinen gibt's der Herr im Schlafe', kann ich nur antworten - und ein heißes Verlangen überkommt mich. Wenn es doch erst Feierabend wäre.

Der Tag hat sich eigentlich ganz flott davon gemacht - und genauso flott bin ich zu vorgerückter Stunde auf dem Weg in unser Liebesnest.

Die Aus- und Einblicke vom Morgen haben mich irgendwie beflügelt. Den ganzen Nachmittag hat mein Verlangen in meinem Kopf Bilder gemalt -

Bilder von goldenen Dreiecken, schwellenden Formen und schwingenden Brüsten.

Jetzt schwebe ich wie auf Wolken dem Ursprung zu.

Auf dem sandigen Weg eilt mir ein Schatten entgegen - es ist sie - sie ist ich - ich bin sie, die Welt ist in uns verschmolzen. Traude hat es in den vier Wänden nicht mehr ausgehalten, sie mußte mir nahe sein. Als wenn jemand ihr meine Gedanken zugetragen hat. Unter ihrem Bademantel gibt es nur sie. Nicht einmal ein dünnes Nachthemd verhüllt meine wirbelnden Tagträume.

Ihre Haut brennt es unter meinen Händen, als wenn ich flüssiges Erz berühre. Eine feurige Lohe schlägt über uns zusammen, wie sonnenhelle Glut in stockfinsterer Nacht.

Ich höre noch kleine, spitze Schreie, wie von einem nachtjagenden Käuzchen, bevor mich der Bannstrahl des Vergessens trifft.

Die Mitternacht ist längst vorüber, als wir eng umschlungen das Reich der Träume erreichen.

Etwas orientalisch Duftendes weht durch meinen Geruchssinn. Ich muß erst Steigeisen in die Wände meines denken schlagen, um aus den Höhlen des Schlafes an die Oberfläche der Wirklichkeit zu gelangen.

Das ist gar nicht so einfach, wenn da unten hundert Sirenen sind, die deinen Aufstieg verhindern wollen.

Brrrr - ein kaltes Erschauern hat mich beflügelt, die

letzten Tritte schnell hinter mich zu bringen. Mein Engel, der doch eben noch in den Tiefen meiner Traumwelt war, hat mir einen kalten Waschlappen auf die Stirn gelegt.

Wie zur Besänftigung meiner Gefühle wird mir ein verführerisches Getränk unter die Nase gehalten. Es ist ein Becher mit heißer Schokolade, und einem großen Schlag Sahne obenauf.

Wen das nicht versöhnt....! Es ist natürlich weibliche Raffinesse pur. Eine Frau sollte nie das Kind im Manne vernachlässigen.

„Es ist gleich vier Uhr, mein Schatz - in zwanzig Minuten mußt du starten. Das Frühstück wartet...!"

Der Tag beginnt so schön - doch leider habe ich ihn vor dem Abend gelobt.

Fünf Minuten vor der Zeit bin ich im Dienst. Die tägliche Mühle wartet darauf, getreten zu werden. Unser Baas geistert schon durch die Hotelhalle - gleich im Doppelpack, denn von irgendwoher ist die Stimme seiner Frau zu vernehmen. Das gemeinsame Auftreten zu so früher Stunde bedeutet meistens nichts Gutes - und richtig, der Besen von Chefin hat etwas gefunden, wo sie einhaken kann.

Ein paar von uns sind zu lange dem Haarschneider ferngeblieben. Auf dieses Thema angesprochen, wird von uns durch die Bank Geldmangel als Begründung angegeben.

Das Gegenteil ist uns von ihr nicht nachzuweisen, bei unseren niedrigen Taschengeldquoten.

Für die Gemahlin unseres Lehrherrn ist es aber die Gelegenheit, eine ihrer beliebten Kollektivstrafen in eine wohltätige Verpackung zu hüllen.

Sie entscheidet, die Bestückung des Weinkellers für zwei Tage auszusetzen. Stattdessen erhalten wir die einmalige Chance, uns fünf Mark Frisörgeld zu erarbeiten.

Heute und Morgen müssen wir in der Freistunde den Parkettfußboden in der Hotelhalle, und im Restaurant, auf Vordermann bringen. Das ist sowieso schon seit Wochen überfällig, aber Madame fehlte wohl der Grund zur Veranlassung.

Nun endlich hat sie ihn gefunden. Im Klartext bedeutet es für uns stolzen Krieger: Zwei Tage auf den Knien durch die Säle rutschen - in den Händen ein Bund Stahlwolle Nummer Null - und hin und her, und her und hin - solange bis das Holz sauber glänzt und seidig schimmert.

Das ist eine empfehlenswerte Betätigung für jedes Männeken, das von überschüssigen Kräften geplagt wird. Es wirkt bei uns jungen Hengsten genauso, wie einst das Hängolin im Muckefuck von Kaisers Soldaten.

Ohne Lust auf heiße Liebe falle ich nach einer kalten Dusche ins Bett.

Traude hat mir keine nervenden Fragen gestellt - mein groggy sein war für sie zu offensichtlich. Sie umsorgt mich so zärtlich, wie ein warmer Wüstenwind südliche Palmen umweht.

Ich befinde mich schon auf der Rutschbahn ins Traumreich, als meine Fahrt plötzlich angehalten wird. Mein Schatz unterzieht mich einer Massage, wie sie wohl besser in keinem Salon der Welt geboten wird. Kein Wort fällt zwischen uns.

Wie kann Schweigen doch beredt sein. Schweigen kann singen - Schweigen kann jubeln und Schweigen kann weinen. Mit jeder Minute die verstreicht, stürmen auf mich neue Erfahrungen ein.

Während der liebevollen Behandlung gestern Abend bin ich einfach in den Schlaf gerutscht, sodaß die Nacht unbemerkt an mir vorbeigezogen ist. Es ist nämlich schon wieder Aufstehzeit. Der Körper paßt schon auf, daß er zu seinem Recht kommt - auch wenn man es manchmal gerne anders hätte. Das ist auch gut so.

Die hektische Betriebsamkeit im Betrieb läßt uns heute Morgen keine Luft zum reden. Zwei der Küchenhilfen sind nicht zum Dienst erschienen. Für uns bedeutet das zusätzliche Arbeit.

Heiner und ich sind nach dem Frühstück zum Kartoffelschälen abkommandiert. Mit uns sitzen acht Hände vor einem riesigen Berg Kartoffeln. Erst einmal wird unter uns ausgelost, wer was macht. Zwei von uns müssen für die Hotelgäste schälen, die andern beiden für die Kurheimgäste. Heiner und ich ziehen natürlich den Kürzeren. Das heißt, der Berg für die Hotelgäste ist unser. Hier muß jede Kartoffel sauber mit der Hand geschält werden.

Der Kurheimberg geht bloß durch die Schälmaschine und wird anschließend nur noch geäugelt. Das ist die von uns bevorzugte Variante – aber, man kann eben nicht alles haben.

In mein Denken an so viele schöne Dinge platzt Heiners Mitteilung:

„Die Bergziege hat gestern Abend Kontrolle gemacht – sie wollte partout wissen, wo der steckt, der in dein Bett gehört. Ich hab' gesagt, du wärst bei Verwandten, hier auf der Insel. Nur damit du Bescheid weißt."

Heijeijei - jetzt mußte ich ja wohl etwas klären im Glaskasten. Nach dem Auffliegen von Wölfis Eskapaden kontrollierte die Chefin sporadisch die Zimmer der Lehrlinge. Wegen der Aufsichtspflicht. Von wegen ihre Aufsichtspflicht wahrnehmen – schikanieren will sie uns kleinen Stifte.

Wölfi ist übrigens im Hause geblieben, nach seiner Zigaretten Geschichte. Er hat jetzt keinen leichten Stand. Der Junge muß spuren wie ein Leibeigener.

Er hatte sich eigentlich den Abschied gewünscht, er wollte irgendwo neu anfangen, und zwar ohne den Stempel Automatenknacker vor dem Kopf.

Das Femegericht hat da aber anders entschieden.

Seine Eltern sind wahrscheinlich heilfroh über diese Regelung, und haben den grundgütigen, verständnisvollen Chef wegen seiner „Nachsicht" auch noch gelobt.

Daß der Patron dadurch nur einen Heiopei ohne eigenen Willen bekam, ist ihnen wohl nicht aufgegangen. Na ja - sie waren wieder weit weg und Wölfi mußte mit seiner Verfehlung leben.

Nur gut für ihn, daß wir Kumpels sind. Nicht das mir seine Automatenknackerei gefallen hat - beileibe nicht - aber geschmökt haben wir seine geklauten Glimmstengel auch. Der arme Hund sitzt jetzt völlig auf dem Trocknen. Er wird von allen Seiten beäugt und gemaßregelt. Ohne jede Vergünstigung steht er da. Ich habe seine Verwunderung, und seine Erleichterung gespürt, als er die erste Schachtel Zigaretten von uns bekam. Wortlos nahm er sie an - ich glaube unsere Solidarität ist gut angelegt. Denn so ein bißchen Wölfi steckt ja wohl in jedem von uns!

Wenn der Baas nämlich spitzkriegen würde, daß wir unsere Verpflegung auf nicht ganz koschere Weise in den Vorratskellern und Kühlräumen veredeln - wir ständen ohne wenn und aber in einer Reihe mit unserem lieben Wölfi. Der Patron würde bestimmt kein Verständnis dafür zeigen, daß uns die schäbige Personalverpflegung nicht zusagt.

Da würde ich meinen Hintern für verwetten. Nur gut, daß keiner auf diese Wette eingeht – sonst hätte ich bald keine vier Buchstaben mehr zum Sitzen.

Die Kartoffeln sind fertig – sie sind picobello und eins A. Der Chefkoch wird seine reine Freude daran haben.

Wir können beide kein Schälmesser mehr halten, Heiner und ich. Fingergymnastik unter heißem Wasser ist angesagt. Lore reicht uns eine Zaubercreme - wenn wir unsere gütige Kaffeetante nicht hätten! Für unseren guten Engel ist mal wieder ein Blumenstrauß fällig. In den nächsten Tagen muß uns in der Dunkelheit ein Garten mit schönen Blumen vor die Füße fallen - psst – bloß nicht weitersagen. Großes Ehrenwort!

Nun man fix umkleiden - der Speisesaal wartet. Bei den Bergmannslungen ist heute Fischtag. Oh, wie ich diesen Tag verabscheue. Bei den Hotelmenüs ist beim Fisch nichts mit Gräten - dafür im Kurbetrieb bei den armen Schluckern um so mehr. Allein schon die Nörgelei, die wir uns anhören müssen, wegen der Spuckerei. Ich kann die Leute ja verstehen, kann aber leider nichts daran ändern.

Ich kann doch nicht die zweihundertundvierzig Kumpels an jedem Fischtag aus unserer geheimen Quelle mitversorgen. Obwohl, tun täte ich es schon gerne. Allein schon aus Solidarität. Die Spitze der Schweinerei ist stets das Abräumen. Wenn die anderen gegessen haben, sehen wir jedesmal aus, als hätten wir in Fischabfällen gebadet.

Das heißt dann, im Rekordtempo duschen und umziehen. Man mag bedenken, daß uns für jedes Stück Dienstkleidung waschen und bügeln fünf Groschen abgeknapst werden. Da ist leicht zu verstehen, daß einige über die versauten Klamotten sauer sind.

Mit diesem Problem habe ich ja nun nichts mehr zu tun. Meine Wäsche wird in Oma Lüders Waschküche gewaschen. Um diesen Vorteil werde ich von manchem beneidet. Na ja - da kann ich mit leben. Obwohl - so kleine hinterfotzige Neider können einem schon manchmal ein Bein stellen. Also heißt es, immer wachsam sein, und an der richtigen Stelle schmieren - wenn's irgendwo mal beginnt verdächtig zu quietschen.

Den Mittagsservice haben wir hinter uns gebracht. Den Dienst an der riesigen Spülstraße versehen an unserer Stelle heute ausnahmsweise zwei Zimmermädchen.

Für uns heißt es: Start frei zur zweiten Runde. In Fünferreihen auf die Knie - und vor und zurück, bis das die Knöchel gluhen. Funf silberne Frisörmark wollen schließlich erst einmal verdient werden, bevor man sie bekommt. Viertel nach fünf ist es mittlerweile geworden. Das nun wieder glänzende Parkett liegt hinter uns. Gott sei Dank!

Neben uns stehen dafür aber unsere Revierchefs, und bringen uns auf Trab. Um sechs geht es mit dem Abendessen los - und das Eindecken hat uns ja keiner abgenommen. Los, los - das Leben besteht nicht nur aus Rauchen, Saufen und zentnerschwere Frauen stemmen - tönt einer unserer Restaurantchefs.

Es ist gerade der, der nur ständig sein Revier durchkämmt und die Trinkgelder abräumt. Für alles andere hat man ja schließlich zwei Lehrlinge im Revier. Arbeiten sollen sie lernen - die Burschen. Wir haben uns vor einigen Wochen beim Geier - so ist sein Spitzname - ganz schön erkenntlich gezeigt. An bestimmten Stellen im Wirtschaftsbereich hat der Geier nämlich seinen Treibstoff deponiert, um im Halbstundentakt nachtanken zu können.

Spriteulen und Schluckspechte fliegen viele durch das Haus. Der Geier benötigte also dringend eine Lektion. Mir flog so spontan eine Superidee zu.

Gin war seine Hausmarke - wasserklar und mit viel PS bestückt mußte er sein. Damit sein Darmhaushalt einmal so richtig auf Touren kam, tauschten wir einen Teil des hochprozentigen Feuerwassers gegen Rizinus aus. In solchen Dingen war ich Spezialist. Der Erfolg schlug alles bisher erlebte. Zwei Tage kreiste der Geier nur auf Toiletten-Rundkurs – bei ihm versagten innerlich sämtliche Bremsen. Das löste ihn zwar nicht von der Flasche, aber uns bescherte es eine ungeheure Befriedigung.

Seitdem hatte er irgendwie Manschetten vor dem Feind im Dunkeln. Sein Umgang mit uns änderte sich schlagartig.

Ein Scheißtag nähert sich seinem Ende. Die Maskenbildnerin der Leander hat ihrer Chefin auch wohl eins auswischen wollen - die Diva sieht nämlich heute genauso mies aus, wie ihre Laune ist. Sogar das Publikum reagierte darauf - es wurde hier und da verhalten gepfiffen.

Das exzellente Orchester hatte stückweise seine liebe Not, die Linie zu halten. Und wir mußten es letztendlich ausbaden. Nach so einem Tag ist es mir eh' wurscht. Auf mich wartet wenigstens ein liebendes Herz - während unser Weltstar wohl nicht dieses Glück hat.

Mit dem Kopf an Traudes weicher, warmer Brust verschwinde ich in einen traumlosen Schlaf. Ich habe mich gerade erst in meiner Traumwelt eingerichtet, als es schon wieder heißt: Aufstehen. Auf dem Weg zum Hotel habe ich, wie so häufig – Glück. Ich brauche nicht den ganzen Weg zu Fuß hinter mich bringen. Einer unserer Melkburen überholt mich kurz vor der Stadt, und läßt mich die restliche Strecke bei sich aufsitzen.

Zehn Minuten vor den anderen Kollegen bin ich bereits im Office, und kann so noch einen Stremel mit Eleonore klönen. Natürlich geschieht das nicht ohne eine gute Tasse Tee.

In solchen Augenblicken vordienstlicher Kontakte geht es mir richtig gut. Der wichtigste Aspekt dabei ist, man erfährt die Begebenheiten der letzten Nacht noch handwarm, und das aus erster Hand.

Es ist oftmals ganz erbaulich, was so im Schutze der

Dunkelheit im nächtlichen Hotel passiert - so wie heute. Der Nachtportier, der auf einen Kaffee zu uns hereinschaut, brennt förmlich darauf, interessierten Ohren die Bilder der Nacht zu malen.

Die Zofe der Diva hatte gegen Morgen die Hotel-Bar verlassen. Sie befand sich in Begleitung eines Repräsentanten des Hauses. Der Weg in die heimeligen Gemächer war den beiden wohl zu weit - auf jeden Fall platzte die Blase ihrer Begierde mitten in der schummerigen Hotelhalle. Auf einem Kanapee, unter dem Bild mit der englischen Jagdszene. Wie sinnig - unser Portier sagte blödsinnig - aber das ist Ansichtssache.
Heiß muß es hergegangen sein auf dem ehrwürdigen Möbel, denn das quietschen der springenden Federn (oder war es das jubeln der Zofe?) hatte Zuschauer angelockt. Unter anderem auch einen ziemlich grimmig dreinschauenden Patron. Während die Hausgäste sich getreu dem Motto: Schweigen und genießen verhielten, brachte das Auftauchen des Chefs die sich liebenden ganz schön in die Bredouille.
Seit drei Uhr dreißig haben wir einen befrackten Oberpinguin weniger in der Mannschaft, und die brüskierte Zarah Leander muß mit einer bloßgestellten Zofe leben. Von dem, was anschließend zwischen den beiden Damen abgegangen ist, hat der Portier nur den gedämpften Wortwechsel in der Künstlersuite mitbekommen - leider ohne nähere

Einzelheiten zu verstehen.

Auf jeden Fall bleibt die liebestolle Gesichtsgestalterin im Dienst der Leander. Die alternde Diva kann wahrscheinlich schlecht auf deren künstlerische Renovierungsfähigkeiten verzichten.

Es ist ganz sicher eine reine Güterabwägung.

Unserem hochverehrten Chef ist es ja nicht gegeben, das Verhalten der Zofe zu kritisieren. Vielleicht hat er im Hinterkopf sein eigenes Begehren schon auf sie gerichtet - wer weiß, wer weiß. Beeilen muß er sich aber, will er denn noch zum Schuß kommen.

In zwei Tagen ist das Gastspiel der Leander beendet. Beendet ist auch unsere Plauscherei mit dem Nachtportier. Der morgendliche Trubel beginnt. Der Patron hat schon die Revierzuständigkeiten neu geregelt. Dadurch ist der Geier nicht mehr mein Revierchef. So ist bei dieser heißen Romanze auch für mich etwas Gutes herausgekommen, zumal ich in seinem Verdacht immer der große Favorit für die Rizinusorgie war. Der räumliche Abstand während des Dienstes gefällt mir da schon besser.

Der Tag hat seinen Rhythmus wiedergefunden - für Gesprächsstoff ist wahrlich gesorgt. Ich müßte eigentlich heute mit dem Patron reden - von wegen meiner Aushäusigkeit. Nach so einer Nacht will ich mir das aber lieber verkneifen. Beim austeilen der Karten könnte ich wohl gleich ein schlechtes Blatt erwischen. Morgen habe ich frei - morgen fällt der Hammer.

Heute Abend gehen wir unteren Chargen geschlossen in die Bar im Piquer. Wir, das heißt die
Lehrlinge, und die einfachen Kellner, mit den
jeweiligen Damen.
Wer derzeit keine Dame zur Verfügung hat, der leiht
sich eine. Das ist so Usus. Vor langen Jahren wurde
es mal von einer Mannschaft so eingeführt, und dann
von Jahrgang zu Jahrgang einfach weitergereicht.
Eleonore hat, wie sie sagt, wohl schon zehnmal als
Leihdame fungiert - aber bitte - in allen Ehren. Es
gibt im ganzen Hause niemanden, der daran auch nur
den geringsten Zweifel hat.
Bis es heute Abend aber soweit ist, müssen wir noch
ein paar Stunden knechten. Die Parkettorgie haben
wir unbeschadet überstanden. Der Weinkeller ist
jetzt wieder unser Freistundenkiller. Na ja, für dieses
Ungemach winkt uns ja auch manch' goldener Tropfen.

Endlich kann ich dem klotzigen Hotelkasten für
diesen Tag Adieu sagen. Im Dauerlauf lege ich den
Weg in mein neues Zuhause zurück. Nach Hause!
Wann habe ich mich das letzte Mal mit soviel Freude
auf den Weg nach Hause gemacht? Ich kann mich
nicht erinnern, überhaupt jemals mit Freuden nach
Hause gegangen zu sein. Als ich die Tür zur Küche
öffne, muß ich erstmal kräftig schlucken. Traude
steht mitten im Raum, und wird von Oma Lüders

restbearbeitet, das heißt, unsere fleißige Hauswirtin legt letzte Hand an Traudes Abendgarderobe.

Mir bleibt bei diesem Anblick fast die Spucke weg. Mein Schatz hat sich von einem jungen Mädchen in eine Grande Dame verwandelt.

Vor Überraschung ist meine Kehle so trocken wie der heisse Kern der Sahara.

Erst als Oma Lüders mich bemerkt, blitzschnell die Situation erfassend mir ein Glas Fliederbeersekt reicht, kann ich meinen Gefühlen Luft machen. Es ist nur ein kräftiges Boooaahhhh ... Zu mehr bin ich nicht in der Lage.

Ich muß mich erst wieder richtig einkriegen.

Jetzt kann ich in Natura sehen, was Traude in den Stunden, in denen ich mit unserer Oma vor dem Brett hockte, zu Papier gebracht hat. Ihre Bilder sind, unter ihren flinken Händen an der Nähmaschine, zu einem Kleid geworden, in dem sie wie eine Göttin aussieht. Ein Traum aus zartgelber Seide umspielt ihre Formen. Damit wird sie die Männerwelt verrücktmachen

Heute Abend werde ich um mich her nur neidische Hahnreis sehen.

„Mein Schatz, du gehörst unter Glas. Nur so zum anschauen, nicht zum anfassen."

Irgendwie muß ich meiner Begeisterung denn doch Ausdruck verschaffen.

Ein schelmisches Lächeln huscht über ihr Gesicht.

„Und was machst du, bitteschön, mit deinen

Händen dann den ganzen Abend? "
Das ist eine gute Frage von ihr. Es steht damit eins
zu null für meinen Goldschatz.
„Na, nun nimm deine Traude schon in den Arm",
ermuntert mich Oma Lüders. *„Ich sehe doch wie dir*
zu Mute ist. Da geht schon nichts kaputt dran. Es ist
alles echt an der Deern. Echt und gebrauchsfähig. "
Sie kann schon ganz schön derb und direkt sein -
unsere Oma Lüders. Immer ihrem Wahlspruch treu
bleibend: *,Man darf den Menschen alles sagen - nur*
nichts Falsches zur verkehrten Zeit. '

Bei unserem Einzug in den „Piquer" fühle ich mich
wie an der Seite einer Königin. Traude verliert, trotz
der sie mit offenen Mündern anstarrenden Männer,
nicht einen Deut ihres Charmes.
Sie muß irgendwann bedeutende Vorfahren gehabt
haben - so etwas kann Mensch nicht lernen.
Nicht nur den männlichen Gästen verursacht der
Anblick meiner Liebsten Schluckbeschwerden -
nein, auch die anwesenden Damen scheinen plötzlich
in eine Zitrone gebissen zu haben.
Nach dem zweiten Cognac, und dem ersten Tanz, hat
sich die Lage aber schon merklich entspannt.
Die Weibsen haben gemerkt, daß Traude keine
Gefahr für sie bedeutet - und die Lustmolche von
Männern an ihrer Seite, die können sie schon im
Zaum halten. Bei Ausbruchsversuchen der Kavaliere
gibt es ganz einfach was auf die Nuß.

Es wird ein lustiger, feuchtfröhlicher Abend. Jeder steuert Geschichten zur Unterhaltung bei - manches ist aus der untersten Seemannskiste, einiges aus dem wahren Leben, und die Restbestände erzählt man besser nicht weiter.

Auf jeden Fall wird viel gelacht und geschäkert - und noch mehr getrunken. In den schummerigen Nischen um uns herum begibt sich auch schon mal die eine oder andere Hand auf Erkundungstour in verlockende Regionen. Man hört hin und wieder ein mühsam unterdrücktes Kieksen. Das betrachtet aber keiner der späten Gäste als ein Problem. Ein Problem werden wir dafür aber sicher alle auf dem Weg nach Hause haben. Die Gassen werden für unseren breitseitigen Gang viel zu schmal sein.

Ich habe den langen Abend mit einigem Anstand hinter mich gebracht.

Dank der hervorragenden Logistik meiner Liebsten ist gut die Hälfte, der im Glase funkelnden Hennessy-Tropfen, im großen Kübel der Kunstblume hinter meinem Sessel gelandet.

Auf diese Art kann ‚Mann' erheblich mehr vertragen - und eine künstliche Palme wird ja nicht betrunken. Zumindest nicht so schnell.

Ehrlich gesagt - ich bin froh, endlich im Bett zu liegen. Obendrein auch noch die Wärme einer schönen Frau an meiner Seite zu spüren, macht mich restlos glücklich.

Die Sonne steht schon hoch über den Dünen, als ich um halb acht aus den Tiefen des Rausches die Gegenwart wieder erreicht habe. Ich kann mir gut denken, daß sie sich über meinen dicken Schädel amüsiert - so wie sie lacht. Es ist nur gut, daß meine umsichtige Frau mich vor noch mehr Schaden bewahrt hat.

Den anderen müssen doch die Köpfe zerspringen. Oder haben die vielleicht auch eine gute Fee an ihrer Seite gehabt? Dann könnten die künstlichen Blumen im Piquer aber lange von dem guten Hennessy zehren.

Ich freue mich schon auf das Frühstück. Mein Schatz und ich, nach dem Abend so allein im Rosengarten ….. das wird schön.

Oma Lüders ist ja im Hospiz - denke ich. Ein Satz aus dem Bett – halt, nicht so heftig, der Kopf muß auch mit - bringt sich die Nacht in Erinnerung, und zwingt mich zur Bedächtigkeit.

Ein kalter Guß aus dem Brunnen wird mir gut tun. Im Hause herrscht eine durchdringende Stille. Der Platz, im Bett neben mir, ist schon verwaist. Wo ist mein Schatz denn bloß abgeblieben? Ich greife mir ein Handtuch, und sause gaaanz langsam nach draußen.

Kaum habe ich die Haustür geöffnet, schallt mir zweistimmig auch schon ein fröhliches „*Guten Morgen*" entgegen.

Oh verdammt, meine beiden Grazien sind schon

emsig im Gemüsegarten zugange. Dem frischen Gruß der beiden schließt sich ein herzliches Lachen an. Das ist kein Wunder. Ähnelt meine Aufmachung doch einem dummen August. In der Nacht habe ich meine Schlafanzughose verkehrt herum angezogen, und stehe jetzt, mit dem Hintern nach vorne, im Garten. Es muß mir also doch schon ziemlich heftig ergangen sein.

Das kalte Brunnenwasser, von dem mir ich gleich einen ganzen Eimer voll über den Kopf schütte, bringt meine grauen Zellen wieder einigermaßen ins Karree.

„So mein Schatz, nun wird gefrühstückt - und dann machst du dich auf zu deinem Chef. Oder hast du die Verabredung vergessen? "

Auweia, das hat sich doch in meinem Gedächtnis ganz nach hinten verkrochen.

Halb elf ist es, und ich stehe hier im Empfangs-büro, in meinem kurzen Hemd, und warte darauf, daß ich von der Sekretärin in den Glaskasten durchgereicht werde. Ich komme mir vor wie ein Postpaket, daß auf seinen Inhalt überprüft werden soll.

So ein wenig sehe ich wieder das mütterliche Schwert über meinem Kopfe schweben, aber der Gedanke an Oma Lüders Worte läßt es langsam verschwinden.

„Der Patron läßt bitten" - das ist eine völlig

ungewohnte Tonart dem kleinen Personal gegenüber. Ich fühle mich dadurch gleich ein Ende größer. Die Tür des Glaskastens schließt sich hinter mir - und schwupps, ist das Gefühl von Größe wieder zum Teufel.

Das riesige Büro mit dem geschwungenen Schreibtisch und der imposanten Chefgestalt dahinter läßt mich wieder auf Zwergengröße schrumpfen. Der Patron lacht: *„Na junger Mann, denn wollen wir mal miteinander reden. Wo drückt denn der Schuh?"* Was soll ich davon halten? Einen lachenden Chef gibt es allzu selten. Lacht er, um mich zu ermuntern - oder lacht er, um mir zu zeigen wie klein ich doch bin? Am liebsten würde ich mich in ein Mauseloch verkriechen - nur hier im Glaskasten gibt es keine Mauselöcher.

Der Chef hat wohl meine Anspannung bemerkt.

„Nun setz dich erst einmal hin - nein, nicht vor den Schreibtisch. Du willst mir doch keine Servietten verkaufen - oder? Laß uns zum Rauchtisch gehen, da ist es gemütlicher. Ilselein - zwei Tee, bitte", geht die Order nach vorne.

Zwei Tee - wo doch ein jeder im Hause weiß, daß unser Chef ein ausgesprochener Kaffeenarr ist. Beim Baas muß ja heute eine ganz besondere Seelenlage vorherrschen.

Ich will doch was von ihm, und nicht umgekehrt er von mir. Der Tee wird serviert. **Mir** Kellnerstift wird vom Empfangschef Tee serviert. Ich sehe in Gedanken schon den dicken roten Strich in meinem Kalender. Bevor ich den Knoten in meiner Zunge gelöst habe, um den Anfang zu finden, fängt mein Chef zu reden an.

„Wir können ja leider nicht den ganzen Vormittag hier sitzen, mein Junge" - mein Junge sagt er, das hat in der Hierarchie des Kaiserhofes bisher noch niemand gehört – *„also kommen wir zur Sache. Du hast eine nette, liebe Freundin - und meinst, du kannst dein Bett hier im Hause aufgeben. Ohne das Einverständnis deiner Mutter ist das leider nicht möglich - du weißt, deine fehlende Volljährigkeit."*

Die großen Augen, mit denen ich ihn anschaue, amüsieren ihn sichtlich.

„Ein guter Patron weiß eben alles", belehrt er mich scherzhaft. *„Dein Arbeitseifer und dein Umgang mit den Gästen hat mich nachdenken lassen."*

Das klingt schon mal gut, denke ich.

„Nun steig nicht gleich auf einen Sockel" - halt er mich am Rockzipfel fest – *„aber wenn die Gäste sich über dich auslassen, ist es für mich schon eine Freude. Kurzum - schließen wir beide einen Pakt. Deine Anmeldung und dein Bett bleiben hier, und solange der Dienst nicht darunter leidet, kannst du woanders schlafen. Hand drauf - ich verlaß' mich auf dich."*

Bevor seine große Pranke meine kleine Hand wieder in die Freiheit entläßt, bekomme ich noch zu hören:

„Und noch etwas – mache, bitte, keine Werbung

dafür! Öffentlich kann ich das nämlich nicht vertreten. Enttäuscht also eure Schutzengel nicht."
Damit bin ich aus der Besprechung entlassen.

Enttäuscht eure Schutzengel nicht - sollte der liebe Gott doch seine Werkzeuge hier auf der Insel für uns eingesetzt haben?

Der strenge, bärbeißige Patron hat ja auch eine menschliche Seite, geht mir mit einiger Verwunderung auf. Ich merke, daß ich, als halbgrüner Möchtegernmann, noch oftmals im Leben vor neuen Erfahrungen stehen werde.

Zurückhalten muß ich mich aber, daß ich nicht jedem, dem ich im Hause begegne, vor Freude um den Hals falle. Mein Abgang verzögert sich um eine gute Stunde, obschon es mich mit Macht ins Paradies zieht.

Es ist viel Lärm in der Hotelhalle. Ein großer Troß neuer Gäste ist angekommen. Lou van Burg und Angele Durand haben unsere Welt betreten.

„Faß mal schnell mit an" - raunt der Portier mir zu. Im Blitztempo habe ich mir eine Pagenuniform in der Garderobe übergestreift - und gehe ran an den Speck.

Es sind lustige, aufgekratzte Gesellen, die da in der Hotelhalle herumstehen, und deren persönliches Gepäck auf die einzelnen Zimmer verteilt werden muß. Die Begleiter der beiden Künstler schleppen zudem noch sehr viel technischen Krimskrams mit sich durch die Gegend.

Onkel Lou kennt die meisten von uns sogar noch mit Namen. Also kann der Eindruck, den wir bei ihm hinterlassen haben, nicht der schlechteste gewesen sein. Den guten Eindruck bekommen wir von ihm im Trinkgeld bestätigt. Für diese versilberte Verzögerung hat mein Schatz bestimmt alles Verständnis.

Gäste dieses Kalibers werden von der Leitung des Hauses selbstverständlich persönlich begrüßt. Ich sehe, daß der Chef meinen Einsatz wohlwollend registriert. Das ist wieder ein Pluspunkt für mich. *„Du Radfahrer"* - sticht mir innen einer ins Herz – *„paktierst jetzt schon mit Ausbeutern."*

Ich kann den kleinen Mißgönner nur auslachen - wenn es um das Glück mit meiner Traude geht, würde ich sogar mit dem Teufel paktieren, und auf Rädern fahren, deren Sättel mit Nägeln gespickt sind.

Als ich endlich heimkomme, wartet im Rosengarten Edeltraud schon seit geraumer Zeit mit dem Mittagessen auf mich. Oma Lüders hat schon vorgegessen, weil sie zur Arbeit ins Hospiz mußte. Mein Schatz ist aber mit dem Bericht über meinen Erfolg durchaus zufrieden.

Nach dem Essen ziehen wir los an den Oststrand - für einen Nachmittag wollen wir einmal Kurgäste sein. Vor unserem Aufbruch an den Strand hätte ich ja noch allzu gern ein wenig an himmlischen, süßen

Früchten genascht. Allein der Versuch ist aber schon fehlgeschlagen, weil mir in dem Moment jemand gehörig auf die Finger geklopft hat.

„Alles zu seiner Zeit, du Unhold" - wurde mir dabei kundgetan. Was macht ein braves Hündchen in solch einer Situation? Es kuscht, und hofft auf ein Leckerli zu späterer Zeit.

Die weibliche Planung war wieder einmal goldrichtig. Als wir in den kühlen Fluten sind, werde ich mir der Wohltat bewußt. Jetzt verschwindet erst der Rest der durchzechten Nacht aus Kopf und Gliedern. Ich kann fühlen, wie der Nebel sich davon macht.

Plötzlich umfangen mich von hinten zwei feuchte Arme. Soll das mein Ende sein? Will Neptun mich in sein Reich holen? Meine Befürchtung ist unbegründet. Es ist ein holdes menschliches Wesen, das ich an meinem Körper fühle, und es tut mir seine eindeutige Absicht kund.

Mein, vom kalten Wasser klein gewordener, Prinz ist plötzlich gar nicht mehr so klein, und in sich versunken. Er begrüßt ganz freudig und aufgeweckt die flinke Hand, die sich seiner bemächtigt, und ihn aus seiner Enge befreit.

Meine Eva hat sich schon ihres Badeanzuges entledigt, und präsentiert sich in paradiesischer Nacktheit. So muß es am Anbeginn aller Zeiten gewesen sein - das Leben entstieg dem Meere - die Lust am Leben entstieg dem Meere. Jungfräulich, unschuldig und unendlich schön.

Warum zeichnen die Menschen so schwarze Schatten auf die Liebe, gönnen ihr nur Dunkelheit und Nacht. Wieder ziehen zerrissene Fetzen der Vergangenheit durch mein Herz – oh, lieber Gott - warum läßt du uns nicht immer im Licht der Freude stehen?

Ich sehe mich als kleinen Jungen im Schlafzimmer meiner Eltern hinter der Frisierkommode kauernd. Ich habe mich, wie so häufig, wieder einmal hinter dem Möbelstück versteckt. Zitternd und starr, als wenn eine eiskalte Hand mich berührt, hocke ich da. Ich werde stummer Zeuge eines Tuns, das ich nicht verstehe. Ich sehe, wie der Vater meiner stöhnenden Mutter den Schlüpfer auszieht. Der nackte Unterleib meiner Mutter verwirrt mich. Unten an ihrem Bauch hat sie ganz viele Haare. Meine Verwirrung wird noch größer, als mein Vater sich seine Unterhose auszieht.
Er hat auch viele Haare am Bauch, und da, wo bei mir mein kleiner Pilimann sitzt, hat er eine dicke Stange stehen. Mit dem schwarzen Beutel, der lang zwischen seinen Beinen baumelt, sieht sie für mich aus wie ein Hammerstiel. Als er sich zwischen ihre weit gespreizten Beine legt, muß ich mir ganz fest den Mund zuhalten, um nicht aufzuschreien. Mit einem Ruck stößt er nämlich meiner Mutter zwischen ihren Beinen die dicke Stange in den Bauch. Ganz tief – immer und immer wieder. Erst

als meine liebe Mama leise aufschreit, und ihr Körper sich unter ihm aufbäumt, grunzt er zufrieden. Er stößt noch ein letztes Mal kräftig zu, bevor er die dicke Stange herauszieht, und damit ganz viel weißes Zeug auf ihren Bauch spritzt. Als er aufsteht, da sehe ich erst, wie groß das schreckliche Ding wirklich ist, das er ihr in den Bauch gestoßen hat. Ohne sich noch weiter um sie zu kümmern, läßt er sie einfach liegen, und geht aus dem Zimmer. Ich verhalte mich mucksmäuschenstill, weil ich denke sie ist tot. Erst nachdem sie sich erhoben und den Raum verlassen hat traue ich mich hervor.

Was war das, was ich da gesehen hatte? Später hat man mir solches Tun als Liebe bezeichnet. In welch eine verkehrte Welt wurden wir geführt.

Traudes zärtliche Berührung meiner Männlichkeit vertreibt die zerrissenen Fetzen aus meinen Gefühlen, die sich daraufhin wieder in ihren dunklen Kerker zurückziehen. Wird es mir jemals gelingen, sie auf ewig dort einzusperren?

Ganz sanft und zärtlich zaubert mein Schatz wieder die Stärke aus mir hervor. Das Meer verharrt in der Bewegung, und sogar der Wind vergißt zu atmen, als mein Engel mich unsagbar langsam in sich versinken läßt.

Wir knien in der warmen Brandung - um uns her gibt es nur uns..., und uns..., und uns...! Die wortlose Zärtlichkeit der intensiven Berührung ihres Inneren enthebt mich allen irdischen Denkens.

Das Dünengras hüllt uns für eine Weile ein.

Es flüstert für uns alle Worte der Liebe, es singt uns die schönste Melodie. Der Nachmittag vergeht viel zu schnell.

„Es wird Zeit, Liebster" - mein Schatz hat die Worte nur gehaucht. Und doch sind sie für mich wie ein Blitz, der mich in die Gegenwart zurückholt.

Der folgende Donnerhall bringt mich vollends wieder zur Besinnung. *„Meine Eltern kommen am Sonntag zu Besuch - heute Mittag erhielt ich einen Brief von meinem Vater, in dem er mir den Besuch ankündigt."*

Die schwarze Leere in mir füllt mein Schatz umgehend wieder mit Sonnenschein.

„Mach' dir deshalb keine Sorgen, es ist schon für alles Vorkehrung getroffen. Ich habe für das Wochenende ein wunderschönes Einzelzimmer im Hospiz. Im Schwesterntrakt."

Da muß doch wieder jemand mitgespielt haben, denke ich bei mir.

„Das Doppelzimmer daneben ist für meine Eltern reserviert. Mit anderen Kindertanten werden sie gar nicht in Berührung kommen - ich habe nämlich Sonntag frei. Der Tag geht zwar von meinem Urlaub ab, aber ich glaube er ist gut angelegt. Mein Vater wird vollauf zufrieden sein."

Bei uns zu Hause wurde auch immer alles danach ausgerichtet, daß der Vater vollauf zufrieden war.

Dass er zufrieden war, das merkten wir nur daran, daß er nichts sagte. Mir hat mein Vater kurz vor seinem Tode noch einmal nachhaltig seine Macht über mich demonstriert.

Ich ging gerade acht Monate (gerne) in die Schule – ich war ABC Schütze mit Schiefertafel, Griffel und Fibel. Während des Unterrichts hatten wir Jungen uns für nach der Schule etwas vorgenommen.

Es muß in unseren Augen ganz wichtig gewesen sein, denn es trieb uns unmittelbar nach Schulschluß schnell nach Hause.

Kaum zu Hause angekommen, fegte ich den Ranzen in die Ecke, und wollte postwendend wieder los. *„Hier geblieben,"* ertönte meines Vaters Stimme hinter mir – *„hast du die Schulaufgaben schon fertig?"*

Natürlich hatte ich nicht. Die wollt' ich doch später machen. Wir hatten doch was Wichtiges zu beschicken. Das half mir aber nicht.

Unerbittlich mußte ich erst meine Hausaufgaben erledigen. Nach einer Sunde war sein einziger Kommentar: *„So jetzt kannst du gehen."*

Meine Freunde waren lange weg, die Sache war ohne mich gelaufen. Ganz klar. Man, was hatte ich eine Wut im Bauch.

Der Überdruck dieser Wut hat mich wohl die Stubentür etwas laut zuschlagen lassen. Von dort bis zur rettenden Haustür waren es nur zwei kleine Schritte - ich hab' sie nicht geschafft.

Mein Vater hatte mich nach dem ersten Schritt am Kragen, und schon war ich wieder in der Stube.

Die Tafel kam wieder auf den Tisch. Ich mußte meine Hausaufgaben, die ich erst kurz zuvor mühevoll auf die Tafel gebracht hatte, wieder löschen. Mit dem frisch gespitzten Griffel durfte ich dann zweihundertmal schreiben:

„Ich darf die Tür nicht knallen."

Nach geschlagenen drei Stunden kam die Zugabe – zweihundert mal die Tür leise auf- und zumachen. Das war als praktische Übung gedacht! Seitdem bin ich zwar Weltmeister im Türen unhörbar zu machen - wenn es denn so etwas gibt - doch Liebe zu meinem Vater hat es wahrlich auch nicht mehr in mir geweckt. Da legte unser Vater aber auch keinen Wert drauf. Dieses Wort kam in seinem Sprachgebrauch offenbar in dieser Form nicht vor.

Jetzt wird wieder so ein selbstgerechter Vater vollauf zufrieden gestellt. Diesmal ist es Traudes Vater - meiner hat sich ja schon vor über zehn Jahren davon gemacht, und büßt seitdem für seine Sünden im Fegefeuer. Ich stelle mir immer vor, es sei Ofen siebzehn - Rost acht. Ich habe mir manches Mal gewünscht, selber dort nachheizen zu können. Gott, vergib mir.

Wir sitzen nach unserem Strandnachmittag in gewohntem Kreise am Abendbrottisch. Ein bißchen schweigsamer als es sonst der Fall ist geht es heute Abend schon zu.

„Seht das man nicht so schwarz - langt erst mal kräftig zu."

Mit diesen Worten schneidet Oma Lüders dicke Scheiben von ihrem Selbstgebackenen ab, und legt sie uns auf den Teller. Mhhm, das ist aber auch lecker. Der Kuchen im Mund - und die Hand im Rücken, die sanft an mir rauf und runter gleitet.

Mir ist sogleich, als wenn ich auf einer weißen Wolke schwebe, umgeben von rosa Licht.

Bis zum Wochenende müssen ja erst noch einmal ein paar Tage vergehen - wir werden sie wahrlich zu nutzen wissen.

Der heutige Abend gehört dem Schauspiel. Die Landesbühne eröffnet im Kurtheater ihr Sommergastspiel. „Das Fenster zum Flur" steht auf dem Programm. Eintrittskarten bekommen wir als Hotelpersonal zu einem stark ermäßigten Preis, sonst könnten wir uns dieses Vergnügen schwerlich leisten. Schauspiel erfreut mich - keine Frage - doch heute Abend gehe ich wohl eher unter die Leute um mit meinem Schatz zu glänzen. Zu tief sitzen die Reaktionen in mir, die Traude bei ihrem Piquer Auftritt ausgelöst hat. Auch wenn man mich für eingebildet hält - ich muß dieses Vorführen einfach wiederholen. Es wird ein voller Erfolg. Traude ist wenig später eine neugeborene Sonne unter vielen glitzernden Sternen.

Mein Goldstück meistert souverän die ganze Geschichte, als wenn sie sich nie in anderer Gesellschaft bewegt hat.

In der Pause im Foyer signalisiert mein innerer Sender mir Gefahr. Einige Jäger umschleichen das Wild - sie wollen Beute machen. Als wenn mein Schatz die gleiche Empfindung hat, schiebt sie demonstrativ ihren Arm unter meinen. Sie tut es mit einer Intensität, die mich elektrisiert. Sie will mir wohl Entwarnung geben - keine Sorge, die Festung ist uneinnehmbar. Meine Abwehrgeschütze begeben sich daraufhin wieder in Ruhestellung.

Die pirschenden Jäger haben auch wohl bemerkt, daß sie mit ihrer Munition das Ziel verfehlen. Die Jagd wird von ihnen abgeblasen - vorerst einmal.

Der zweite und dritte Akt des Stückes geraten zu einem Hochgenuß. Das Ensemble hat ein Meisterstück seines Könnens geliefert - wobei Rudolph Stromberg sich mit der Inszenierung wieder einmal selbst übertroffen hat.

Der Vorhang fällt - zehn Minuten klatscht das Publikum, wie in einen Rausch verfallen, stehend Beifall.

Die Zuschauer sind anschließend von ihrer Begeisterung erschöpfter, als die Truppe von ihrer grandiosen Leistung.

Dieser Abend war ein Höhepunkt. In jeder Hinsicht.

Im Freundeskreis sorgt das dargebotene anschliessend für viel Gesprächsstoff in der kleinen Theater Bar. Jeder hat irgendwo, irgendwie Parallelen zu sich und seinem Leben entdeckt.

Anregung, Aufregung, Lachen und hier und da ein bißchen Weinen fliegt durch den Raum. Ist es das, was der Regisseur wollte? Dann ist es ihm auf jeden Fall hervorragend gelungen. Das ist die einhellige Meinung der ganzen Runde.

Nach diesem glänzenden Ausflug in die Theaterwelt schlafen mein Schatz und ich in einer Ecke des Paradieses auf einer Wolke von Glück.

Der anbrechende Tag in der alltäglichen Welt, in die wir ja leider zurückkehren müssen, kann uns nichts mehr anhaben. Auch wenn das Besuchswochenende uns noch bevorsteht.

Die Tage vergehen in einer Mischung aus freudiger Pflichterfüllung und erfüllter Freude.

Jeder, mit dem ich es zu tun habe, hat plötzlich Sonnenstrahlen statt Haare auf dem Kopf. Welch ein schönes Bild. Wenn ich nur ein großer Künstler wäre - ich möchte alles auf riesiger Leinwand festhalten. Unvergänglich und für ewig. Ja, ja – es sind nur Gedanken und Wünsche einer kleinen Seele, die für Momente von einer großen Himmelshand gestreichelt wird.

Der Tag ist da! Die Fähre vollführt das letzte Anlegemanöver, bevor der Schiffsbauch die Fahrgäste ausspuckt. Edeltraud steht am Kai und wartet - erwartet - befürchtet? - daß ihre Eltern die Schiffsleiter herunterkommen.

Die Schwester Oberin hat ihre Kutsche geschickt - sie bestand darauf. Der Kutscher, mit dem mich mittlerweile ein freundschaftliches Verhältnis verbindet, hat noch einen draufgesetzt. Er hat mich - die personifizierte Bedrohung jungfräulicher Tugenden - als sein Gehilfe auf dem Kutschbock Platz nehmen lassen.

Ich fühle welche Nöte meine Liebste durchleidet - sehe aber auch in ihren Augen, wie glücklich sie meine Nähe macht. Es ist eine verdammt himmlisch süße Teufelsqual.

Es wird mir plötzlich bewußt, wie Menschen sich kasteien können, um höchste Befriedigung zu erlangen.

Wie Harald, unser Barchef, geht es mir blitzend durch den Kopf. Harald - ein exzellenter, kompetenter, feinfühliger, liebenswürdiger Mann.

Er geht den meisten von uns, wenn es sich einrichten läßt, aus dem Wege. Im Kreis der „wohlmeinenden" Kollegen wird er von jedem anders beurteilt.

Die Begriffsbestimmungen gehen von eigenbrötlerisch bis schwul. Nichts Genaues weiß man nicht - und eben das macht ihn so interessant.

Ein jeder rührt so ein bißchen in der Suppe herum. Besser wird der Geschmack dadurch aber auch nicht.

Das scheint Harald aber nicht zu berühren. Scheint - sage ich. Ich weiß es seit kurzem anders.

Der Zufall hat mir seine schreckliche Qual offenbart. In der Siechen-Bar hat für gewöhnlich vom Hotelpersonal niemand etwas zu suchen. Am Tage ist sie verwaist und verschlossen. In der Regel wirtschaftet Harald zwei Stunden vor der abendlichen Öffnung in „seiner" Bar herum, damit des Nachts auch alles wie geschmiert läuft.

Ob Zufall oder nicht - der Chef drückt mir im Office sein Schlüsselbund in die Hand:

„Lauf, bitte, für mich in die Bar hinunter. Auf dem Buffet liegt ein Schnellhefter, den ich in der Nacht dort vergessen habe. Ich brauche ihn im Büro. Es ist ein grüner Umschlag" - ruft er mir noch nach, bevor ich im Keller verschwinde.

Der Schlüssel dreht sich im Schloß, die Tür zur Bar schwingt auf - meine Hand tastet nach dem Lichtschalter - und bleibt auf halbem Wege in der Luft hängen. Aus dem angrenzenden Bar Office fällt durch die geöffnete Tür eine helle Lichtbahn.

So eine ganz unbedarfte Pastorentochter bin ich ja nun auch nicht mehr, dennoch verschlägt es mir für einen Moment den Atem. Unser Barchef steht nackend im Office. Sein Unterleib ist verschnürt und geknotet. Sein Penis ragt wie eine blau-rot schimmernde Wurzel steil von ihm ab.

 Komischerweise kommt mir in diesem Moment eine Filmszene in den Kopf, in der einem Gehenkten die geschwollene Zunge genauso aus dem Munde stand.

Harald hat seinem kleinen Freudenspender die Luft abgedreht - mit Lederriemen und Knebel. Zugleich malträtiert er seinen Rücken mit einer bleikugelbewehrten neunschwänzigen Katze.

Während ich noch zwischen Rückzug und fasziniertem Zuschauen schwanke, entdeckt er mich. Den entsetzten Ausdruck in seinen Augen werde ich wohl mein Leben lang nicht vergessen.

Für Sekunden bin ich wie gelähmt. Aus meiner Starre erwachend - den Schnellhefter greifend, und davon sausen wollen dauert nur zwei Atemzüge. Einen zuviel. Denn in diesem einen Atemzug zuviel, sehe ich aus den Augenwinkeln heraus Harald auf einem Stuhl zusammensinken - und höre ein: *„Bitte nicht …"* durch den Raum flattern. Ehe mich dieses *„bitte nicht"* fesseln kann, bin ich aus der Bar.

Flugs habe ich den Schnellhefter im Büro abgeliefert, bevor der Patron jemand nachschickt. Die Gedanken wirbeln in meinem Kopf.

Soll ich oder soll ich nicht?

Wie von unsichtbarer Hand gezogen, kehre ich in die Bar zurück, schließe die Tür hinter mir - und schaue in ein unsagbar erleichtertes Gesicht.

Harald hat sich in der Zwischenzeit wieder schicklich hergerichtet, und sitzt mit aufgestützten Armen am Tisch. Das dicke Schweigen drückt mir fast die Luft ab – solange, bis er es endlich bricht.

„*Danke ...* " ist das einzige Wort, das er in den nächsten fünf Minuten herausbekommt.

„*Danke, daß du dem Chef nichts erzählt hast.* "

Es fällt ihm sichtlich schwer zu sprechen.

„*Weißt du* " - bei diesem „*weißt du* " fällt mir Oma Lüders ein. Seltsam denke ich - so verschiedene Menschen benutzen die gleiche Einleitung, wenn sie etwas Gewichtiges aus ihrem Leben mitzuteilen haben.

„*Weißt du, ich kann nicht anders. Bei Frauen versage ich total, der Anblick einer lustvoll lockenden Scham reizt mich schon – nur, mein steifer Freund macht schlapp, sobald er den heißen Liebesmund berührt. Meine Mutter steht dann plötzlich dazwischen. Ich mußte ihr immer wenn sie betrunken war zu Willen sein. Wenn ich nicht konnte – ein nicht wollen gab es nicht – dann schnürte sie mir den Hodensack und das Glied ab - und bediente sich mit meinem zwangsversteiften Penis, bis ich ihr in den Mund gespritzt hatte. Ich habe mir oft gewünscht sie wäre tot. Als sie endlich als Schnapsleiche unter der Erde lag, da habe ich sie mir zurück gesehnt. Ich konnte mit keiner anderen Frau mehr schlafen. Ich kann es mir nur auf diese schäbige Weise selber besorgen.* "

Da hockte ich nun in diesem Hinterzimmer, und bekam ein ganzes verpfuschtes Leben übergestülpt. Ohne etwas zu ihm sagen zu können mußte ich ihn allein lassen. Er wollte wohl nicht darauf bauen, daß kein Dritter davon erfuhr und hat eine Woche danach das Haus auf Nimmerwiedersehen verlassen. Armer Harald.

„Die Koffer", stößt mich unsanft jemand in die Seite – *„die Koffer!"*
Willy, der Kutscher hat mich aus meinen Bildern zurückgeholt. Das Trippelbrett herunter kommen Traudes Eltern. Napoleon - durchfährt es mich beim Anblick der männlichen Gestalt, die Traude als ihren Vater begrüßt.
Ich sause los und erleichtere die Mama meiner Angebeteten um die beiden schweren Koffer - richtig - die Mama. Nach alter frühchristlicher Manier muß die Frau die schwere Arbeit verrichten - fährt es mir durch den Sinn. Edeltrauds Erzählungen haben ihren Vater um keinen Deut verkehrt beschrieben. Ein Jahr hat der Vater seine Tochter nicht gesehen - keine Spur von Freude im Gesicht des Patriarchen. Seine Tochter muß ihren Vater mit einem tiefen Knicks begrüßen. Als wenn er vor jeder körperlicher Berührung Angst hätte.
Schlagartig habe ich im Kopf ein Wunschbild - dieser Vater liegt neben meinem Vater.
Im Ofen siebzehn, auf Rost acht, mit einem wunderschönen Berg glühender Kohlen unter dem Hintern. Was wäre das eine Freude! Das Bild hat leider keinen Bestand, denn dieser Tyrann ist noch le-

bendig. Zu lebendig.

Selbst meine Freundlichkeit bringt keine anderen Züge in sein Gesicht.

Mich dauert zutiefst die zwei Schritte hinter ihm gehende Mama. Der liebe Gott hat Edeltraud nach ihrem Vorbild geformt. Die gleichen unergründlich tiefen und grünen Augen, deren Strahlen allerdings von einer Müdigkeit überschattet wird, die mir Angst macht. Mein armer Schatz - wie kann ich deiner Mutter bloß helfen. Wir können Mama nicht helfen - würde Traude sicher zu mir sagen, wenn wir denn jetzt miteinander reden könnten. Einzig und allein das Wissen, daß wir Kinder sie innig lieben, gibt ihr die Kraft ihren Mann zu ertragen - höre ich ihre Gedanken schweben.

„Herr Rat - wo soll's denn eini gehen" - Willy bauchpinselt mit seinem unnachahmlichen Wiener Charme den alten Griesgram auch noch nach Strich und Faden.

Die Möwen liegen schon rückwärts auf der Hafenmole und wollen sich darüber halb tot lachen. Na ja - Willy spekuliert natürlich auf einige Silberlinge Trinkgeld. Droschkenlohn kann er ja schlecht kassieren von Gästen seiner Herrschaft. Obwohl ich ihn schon dazu ermuntern täte.

Traude hat um ihrer Mutter willen gebeten, die Fahrt ins Hospiz mit einigen Umwegen auszugestalten. Die Mama kommt nämlich sonst aus ihrem häuslichen Gefängnis selten heraus. Die Oberin hatte nichts dagegen einzuwenden, und Willy - der Charmeur - macht ja nichts lieber als das, was meiner Traude gefällt.

Nein, nein - nicht das jetzt jemand denkt, er versucht sie mir auszuspannen. Willy geht auf die siebzig zu. Vater – nein, Großvater könnte er uns sein. Manchmal wünsche ich mir, er wünschte es sich.

Er ist Oma Lüders ein willkommener Mühlepartner, wenn sie mich nicht ans Brett bannen kann. Nur - gegen Willy gewinnt sie nicht so spielend. Da bin ich ihr natürlich ein willkommenerer Partner.

Traudes Vater hat es sich in der Kalesche gemütlich gemacht. Er hat sich eine elegante Havanna aus den hospizeigenen Beständen angebrannt, und läßt es sich Wohlergehen. Lieber Gott - bete ich im Stillen - mache es dem Herrn da hinter mir so unbequem wie möglich, damit er ja nicht auf die Idee verfällt, noch länger hier zu bleiben. Ein Wochenendbesuch mit Nachschlag würde mich in den Wahnsinn treiben.

Wenn der kleine Mann, mit dem großen Hut und der rechten Hand im Westenausschnitt, da hinter mir auch nur die leiseste Ahnung hätte, wer da vor ihm auf dem Kutschbock sitzt - er würde mich meuchlings um die nächste Ecke bringen. Glaube ich. Willy ist dagegen in seinem Element. Die Fahrt zum Seehospiz gestaltet er zu einer großen Inselrundreise.

Der Fremdenführer liegt ihm im Blut. Vor dem Kriege hat er in „seinem" Wien – *„Wieän, ach du* *mein Wieän"*, singt er schon mal, wenn ihn das Heimweh anrührt - also, vor dem Kriege hat er in seiner Heimatstadt an der Donau auf dem Fiaker gesessen. Bis die Alpenrepublik heim ins Reich kam, und er in der Versenkung verschwinden mußte, um seinen Kopf zu retten. Halb Jude - halb Roma, bei so einer Blutsmischung war man zu der Zeit sicher nicht gut angesehen in der Donaumetropole. Sein Wiener Schmäh verschaffte ihm in dieser Hinsicht auch keine Pluspunkte.

Die geheimen Flüchtlingsströme der Verfolgungszeit haben ihn nahe Fulda, in ein Diakonissen – Mutterhaus, gespült. Direktemang in die Obhut der evangelischen Schwestern, die in dieser Zeit vielen Bedrohten, ohne Rücksicht auf eigenes Ungemach, Unterschlupf gewährten.

Schwester Theodora war sein rettender Engel gewesen. Gottes Handwerkszeug. In diesen blutigen Wirren war sie ein Flecken der Reinheit.

Gemeinsam mit ihr, und noch anderen Schwestern, war er nach dem Zusammenbruch auf die Insel gekommen. Den Kindern der Opfer dieser grausigen Epoche wollten sie helfen, wollten in die Seelen der Kinder wieder das kleine Pflänzchen Menschlichkeit einpflanzen.

So wird er seine Schwester Oberin wohl begleiten, bis sein Weg hier unten zu Ende geht. Wenn man daran glauben kann, werden sie jenseits des irdischen Lebensweges weiter gemeinsam marschieren und Gutes verrichten. Ich werde dafür beten.

Im Moment geht meine Hoffnung mehr dahin, daß ein gütiges Schicksal dem Kriegsherrn hinter mir die Flügel stutzt - wie sie weiland Napoleon vor Moskau gestutzt wurden. Die Meierei ist unser Haltepunkt. Um in ihres Vaters Augen eine gefällige Tochter zu sein, bestellt Edeltraud für uns alle bei der Bedienung einen Milchmix. Napoleon kann die Kutsche nicht verlassen, ohne sich noch vorher noch einmal aus der Zigarrenkiste zu bedienen. Wenn es denn schon mal geboten wird ...!

Während wir auf der Terrasse der Meierei sitzen, ist Willy für ein Weilchen unsichtbar. Er läßt mich einfach in der ungemütlichen Haut - in der ich stecke - mit den drei Fahrgästen allein.

Ich denke, er wird sich ein Viertel seines geliebten Roten zu Gemüte führen. Milchmix ist ja auch wohl eine Zumutung für ihn. Ach was, es ist viel schlimmer – es ist eine Vergewaltigung seiner Fiakerseele.

Nur gut, daß ich mit meinem Schatz unter dem Tisch Fußkontakt aufnehmen kann. Unsere nackten Füße in den Sandalen sprechen eine beredte Sprache. Dadurch bin ich nicht ganz so verloren.

Als Willy mit hochzufriedenem Gesicht und bester Laune wieder auftaucht, geht die Reise weiter.

Es folgt kurz darauf die große Ablade im Seehospiz, und die förmliche Verabschiedung der Fahrgäste. Irgendwie rinnt mir der Lebenssaft aus dem Herzen - ehrlich gesagt - mir ist beschissen zu Mute.

Ich begleite Willy noch in die Remise, nach weggehen ist mir noch nicht. Wo soll ich auch hingehen. Na klar - ich könnte zu Oma Lüders in den Rosengarten marschieren. Da würde ich aber bloß anfangen zu heulen. Dafür ist es heute Abend noch früh genug.

„Kloaner" - sagt Willy zu mir, als wir außer Hörweite sind - es ist das erste mal, daß er mich so anredet – *„Kloaner, Wien ist noch nicht gefallen. Wart's nur ab, bis daß du die Trompeten schallen hörst. "*

Für mich sind es böhmische Dörfer, was er da von sich gibt. Und Trost für meine zerschnittene Seele sind die Worte schon mal gar nicht. Du hast deinen Roten gehabt, und bist zufrieden - hadere ich im Stillen mit ihm. Aber ich ...?

Nach vielen Kreuz- und Querläufen durch die Siedlung sitze ich endlich bei Oma Lüders am Küchentisch. Es ist spät geworden über mein Umherirren. Trotzdem werde ich bemuttert und verwöhnt wie ein verlorener Sohn, der heimgekehrt ist. Ich höre keine forschende Frage, und nicht einmal mal der Versuch eines Trostes wird mir zuteil.

Das Gefühl von Verlassensein tobt sich in mir aus. Nur langsam weicht es warmer Geborgenheit.

„Geh schlafen mein Jung ...!" sind Oma Lüders einzige Worte in dieser Spanne Zeit. Sie streicht mir über den Kopf, und schiebt mich mit sanfter Gewalt

in Richtung Kammertür. *„Schlaf man gut"* - ist das letzte, was ich von ihr höre. Das Licht mag ich gar nicht anzünden – zu deutlich die leere Kammer zu sehen, würde mir den Rest geben. Angeschlagen wie ich bin.

Im Dunkeln die Klamotten aus - irgendwo landen sie auf dem Stuhl - und rein ins verwaiste Bett.
„Du kannst deine Sachen wenigstens vernünftig aufhängen" - die amüsierte Stimme meiner Liebsten hat mich **vor** dem Bett landen lassen.
Teufel noch mal – da haben die beiden Frauen mich ganz schön an der Nase herumgeführt. Mein Schatz ist hier - wieso? Und wo ist Napoleon? Nachdem ich wieder zu Luft gekommen bin, beginnt Traude zu berichten.
„Mein Vater liegt zu Bett - ein plötzlicher Darmkatarrh hat ihn befallen. Es ist ein altes Kriegsleiden - wie er meint. Mama weiß von uns - sie hat mich hierher geschickt."
„Oh gütiger Gott" - entfährt es mir laut.
„Von wegen gütiger Gott" - bremst mich mein Schatz, bevor ich mich auf die Knie werfen kann um dem alten Herrn zu danken – *„sag' besser gütiger Willy."*
„Wieso gütiger Willy ..." bleibt meine Frage im Raum hängen.
„Ja weißt du, Willy hat da so Spezialrezepte. Damit hat er die Zigarren in der Kutsche präpariert. Mein

*Vater war ihm nämlich gleich so sympathisch, daß
er ihm eine Lektion erteilen mußte."*

Wenn Willy in diesem Moment und jetzt hier bei uns
wäre - ich würde ihm jauchzend um den Hals fallen
und sein bärtiges Gesicht küssen. Ich habe einen
Vater gefunden. Ich weiß es. Endlich.

Endlich kann ich beginnen die leeren Seiten im Buch
meines Lebens zu füllen, über denen immer nur die
Überschrift „Vater" steht. Es wird zwar nur ein
Stellvertretertext sein, mir aber ganz sicher keine
Löcher in die Seele brennen.

In Willy geht mir ein Mensch zur Seite, der „mit
mir" spricht - der Mann meiner Mutter hat immer
nur „zu mir" gesprochen. Wenn überhaupt.

Schummeriges Dunkel herrscht im Zimmer. Wir haben es dabei belassen, und kein Licht angezündet.
Der Mond leiht uns seines. Ein großes Tuch seines
weichen Lichtes hat er über uns gebreitet.

Millionen Sterne schauen über seine Schulter, als
wenn keines von diesen Himmelslichtern unser
Glück verpassen wolle.

Der Raum ist angefüllt mit einem Riechen, daß in
mir das Denken ausknipst. Langsam wandert das
Mondlicht über uns hinweg - Frau Luna tastet mit
ihren kühlen, silbernen Fingern in jede Pore unserer
Körper. In diesen Frühlingswochen hat unsere Liebe
- unser Begehren - schon viele Stürme der Leidenschaft entfacht. Doch gegen das, was uns heute
Nacht davonträgt, war alles andere nur wie eine war-

me Brise unter südlichen Palmen.

Es ist nicht die Heftigkeit ungestillter Begierde – es ist nicht das Rasen hungriger Leiber, nicht der Tanz auf dem Vulkan, und nicht der Sturz in unendliche Tiefen. Es ist ein Flug in die Strahlen des Lichts - getragen von zärtlichen Flügeln himmlischer Falter. Lautlos, schwerelos, endlos. Wir umkreisen die Sonne im taumelnden Reigen, bis wir in ihr in einem Nichts vergehen.

Die aufkeimende Morgenröte sieht uns eng umschlungen in der Liebe versunken. Die ihr beharrlich folgende Tageshelle entläßt uns sachte in die irdischen Niederungen. Nachdem ich am Brunnen war, fühle ich mich wie Phönix aus der Asche - von der Liebe verbrannt und wiedergeboren. Heute Morgen ist es mein Falter, der mich schlaftrunken anblinzelt und froh ist über die zwei Stunden, die er noch im Kokon des Schlafes zubringen kann.

Mein Schatz hat es aber auch verdient. Ich will die Hülle der Versunkenheit nicht zu sehr öffnen - hauche ihr nur einen Kuß auf die Stirn, und begebe mich auf den Rummelplatz des Lebens. Im wahrsten Sinne, denn im Hotel ist für heute zur Matinee eine lange Reihe von Künstlern angekündigt.

Im Prachtbau ist noch alles ruhig. Es herrscht noch spätnächtliche Stille. Allein in der Kaffeeküche regt sich schon emsige Geschäftigkeit. Das ist für mich eine gute Gelegenheit für einen Plausch mit Lore bei

Tee und Gebäck.

Da Heiner und Wölfi bis zum Mittag von der Maloche befreit sind, habe ich mir Dienstgarderobe aus dem Rosengarten mitgebracht. Ich will die beiden nicht um ihren wohlverdienten Schlaf bringen, nur weil ich mir Klamotten aus dem Schrank holen muß.

Der Nachtportier schaut auch noch kurz in die Küche rein.

„Ein Käffchen, bitte." Er hat er seinen Getränkewunsch noch gar nicht ganz ausgesprochen, da könnte ich ihn auch schon um die Ecke bringen - schlägt er mir doch mit der Tür die Teetasse aus der Hand.

Natürlich über die frische Dienstuniform. Jetzt muß ich doch noch runter ins Zimmer, und mich umziehen. Jungs - ich verspreche euch, ich werde dabei ganz leise sein. Ehrenwort.

Also, runter in den Personaltrakt - Zimmer 3 A. Unhörbar die Tür geöffnet, gut daß ich das gelernt habe - das Licht angedreht ... *„hhhuuiii"*, ein ungebremster weiblicher Lustschrei flattert mir um die Ohren.

Bei irgendjemand in unserem Zimmer geht gerade vor Wollust der Verstand flöten.

Von wegen, die beiden schlafen .... weil sie so kaputt sind!

Heiner und Wölfi werden gerade mit Vehemenz in der Technik und Pflege zwischenmenschlicher Beziehungen unterrichtet.

Es muß ihnen wohl gefallen, denn die geräuschvollen Laute, die aus den Betten zu mir herüberklingen, sind garantiert kein Ausdruck von Unbehagen.

Dass ich auf dem Plan erschienen bin, stört die vier Akteure nicht im Mindesten. Jedenfalls ist nichts davon zu bemerken.

Die beiden Jungmänner strengen sich bei ihrem Nahkampf an, als gelte es einen Preis zu erringen.

Heiners Lehrmeisterin ist eine der drei Schwestern, die als Zimmermädchen noch neu im Hause sind.

Es ist doch tatsächlich die Rothaarige, die mit dem bärigsten Bären unter der Sonne.

Ein Körperteil Heiners steckt gerade achtundzwanzig Zentimeter tief in diesem Bären. Sein Penis hat nämlich diese stolze Länge, wenn er auf Touren ist. Er hat uns sein bestes Stück einmal vorgeführt, weil wir ihm nicht glauben wollten, daß er wegen der Größe seines Ständers bei den meisten Mädchen Schwierigkeiten habe. Sein Geschlechtsteil ist in der Tat so mächtig, und jetzt ist es ganz offensichtlich auf Hochtouren. Der Roten dagegen scheint dieses Prachtstück außerordentlich zu gefallen, so wie sie ihre Beine um seinen Rücken schlingt, während Heiners Freudenspender bis zu den Hoden in ihrer Muschel hin- und herfährt.

Wölfis Speer steckt dagegen nicht in der Spalte zwischen den Schenkeln der kleinen Schwarzen von der dritten Etage. Zwischen ihren feuchten Schamlippen sind ihre eigenen Hände am Werk.

Er schiebt mit sichtlichem Vergnügen seinen Lust-stab zwischen den prallen Brüsten hin und her.

Gerade als ich meine Aufmerksamkeit erneut Heiner und der Roten zuwenden will, spritzt Wölfi seiner Angebeteten eine kräftige Ladung sämiger Flüssig-keit mitten ins Gesicht.

Ein paar Minuten muß ich das Schauspiel einfach noch genießen. Es ist zu schön anzusehen, wie die Vier es ungeniert miteinander treiben.

Als Zuschauer bekommt man so etwas ja nicht allzu oft kostenlos geboten!

Schließlich wünsche ich ihnen noch viel Vergnügen, und lasse die eifrigen Kämpfer allein.

Die Akteure haben gar nicht mitbekommen das ich da war, vermute ich.

Als ich in die Kaffeeküche zurückkomme bin ich durch das eben Gesehene noch reichlich angetörnt - wie ich mir eingestehen muß. Zwischen meinen Schenkeln spüre ich einen gewaltigen Druck.

Der Zeitpunkt ist natürlich äußerst ungünstig. Die Ausbuchtung in meiner Hose ist nämlich nicht zu übersehen.

Wie nützlich wäre mir jetzt ein gehöriger Schuß Hängolin im Kaffee, aber so etwas gibt es ja leider nicht in Lores Kaffeeküche.

Ich werde mich stattdessen kopfüber in die Arbeit stürzen, um den Druck abzubauen. Bewegung soll nämlich auch hilfreich sein.

Der Nachtportier hat gleich nach mir die Kaffeeküche wieder verlassen. Das Missgeschick mit dem verschütteten Tee war ihm wohl doch etwas peinlich.

„Ich habe den Portier weggeschickt" - beiläufig läßt Eleonore diesen Satz fallen.
„Wieso denn das? Gibt es vorne am Empfang schon etwas besonderes ... ?" Fragend schaue ich Lore an.
Irgendwie hat sie sich verändert in den letzten Minuten. Na ja, vielleicht sehe ich auch nicht richtig, weil ich ja noch bis in die Spitze meines Gliedes scharf geladen bin - und das nicht mit Selterwasser. Die Geilheit steht mir so ungefähr bis zur Halskrause.
„War es gut da unten?" Ein seltsames Lächeln bewegt sich um Lores Mundwinkel, als sie mich das fragt.
„Es war gut da unten – ich sehe es ja deutlich in deinem Schritt," beantwortet sie sichtlich zufrieden ihre eigene Frage
„Die Vier sind schon seit mehr als drei Stunden am vögeln. Heiner und Wölfi haben bestimmt eine ganze Schachtel OKASA geschluckt."
Lore sagt das so leichthin, als wenn sie mir mitteilt, daß es in Hamburg die ganze Nacht geregnet habe.
Mir fällt bald die Kinnlade auf die Brust. Hat dieser Ausbund an Tugend doch tatsächlich gewußt, in welches Fegefeuer ich da gerate.
„Und du hast mich da einfach so reinstolpern lassen?"

Meine Frage klingt ein wenig fassungslos.

„Nein, mein Lieber, nicht einfach so, sondern absichtlich ..." sie verleiht dem *‚absichtlich'* noch besonderen Nachdruck, indem ihre Fingerspitzen wie unbeabsichtigt über die Beule in meiner Hose streichen.

Wenn sie das noch einmal macht, werde ich erneut in unser Zimmer müssen, weil dann mit Sicherheit ein nasser Fleck meine Hose zieren wird.

Ich befinde mich dicht vor einem gewaltigen Abgang. Wieviel Saft dann aus meinem Penis schießt, das weiß ich ja mittlerweile aus Erfahrung.

Komm'" - sie nimmt mich resolut an die Hand – *„eine halbe Stunde haben wir noch Zeit, bevor die anderen hier auf der Matte stehen. Das reicht."*

Was ist mit mir los? Ich bin wie paralysiert - auf jeden Fall bin ich nicht fähig, auf ihre Forderung abwehrend zu reagieren. Sie faßt meine Hand noch fester, und zieht mich die Treppe hinunter, in den Speiseraum im hinteren Keller. Auf der erstbesten Bank komme ich zu liegen.

Bevor ich recht begriffen habe, was mit mir geschieht, hat Lore schon mit sachkundigen Griffen mein steifes Glied aus der Enge befreit. Seit ich aus dem Zimmer mit den fleißigen Pärchen raus bin, schmerzen meine Hoden vor unbefriedigter Lust. Lore weiß das ganz sicher, weil sie es ja selber so arrangiert hat.

„Komm – laß uns ficken" raunt sie mir mit heiserer

Stimme zu, *„ich kann es nicht mehr aushalten."*
Mit einem Ratsch öffnet sie ihren Kittel, streift ihn ab, und steht splitternackt vor mir. Zum ersten Mal sehe ich sie so, so völlig ohne Hüllen. Ihre Brüste übertreffen bezüglich der Größe alle meine Vorstellungen, die ich schon mal hatte, wenn es in ihrer Bluse schaukelte. Ihre Titten sind wunderschön. Trotz des Umfanges ist kein bißchen von *„hängen"* an ihnen zu sehen.
Und dann sehe ich nur noch eine offene feucht schimmernde rosa Spalte in einem mächtigen Busch schwarzer Locken, deren pralle Lippen wie besessen nach meinem steifen Penis schnappen, der steil in die Luft ragt. Blitzschnell ist sie über mir, und beißt mir zärtlichgierig in die Eichel. Der unverhoffte Schmerz vermischt sich mit einem irren Gefühl von Lust, als mein hartes Glied in ihrer Muschi verschwindet. Sie reitet mich mit der Gier einer ausgehungerten Löwin. Sie hebt ihr Becken in schnellem Rhythmus jedesmal soweit an, das nur noch die Spitze meines Ständers in ihrer Spalte steckt. Wenn sie sich wieder fallen läßt, streicht der Saft wie Honig an meinem Schaft entlang.
Ihre festen Kugeln mit den großen Höfen um die strammen Nippel schaukeln dabei vor meinem Gesicht hin und her. Ich habe meine Finger in ihren strammen Hintern gekrallt, und sporne sie dadurch zu noch härterer Gangart an, bis in meinem Kopf die Sterne explodieren. Ich weiß nicht, wie oft ich tief in

ihrer Muschel abspritze, und wie oft es ihr dabei gekommen ist.

Ich fühle nur, daß Lore in ihren Orgasmen vergeht. Von einem urhaften Schrei begleitet schießt die letzte Erlösung zwischen ihren Schenkeln aus ihr hinaus. Das einzige, was ich sehe, nachdem sie von mir abgelassen hat, ist die klatschnasse Bank unter meinem Hintern. Lores Muschi hat gesaftet wie ein überreifer Pfirsich. Während sie breitbeing über mir steht, und meinen fleißigen Burschen zum Abschluß küßt, tropft es noch goldig aus ihrem Pfläumchen

Ihr rasen hat nichts mit zärtlicher Liebe zu schaffen – es ist einfach ein animalisches abreagieren von aufgestautem Verlangen. Lore konnte es wohl nicht mehr länger ohne einen kräftigen Schwanz in ihrer Muschi aushalten.

Wenn sie es oben in der Kaffeeküche mit mir getrieben hätte - ich hätte es auch da widerstandslos geschehen lassen. Wie lange Zeit ist vergangen, daß dieses „geschehen lassen" mir zum ersten mal widerfahren ist. Zehn, zwölf Jahre? Ich weiß es nicht mehr genau. Ich weiß nur, daß es jetzt das gleiche Bild ist.

Eine meiner Schwestern war mir an Jahren ebensoviel voraus, wie Lore heute - und genauso herzig und liebevoll um mich besorgt. Wenn sie zu Hause war, brachte sie mich stets zu Bett - und genauso stetig hat sie es geschafft, mein kleines Glied - das für mich ja „noch" nur ein Körperteil zum pinkeln war - steif zu machen. Wofür es sonst noch gut war, das hat **sie** mir gezeigt - und ich habe es ganz schnell begriffen. Meine größere Schwester teilte auf diese Weise mit mir ein Geheimnis, und das machte mich eben auch ganz groß.

Sicherlich hat mir auch das Jucken in dem kleinen Finger zwischen meinen Beinen gefallen, das beim gleiten in ihrem Löchlein jedesmal nach kurzer Zeit einsetzte.

Ich mußte meinen Pips nur schnell genug in ihr hin- und herbewegen.

Und mit meiner Schwester geschah das gleiche wie es jetzt mit Lore geschehen ist. Nur hat es mich damals noch zutiefst erschreckt. Aber das war ja wohl normal, denn ich kannte ja noch keine Vulkane, die nach ihrem Ausbruch glitzernde Seen hinterlassen

So schnell wie die Erde sich auftut, um Feuer zu spucken, so schnell schließt sie sich auch wieder.

Genauso ist es mit Lore. Die Lust hat sie überfallen, und nicht wieder losgelassen, bis es geschehen war.

Als der Sturm vorüber ist höre ich nur ganz leise von ihr: *„Ich danke dir, du Freudenspender. Du hast mir sehr geholfen. Heute Abend machst du deinem Schatz wieder Freude mit deiner Kraft - und zwischen uns ist nie etwas gewesen. Abgemacht?"*

Was kann ich anderes tun, als verdattert mit dem Kopf zu nicken. Mit dem auf dem Hals natürlich –

der andere hat sich erschöpft in sein Häutchen verkrochen.

Eines der großen Geheimnisse der weiblichen Psy-
che hat sich mir für Minuten offenbart. In diesem
Moment schenkte Lore mir ein Stückchen ihres Lebens.

Ich werde es ganz tief in meinem Innern verwahren.

Als die anderen Kollegen auf der Bildfläche
erscheinen, sind die fünfzehn Minuten Offenbarung
bereits aus der Zeit getilgt. Zumindest scheint es
nach außen so. Für mich werden sicher noch viele
zehn Minuten zu Geschichte werden müssen, bis ich
ganz begriffen habe, was da soeben geschehen ist.
Eigentlich müßte ich ein bergegroßes schlechtes
Gewissen gegenüber Edeltraud haben - aber seltsam
- nicht die Spur kann ich davon entdecken.

Einmal streift Lore an diesem Morgen noch das
Erlebte. In einem ruhigen Moment berührt sie sacht
meine Wangen, und flüstert mir zu:

*„Naturgewalten kann man nicht aus dem Wege
gehen - der Sturm ist vorüber. Noch mal danke, daß
du mir geholfen hast."*

Ihr ist nichts mehr von der heißen Glut in ihrem
Inneren anzumerken.

Ich frage mich im Stillen, wie oft der brennende
Wüstenwind sie wohl in die Oasen der Lust trägt.

Heute Morgen läuft im Service alles etwas schneller, weil uns die Zeit vorwärts treibt - das heißt: die Matinee rückt näher.

Die letzten Frühstücksgäste haben noch nicht das Feld geräumt, als der Bühnenumbau schon in vollem Gange ist. Was ist das für ein Aufwand für die drei Stunden Präsentation. In der Hotelhalle herrscht schon große Welt. Etliche Stars und Sternchen glitzern um die Wette.

Die örtliche Prominenz versucht krampfhaft, etwas von den bunten Flittern abzubekommen. Man muß der Familie daheim ja schließlich etwas vorweisen können.

Hackenbeißer von der regionalen Presse umkreisen das Geschehen, um ihren Lesern in Länge und Breite Bilder und Worte zu malen. Für die Gesellschaft ist es das Ereignis der Saison. Und für mich ist es der Sonntagsbraten.

Nach dem Frühstück springe ich in mein Extrageschäft. Die Kollegen nennen es zum HB - Männchen werden. Sie tun es wohl mehr aus Neid, denn in den Bauchladenstunden steckt oft größerer Gewinn, als in den Taschen unserer Oberpinguine nach einem langen Tag des Herumeierns im Restaurant.

Irgendwie muß ich es mir verdient haben, denn dieses solitäre Zubrot wird vom Patron nach seinem Gutdünken vergeben.

Es ist kurz vor elf. Fürs Geschäft nähert sich der

Höhepunkt des Tages.

Im Geschwindschritt eile ich auf die Bude – ich muß schnell die Dienstkleidung wechseln.

Ach herrje – was bietet sich mir für ein Anblick, als ich die Tür öffne. Die Bergziege würde jetzt sagen: Das ist Sodom und Gomorrha! - und sich vielleicht heimlich wünschen, mit in diesem Bild zu liegen. Ich muß zweimal hinschauen, um zu erkennen wer wo was ist.

Ein drittes und viertes Mal schaue ich auch gerne hin - man soll mir nun wirklich nicht nachsagen ich wäre prüde. In zwei Betten liegen immer noch vier Körper in paradiesischer Nacktheit.

Sie liegen ineinander verschlungen und überkreuz. Kreuz des Südens fällt mir spontan ein. Ich weiß auch nicht warum - es paßt doch gar nicht in diese Szene. Es scheint eher so, als wenn der Schlaf sie mitten im schönen Treiben überrascht hat.

Da Bild das sich mir bietet, würde jedes Sexheftchen zum Bestseller machen.

Heiners großes Lustinstrument steckt noch von hinten in der engen Pforte des roten Bären, während seine Hände ihre Brüste halten. Bei der schwarzen Schönheit stecken Wölfis Finger in ihrer Scham, und sein Stößer liegt in ihrer Hand.

Verdammt, ist das ein schönes Bild.

Eine Luft füllt Zimmer. Ich kann mir vorstellen, daß es so in einem drittklassigen Bordell des wilden Westens gerochen hat, nachdem zwanzig Kuhtreiber nach wochenlanger Enthaltsamkeit Dampf abgelassen hatten. Meine Nase ist zwar noch nie durch eine Bordelltür gegangen. Schon gar nicht im Wilden Westen - aber im Geiste ordne ich das Bild, das sich mir bietet, in dieses Milieu ein.

Irgendwie tut es mir leid, dieses Bild zerstören zu müssen. Es gefällt mir einfach zu gut.

Leute, laßt die Sonne herein - damit sie wieder Klarheit in eure verklebten Gehirne bringt.

Um mein Bedauern zu überwinden, muß ich lautstark versuchen den Wecker zu spielen.

Im Moment befinden die Vier sich gewiß jenseits von Gut und Böse. Da würde ich sie liebend gern auch noch ein Weilchen lassen, aber in einer halben Stunde müssen die beiden Unterfuzzis frisch gestärkt und gebügelt in der Küche stehen.

Sie sollten jetzt schon unter der Dusche stehen, anstatt sich noch mit ihren fleischgewordenen Sünden der Nacht in den Federn zu räkeln.

Nach den beiden Lustmaiden wird übrigens schon emsig gesucht. Die beiden haben nämlich ihren Dienstbeginn „verbumst".

Nur gut, daß niemand auf die Idee gekommen ist, sie da zu suchen, wo sie sich im Moment befinden. Die Folgen wären katastrophal gewesen - und die Geschichte hätten wir alle miteinander ausbaden müssen.

Wegen der Pillenschluckerei muß ich mich mit den beiden Glücksrittern noch ernsthaft unterhalten. Die kleinen Freuden, die wir dem Leben so aus dem Rucksack stehlen, werden von den Moralhütern bestimmt nicht gut geheißen, aber haben wir es nötig Aufputschmittel gleich schachtelweise in uns reinzuschmeißen?

Menschenskinder - wir sind doch erst seit einer Handvoll Tage an den wichtigen Stellen behaart. Die chemische Keule muß ich ihnen unbedingt ausreden. Meine Frischluftkur hat ihre Wirkung nicht verfehlt.

Hektisch wird nun nach den passenden Kleidungsstücken gesucht. In blinder Eile hat Heiner den zarten Slip der roten Teufelin erwischt. Er bemerkt seinen Irrtum erst, als er den Hauch von Stoff nicht über sein noch halbsteifes Glied bekommt. Es steht ihm ganz gut, dieses verführerische Etwas.

Er empfindet es wohl ebenso, denn ich sehe erstaunt, wie sein Vize wieder wächst. Für einen erneuten Einsatz seines Bengels ist aber keine Zeit mehr.

So ganz wohl scheint den unbekleideten Madonnen bei dieser Szene nicht zu sein. Irgendwie genieren sie sich ein wenig. Ich kann allerdings nicht sagen, daß ihr Anblick meinen Augen wehtut. Vielleicht bekäme ich sogar Stielaugen, wenn ich zu lange auf ihre Kostbarkeiten starren würde.

Wenn Lore heute Morgen bei mir nicht für ,*Dampf ablassen'* gesorgt hätte, wäre mein Kessel jetzt wahrscheinlich schon geplatzt.

Die beiden lieblichen Geschöpfe werden unserer

Hausdame erst einige Bilder malen müssen, um ihr Zuspätkommen zu rechtfertigen. Gott sei Dank haben wir in Frau Dutschke eine Institution mit Herz für die Jugend der Welt.

Zwar strahlt Ulrika eine gewisse Reserviertheit aus - immer mit dem nötigen Abstand zu den ihr Untergebenen.

Als sie nach ein paar Gläschen Sekt im engeren Kreise etwas beschwipst war - hat sie allerdings einmal kundgetan, daß sie so kleinen beherzten Sprüngen zur Seite, oder auch nach unten, nicht ganz abgeneigt ist.

Mit Sicherheit war diese Offenbarung von ihr unbeabsichtigt, sie wurde aber aufmerksam von mir registriert. Zumal ich ihr direkt gegenübersaß. Ihre Beine, die sie beim sitzen sonst stets züchtig übereinander geschlagen hielt, standen an diesem Abend leicht auseinander.

Dadurch gewährte sie mir einen wunderbaren Blick auf eine glattrasierte Scham zwischen zwei herrlichen Schenkeln. Die Teilung ihrer Lippen reichte bis hoch in den Venushügel hinein. Unsere tugendhafte Hausdame trug nämlich einen Slip, der mehr einer Kordel glich.

Der Steg von Vorder- zu Hinterteil lag zwischen ihren Schamlippen verborgen. Bei der kleinsten Regung ihres Körpers mußte er zwangsläufig ihren Kitzler reizen, denn ich konnte sein Köpfchen neugierig aus der Spalte ragen sehen. Ich habe mir damals den ganzen Abend vorgestellt, wie schön es wäre, dieses blanke Pfläumchen zu verwöhnen.

Ja, ja - durch den Geist des Weines gelöste Zungen schaffen häufig größere Löcher, durch die man in die Seele schauen kann, als das beste Zeugnis Außenstehender es vermag.

Die beiden Jungmänner haben es mit einem Mix aus kaltem Wasser und Schnelligkeit noch rechtzeitig geschafft, einigermaßen passabel in der Küche zu stehen.

Die weißen Kittel ihrer Spielgefährtinnen sah ich auch schon über die Gänge huschen - also ist wohl alles ohne Blessuren abgegangen.

Im Empfangsbüro herrscht große Aufregung. Willi Hagara fuchtelt unsere kleine Direktionssekretärin Ilsebell in Grund und Boden. Er will sofort, und ohne Wenn und Aber, mit dem Direktor sprechen. Willi Hagara ist für die übernächste Woche unser Stargast. Er ist extra für die Präsentation am heutigen Tage eingeflogen.

Am Flugplatz ist ihm als erstes ein Plakat des Kaiserhofes in die Augen gesprungen. Die Programmankündigung für das Gastspiel des großen „WILL HAGARA". Denk sich nur mal einer, auf dem Plakat steht: „WILL HAGARA".

Wer ist denn Will, oder was will der Hagara denn, muß doch jeder denken, der das Plakat betrachtet.

Der Künstler verlangt eine sofortige Änderung.

So eine entwürdigende Verzerrung seines Namens kann er nicht unwidersprochen hinnehmen. Er betrachtet es als göttliche Fügung, das er vorab schon mal eingeflogen ist.

Der Hochnäsige - vielleicht wird er im Leben noch einmal für etwas dankbar sein, daß er wirklich als göttliche Fügung bezeichnen kann.

Die kleine Ilse hat verzweifelt den Direktor aus der Masse losgeeist - soll **Er** sich mit dem überkandidelten Sänger herumschlagen.

Unser Direks tut mir irgendwie leid. Die Unterstützung seines Freundes aus der vierkantigen, grünen Flasche hat er sich auch noch nicht gesichert - er konnte sich heute Morgen wahrscheinlich noch nicht ausführlich genug mit ihm unterhalten.

Was soll er also tun, der Gute. Wir haben schließlich Sonntag - auch auf Norderney.

Selbst wenn er die Drucker der Badezeitung mobilisiert - vor morgen früh sind die Plakate nicht fertig. Eher ist es technisch nicht möglich.

„Selber malen geht auch nicht schneller" - wirft unser Patron ein, der als schlichtende Autorität dazugekommen ist.

Er fährt fort: *„Wie wäre es mit einem Vorschlag zur Güte? Wir nehmen die Plakate noch Heute ab, damit dem Betrachter nicht länger das Bild eines ,Büroboten' ins Auge fällt. Vom Personal macht sich sofort jemand auf den Weg - und spätestens morgen* *mittag kann man überall die korrigierte Ausgabe betrachten.''*

Der bornierte Hagara merkt nicht einmal, daß unser Chef ihn so ein bißchen auf den Arm nimmt. Als ich mit einem Ohr höre, vom Personal macht sich sofort jemand auf den Weg, da schwant mir schon nichts Gutes.

Und richtig. Für mich heißt das, den Bauchladen in die Ecke stellen, das Geschäftsfahrrad aus dem Keller holen, und einhundertundfünfzig Plakate einsammeln. Das bedeutet eine Tour vom Weststrand bis zum Oststrand, und vom Südstrand bis zum Nordstrand der Insel. Wenn ich all die Stellen, an denen die Kaiserhofplakate aushängen, abgegrast habe, dann bin ich gut dreißig Kilometer über die Insel hin- und hergegurkt.

Über meine Tour entlang der Sehenswürdigkeiten des Eilandes ist es halb vier geworden. Das Fahrrad steht wieder im Keller. Meine Stimmung ist am selben Ort.

Ich habe kein Mittagessen gehabt, und kein Bauchladengeld verdient. Ich habe zwischen Flugplatz und Leuchtturm einen gewaltigen Regenschauer abgewettert, durch den mir das Wasser aus den Schuhen lief. Die scheißnasse Uniform hat mir die Beine wund gescheuert, und zu guterletzt bekam mein Hinterrad noch einen Plattfuß.

Was will ich eigentlich von so einem Sonntag sonst

noch verlangen? Es war ein Tag, der im Paradies zum fliegen ansetzte, um Stunden später in den tiefsten Tiefen der alltäglichen Plackerei zu landen.

Ob ich wohl sauer bin? Die eingesammelten Plakate habe ich in der Saalgarderobe deponiert - schön für jedermann zugänglich. Vielleicht fällt noch jemand etwas dazu ein. Wer weiß!

Ich brauche dringend erst einmal eine warme Dusche. Zum Glück habe ich noch eine saubere Kellnerjacke im Schrank. Auf dreimal Umkleiden bin ich ja gar nicht eingerichtet.

In unserem Zimmer riecht es jetzt wie in einem Pariser Hintertreppenboudoir.

Heiner hat anscheinend flakonweise Parfüm mit der Duftnote „Maiglöckchen" versprüht.

Na ja, ich brauche ja nicht in diesem Gemengsel zu schlafen. Allerdings hat meine weiße Jacke etwas viel von dem Duft der weißen Blüten abbekommen. Wenn ich irgendwo vorbei gegangen bin, kann es nach einer halben Stunde noch jeder mit der Nase sehen. Unser Chef ist vermutlich der einzige Mensch im ganzen Laden, der meine aufdringliche Spur nicht verfolgen kann, weil er selber statt mit Wasser täglich mit ,Uralt Lavendel' duscht. Zehn Minuten bevor man ihn sieht, tummelt sich seine Umgebung schon in Moschusduft.

Bei ihm entschuldige ich mich für meine „Fahne". So schlimm ist es doch gar nicht - meint er - auf jeden Fall sei es so besser, als wenn ich nach Genever riechen würde. Dann ist es ja in Ordnung, denke ich erleichtert. Ich betrachte es als eine kleine Absicherung für mich, nach hinten – für den Fall der Fälle.

Das Erdbeben von heute morgen hat mir in der Kaffeeküche schon einen heißen Tee zubereitet. Das Naturereignis in der Frühe des Tages hat bei Lore nicht die geringste Veränderung bewirkt. Ihr Ver--halten unterscheidet sich nicht ein Quentchen von dem von vorher. Es scheint in der Tat ein Abschnitt Zeit zu sein, der sich davongemacht hat – ohne sichtbare Spuren bei Ihr zu hinterlassen.
Darüber bin ich ganz froh, denn auf Dauer wäre ich einer solchen Doppelbelastung niemals gewachsen.
Es wird mir das erste Mal in meinem Leben bewußt, daß auch schöne Dinge zerstören können.
Es ist gleich halb sechs durch. Am Anleger verabschiedet jetzt gerade Edeltraud ihre Eltern. Auf der Mole in Norddeich wartet schon der Zug nach Hannover, mit Halt in Nienburg um dreiundzwanzig Uhr zwölf. Das ist reichlich spät für die beiden alten Herrschaften, aber Napoleon hat die abendliche Abreise bevorzugt. Andernfalls müßte er am nächsten Morgen schon in der Frühe um fünf Uhr aufstehen. Die Mama hätte zwar noch gerne den Abend mit ihrer Tochter verbracht, sie muß sowieso jeden Morgen so früh aufstehen, aber Entscheidungen fällt nur das Familienoberhaupt. Da hat sich jeder dann dreinzufügen.

Wünsche der Frauen zählen nun einmal nichts, ist seine Regel.

Obwohl es mir ganz lieb ist, daß Napoleon die Insel heute abend schon wieder verläßt, hoffe ich insgeheim, mein Wunsch für ihn, nach dem Platz in Ofen siebzehn auf Rost acht, wird irgendwo Beachtung finden.

Für meinen mörderischen Einsatz beim Plakatkampf heute Mittag bekomme ich vom Patron ein Bonbon - ich kann den entgangenen Bauchladenverlust heute Abend wieder wettmachen – ich darf das weiße Jackett gegen die HB Männchen Uniform tauschen. Oder ist es etwa nur, weil jemand meine mit Düften penetrant verseuchte Jacke nicht mehr riechen kann, wie Lore augenzwinkernd meint.

Mir ist es piepegal - ich kann wenigstens die Löcher in meinem Geldbeutel stopfen. Und was noch wichtiger ist - der Feierabend liegt näher am Bett.

Ich weiß nicht, näher bezeichnen kann ich es nicht, irgendwie habe ich aber das Bedürfnis, meine Seele gerade biegen zu müssen. Nicht daß mich das Geschehene niederdrückt - aber ausbügeln muß ich die Knitterfalten doch.

Endlich ist Mitternacht. Das bedeutet Geschäftsschluß.

Zumindest für meine Rauchwarenabteilung. Der Saalbetrieb läuft noch anderthalb Stunde weiter. Nur noch schnell einen Gang durch das Spülbecken im

Office - vertragsgemäß die Gläser auf Vordermann bringen - und dann ab in den Rosengarten.

Doch was ist das? Vor der verschlossenen Kaffee-klappe steht für mich eine Flasche Sekt und ein Kasten Pralinen. Beides ist mit einer großen Schleife versehen.

Auf einem Kärtchen steht in Lores schwungvoller Schrift: *„Ich wünsche euch beiden eine gute Nacht. Danke für alles - Eure Lore".*

Das ist der Lappen, der in meinem Kopf die Reste von Zweifel und fadem Geschmack von der Tafel wischt.

Eine laue, warme Sommernacht umfängt mich. Überall wird noch gefeiert. Die übereinanderlaufenden Musikfahnen hängen wie eine Glocke über der Insel. Langsam schlendere ich durch die Straßen, in Richtung Siedlung. Irgendwie fühle ich nicht so unbeschwert, so leicht, wie sonst in den Nächten. Mir ist, als ob ich kleine Bleigewichte an den Füßen habe. Denken tu ich schon - nur weiß ich nicht was. Die Gedanken laufen unsortiert im Kopf herum - wie die Millionen Sterne in der blauen Unendlichkeit über mir – nur daß die Sterne alle wissen, wo sie hingehören.

In der Küche brennt noch ein kleines Licht. Oma Lüders sitzt am Tisch über ihren Karten - dem Lächeln nach sieht sie nichts Böses in ihnen.

Eigentlich hat sie nur auf mich gewartet, um mir zu berichten, bevor die Unwissenheit mich erschlägt. Edeltraud muß diese Nacht noch im Hospiz verbringen. Napoleon hat sein „Kriegsfolgeleiden" noch nicht wieder unter Kontrolle.

Aus diesem Grund ist er auf den Frühzug ausgewichen. Eine Reise auf der Zugtoilette will er sich denn doch nicht antun.

Der Ärmste - wenn er wüßte, welcher Gegner ihm dieses Leiden zugefügt hat. So ist es aber ein Glück für Mutter und Tochter. Ein paar gemeinsame Stunden sind ihnen geschenkt worden.

So sehr ist es mir selbst auch nicht unangenehm, heute Nacht allein zu sein. Gibt es mir doch Gelegenheit die Ereignisse des frühen Tages noch tiefer zu verstauen. Gerne nehme ich Oma Lüders Angebot zu einer Partie Mühle an. Hier sitzen wir nun wie zwei Nachtraben gegenüber, und schieben die Steine über das Brett. Wir tun gerade so, als ob es keinen Schlaf, und auch kein Bett für uns gäbe. Nach der zweiten Partie Mühle - die ich natürlich mit Glanz und Gloria verloren habe - kommt so ganz von hinten und aus der Ecke überraschend die simple Feststellung: *„Irgendwas drückt dich doch!"*

Ist es jetzt der Engel der das bemerkt - oder ist es Oma Lüders ihre Spielernatur?

Beides ist, glaube ich, nicht voneinander zu trennen. Die dritte Partie Mühle bleibt nach einigen Zügen unbeendet auf dem Brett stehen.

Ich weiß nicht wie lange wir die Minuten an uns vor-
über laufen lassen. Sie scheinen zu einer endlosen
Kette zu werden, von der jedes einzelne Glied ein
Stück der Beschwernis mit sich nimmt. Erst das
kleiner werdende Licht der Petroleumlampe holt die
Zeit wieder in die Gegenwart zurück. Als Oma
Lüders den Docht der Lampe höher dreht, merke ich,
daß ich plötzlich freier atmen kann. Ist es dieses
Gefühl von seelischer Befreiung, das gläubige Kat-
holiken zur Beichte treibt?

Wie ein kühlender Verband legen sich ihre Worte
über mein schmerzendes Empfinden.

*„Was du mir erzählt hast, das will ich man alles zu
den Akten legen - das brauchst du nun in deinem
Kopf nicht mehr 'rumzuwälzen."*

Sie lehnt sich zurück, und verschränkt die Finger unter ihrer Brust.

*„Und noch eines, mein Jung - auch wenn man sich
geschworen hat, sich nie zu belügen - sich alles zu
erzählen hat auch noch kein Glück gefestigt. Du
darfst auch ruhig mal was verschweigen.
Wenn du trotzdem das Bedürfnis hast zu reden - ich
höre dir gerne zu. Und nun gute Nacht, mein Jung."*

Mit dieser Gewißheit im Herzen läßt sie mich allein.
Komisch - auch wenn ich in unserem Bett in der
Kammer nur den Mond zur Gesellschaft habe - ich
fühle mich heute Nacht nicht einsam.

Ich werfe einen plierigen Blick zur Uhr - vier Uhr dreißig. Zum Teufel noch mal - ich muß doch noch gar nicht aus dem Bett - es ist doch heute mein freier Tag. Heute kann mich jeder kreuzweise – wenn er mag . . .

Mein innerer Wecker hat mir trotzdem einen kräftigen Tritt versetzt - er kennt sich mit den Wochentagen nämlich nicht so aus. Das linke Bein, das schon seinem Befehl gehorcht hatte, ziehe ich mit Schwung wieder 'rein ins Bett. Sowieso - mit dem linken Bein zuerst aufstehen ... was hätte das wohl für ein Elend gegeben!

Ihr Stare und Drosseln da draußen, pfeift und singt ruhig noch eine Weile ohne mich - ich muß mich noch ein Stündchen verkriechen. Wieder hinein in den Traum, aus dem mich mein sturer Wecker so erbarmungslos herausgeholt hat. Einmal wohlig lang ausstrecken – und dann wieder abtauchen in die Träumewelt.

Ach du Schei...., der Schreck ist mir so in die Glieder gefahren, daß ich mich nur ganz langsam wieder auf normale Größe auseinander falten kann. Es scheint, daß es in meiner inneren Uhr präziser zugeht, als in meinem Kopf.

Hat Willy mich doch durch Oma Lüders bitten lassen, heute früh wieder seinen Kutscherknecht zu machen. Treffpunkt fünf Uhr, bei den Pferdeställen in der Remise am Hospiz.

Nichts wie raus aus dem Bett. Diesmal aber mit dem rechten Bein zuerst - man kann ja nie wissen.

Mit dem Kopf in den Wassereimer tauchen, in die Manchesterhose steigen, das Polohemd überstreifen und in die Sandalen schlüpfen – das alles ist eine Sache von ein paar Minuten. Für Unterwäsche heraussuchen reichte die Zeit nicht mehr. Na, egal - so hat der kleine Schmecklecker an mir auch mehr Freiheit - und es sieht ja niemand.

Zwei Minuten nach fünf stolpere ich in die Remise. Willy hat gerade damit begonnen die Pferde zu putzen. *„Ich hab' eigentlich nicht mehr damit gerechnet, daß du kommst. Nach so einer kurzen Nacht."*

Woher weiß er . . .? Es ist bestimmt nicht kritisch von ihm gemeint – mehr ein bißchen verwunderte Anerkennung spüre ich in den Worten.

Aber ICH könnte mich, wegen dieser zwei Minuten zu spät, selbst in den Hintern beißen.

Fünf ist fünf – und nicht zwei Minuten nach fünf.

Die Worte meines Großvaters klingen mir auf ewig in den Ohren. Nicht das Zuspätkommen bei ihm mit Strafe belegt war - beileibe nicht – aber sein Leitspruch war:

„Pünktlichkeit ist die Höflichkeit der Könige - und wir sind doch nicht minder Wer."

Ein bißchen bin ich ihm, so scheint es, nachgeraten. Ich greife nach Kardätsche und Striegel, um Willy das Putzen abzunehmen - werde von ihm aber sachte gebremst.

„Das Putzen das laß mich man machen - das ist jeden

morgen mein Plauderstündchen mit Hans und Lotte."

Während er das sagt, streicht er den beiden Veteranen zärtlich über die weichen Nüstern.

Hans und Lotte, die beiden Haflinger, sind auch schon ein älteres Paar. Man kann sagen, sie sind ein Stück von Willys Leben.

„Hol' du man schon das Geschirr - das Kopfgestell hat's noch nötig. Wenn wir Napoleon verabschieden, muß doch alles blitzen und blinken.

Vergess' die Scheuklappen nicht - Hans ist die letzten Tage ein bißchen hibbelig. Er könnte sonst wohl travers gehen, wenn die Benzinkutscher es heute Morgen mal wieder eilig haben."

Eine so lange Rede hat Willy sicher schon seit Jahren um diese nachtschlafene Zeit nicht mehr gehalten. Schlag halb sechs fahren wir am Tempel der Götter vor. Die kleine Gruppe erwartet uns schon am Portal.

Es geht erstmal eine förmliche Begrüßung ab.

Willy und ich, mit Zylinder und Mütze vor der Brust verbeugen uns gekonnt. Wie gern würde ich auf diesen Schnickschnack pfeifen und mein Liebstes in die Arme nehmen - zumal mich der Blick ihrer grünen Augen wie ein Feuerpfeil der Verheißung getroffen hat. Na - Gottseidank hat der Tag ja erst begonnen, Tag zu werden.

Während die Schwester Oberin Napoleon höfisch verabschiedet - ein Kistchen Zigarren, für ihn als Wegzehrung, verbrämt die ganze Zeremonie - nutzt die Mama die Gelegenheit, und haucht mir einen

Kuß auf die Wangen.

Mein Schatz ist anscheinend bis obenhin angefüllt mit Seelenfrieden, daß wenigstens die Mutter ihr Geheimnis teilt. Schöner als wie es in ihrem Gesicht zu lesen ist - schöner könnte sie es in Worten auch nicht kundtun. Daß wir nicht stramm stehen, als Napoleon die Kutsche besteigt, ist eigentlich das Einzige was die Szene stört. Sie könnte ohne weiteres einhundertfünfzig Jahre zuvor spielen, zur Zeit des echten Napoleons.

Sorgfältig verstaut er das Zigarrenkistchen in der Innentasche seines Rockes. Ich kann Willy förmlich ansehen wie sehr er es bedauert, nicht auch diese Rauchbomben präpariert zu haben.

Mir geht es genauso - in meinem Gesicht steht ganz bestimmt die Enttäuschung deutlich geschrieben - denn die Oberin schaut mich mit hochgezogenen Brauen prüfend an. Ist da ein verschwörerisches Blitzen in ihren Augen auszumachen - oder täusche ich mich?

Mit dem schönsten Gespann der Insel fahren wir in den Sonnenschein hinaus. Ich werde das Gefühl nicht los, daß sogar die Sonne sich freut, Napoleon wieder abreisen zu sehen.

Nach anderthalb Jahrhunderten zum zweiten mal. Hat sie nicht soeben mit dem Kopf gewackelt - so ein bißchen vielleicht? Alle, denen wir unterwegs begegnen, strahlen heute Morgen um die Wette mit ihr. Selbst der Dampfer lacht mich an.

Willy hat sich angeboten uns mit zurückzunehmen zum Hospiz, aber wir gehen lieber zu Fuß.

Der Form halber wartet er mit der Kutsche am Steg, bis die „Frisia III" hinter der Biegung zur Marienhöhe aus unserem Blickfeld verschwindet. Die Spannung fällt von uns ab, wie wenn jemand den Strom abgeschaltet hat. Mit wehendem Rock fliegt Traude auf mich zu – es ist ein Bild wie aus einem Roman von Hedwig Courths-Mahler.

Napoleon verbietet seinen Töchtern nämlich Hosen zu tragen. Er hält es für unvereinbar mit der Bibel. Ich hätte ihn zu gerne einmal gefragt, wo das denn nachzulesen ist.

Obwohl ich ihn ja partout nicht leiden kann, den Feldherrn - wenn er sein Hosenverbot nicht mit der Bibel begründen würde - ich wäre geneigt ihm zuzustimmen. Denn, was gibt es schöneres, als Weiblichkeit in Röcken.

Willy entschwindet in Richtung Stadt, und wir schlagen den Weg entlang der Süddünen ein. Er führt durch eine Ecke der Insel, die noch ein Leben ohne Touristen lebt.

Unser Tempo wird bestimmt von den Stunden der Trennung - als wenn wir die Zeit rückwärts laufen müssten, um das entgangene Glück nachzuholen. Ich frage mich, ob ich dann wohl in das Erdbeben von gestern Morgen geraten wäre.

Ich merke, daß es müßig ist darüber nachzugrübeln,

und schiebe die Gedanken ganz schnell wieder in den Keller. Naturgewalten kann man nicht ausweichen - kommt Lores Erklärung als Deckel oben drauf.

Bei Iggena - an der kleinen Bootswerft - können wir nicht vorübergehen, ohne einen freundlichen Plausch mit Jann zu halten.

Er hatte uns kurz vorher mit seiner Knutschkugel auf dem Sandweg überholt. Knutschkugel - das ist sein BMW-Isetta. Den Kleinwagen hat er sich im letzten Herbst zugelegt. Knutschkugel nennen wir das ulkige Gefährt deshalb, weil sein Sohn, inklusive Freundin, abends damit des öfteren in den Dünen gesichtet wird.

Einige Zeit ist schon verstrichen seitdem ich das letzte mal hier auf der kleinen Bootswerft war.

Jann brennt darauf, mir die Fortschritte zu zeigen, die die Arbeiten an der Leysand gemacht haben.

Die Leysand ist ein Kümo. Neun Jahre nach Ende des zweiten Weltkrieges ist sie während der Weihnachtsflut, an der Nordost-Seite der Insel, gestrandet. Im vergangenen Jahr kaufte Jann von der Lloyds Versicherung die Wrackrechte.

Bis zum Dollbord war die Leysand schon im Meeresboden eingespült. Es war eine irre Arbeit, sie wieder freizulegen, sie dem Vergessen zu entreißen. Er hat sich aber nicht Bange machen lassen, und viel Zeit und Schweiß investiert. Wir jungen Leute haben oft mit zugepackt, wenn er bei Niedrigwasser im

Watt schuftete.

Seit sieben Monaten steht das gute Stück nun auf-gebockt bei ihm hinter dem Haus - sozusagen im Trockendock. Bei jemandem, der sich für Schiffe in-teressiert, kann nur Staunen aufkommen, wenn er eingeladen wird, daß Schiff zu betreten.

Die Maschine muß er uns unbedingt präsentieren. Traude kann mit dem, was sie zu sehen bekommt, nicht so recht etwas anfangen. Aber es hat mit der See zu tun - und schon deswegen ist es gut. Die Begeisterung, die wir beiden Männer an den Tag legen, steckt sie sichtbar an. Wir stehen vor der Maschine. Mittlerweile hat Jann ihre Seele offenbart. „Bronce & Messing" steht in großen Buchstaben oben auf dem Motorblock eingegossen. Nomen est Omen - es ist wirklich eine Maschine, die fast nur aus Bronze und Messing gefertigt ist. Ich kann es fast nicht glauben.

Bei meinem letzten Besuch lag noch alles hier drin-nen unter Schlamm und Salzwasser verborgen. Jetzt blitzt und blinkt es wie im Sudhaus einer Brauerei. Wo man auch hinschaut - überall glänzt es in roten und goldenen Tönen.

Da geht einem schon das Herz auf.

Kommt man eben mit rein - 'n Köpke Tee trinken - Riekje hat nämlich den Tee fertig. Edeltraud hat schon gelernt, daß man die Einladung zu einer Tasse Tee in Ostfriesland - und ganz besonders auf den Inseln - nur in Härtefällen ausschlagen darf.

„Na, habt ihr die Schlacht erfolgreich geschlagen?"
ist das erste, was die Hausfrau uns fragt, als wir in
die Küche kommen. In diesem kleinen Inselreich
läßt sich nur sehr schwer etwas verheimlichen. Das
Mädchen aus der Knutschkugel arbeitet nämlich
auch im Seehospiz. Über dies und das wird noch
geredet – und plötzlich zeigt Jann nach draußen. Sein
Gesicht strahlt innere Zufriedenheit aus.

*„Seht ihr den Gaffelschoner? In vier Wochen
müssen wir ihn abliefern. In zehn Tagen ist die
Werfterprobung. Wenn ihr Lust habt, könnt ihr
mitsegeln. Einmal Kurs Helgoland - mit unserer
Baunummer vierzehn."*

So ein Angebot bekommt man nicht alle Tage -
vielleicht können wir es ja einrichten.

„Wieso Baunummer? Das ist doch ein Schiff."
Traude versteht nur Bahnhof.

„Der Schoner hat noch keinen Namen", klärt Jann
sie auf.

*„Nach dem Probetörn setzt der Eigner den Tauf-
termin fest. Bis dahin ist es unsere Baunummer
Vierzehn."*

*„Und - wie soll sie heißen, eure Baunummer vier-
zehn"* - will Edeltraud jetzt doch noch wissen.

„Nordwehen!"

„Nordwehen *- das klingt so nach Fernweh...., nach
Meer und Wind und Liebe .....!"*

Traudel spricht nicht zu Ende. Sie ist in Gedanken wahrscheinlich unterm skandinavischen Sternenhimmel auf Reisen. Eine Reise ins Nordland ist ihr grosser Traum, wenn wir an der Dünenkante sitzen, und die rote Sonne im Nordwesten ins Meer versinken sehen.

„Da bist du gar nicht so weit von weg, mein Deern" - holt Jann ihre Gedanken zu uns zurück.

„Das Schiff läßt uns jemand bauen, der wohl ähnlich denkt. Er hat vor Jahren schon Deutschland verlassen und wohnt jetzt im Wikingerland - irgendwo in der Nähe von Hulstfred. Es soll eine Steininsel sein - Stensholm steht immer auf den Briefen. Seinem Erzählen nach muß es das Paradies sein. Irgendwann besuchen wir ihn - eingeladen sind wir schon lange.

Der Schoner bekommt ans Heck „Kristineberg" als Heimathafen. Das liegt südlich von Oskarsham."

Jann schweigt als wenn er auch irgendwo in Astrid Lindgrens Pipi Langstrumpfland schwebt.

„Traumhaft schön muß es da sein ..." mein Schatz kann sich nicht lösen von den Bildern die Jann uns gemalt hat.

Jetzt haben wir einen gemeinsamen Traum, den wir mit unseren drei Töchtern – die wir uns wünschen - vielleicht irgendwann ausleben können.

Ein gewunkenes *„Hee"* und *„bis bald"*, und wir sind wieder allein mit dem Morgen, der langsam in den Tag hineinläuft. Der weite Südstrandpolder läßt uns ahnen, wie klein wir in der Natur sind.

In der klaren Morgenluft schwimmt am Horizont über dem Watt der Festlandsdeich - man kann mit bloßen Augen die Häuser von Hilgenriedersiel sehen.

Eine Seehundfamilie sonnt sich auf der Lütetsburger Plate. Die Lütetsburger Plate ist immer wieder ein Magnet für die Inselbesucher - besonders für die Kinder, die Seehunde ja meist nur von Bildern her kennen. Lebend höchstens mal durch einen Besuch im Meeresaquarium.

Wie lange werden sie noch so unbehelligt leben können - unsere Robben? Es wird von der Absicht gesprochen, zwischen den Inseln ein Gezeiten-kraftwerk zu errichten. Es sind gigantische Pläne - und wohl mit ebenso gigantischen Folgen für das Wattenmeer. Möge Gott dies verhindern.

Die Baltrumfähre zieht langsam vorüber - es sieht nach Schleichfahrt aus. Der seit Tagen stetig anhal-tende Südost hat den Schiffern niedrige Wasser-stände beschert - und den Sommergästen ein bestän-diges Ferienwetter.

Das hohe, weiche Gras lädt uns ein Rast zu machen. Seit geraumer Zeit war Traudes zärtliche Hand schon auf Erkundungstour - von meinem ungefesselten kleinen Peter freudig begrüßt. Meine Eile heute Morgen hat ihm ungeahnte Freiheiten beschert. So

eine verwaschene amerikanische Baumwollpflük-
kerhose auf der nackten Haut hat erregende sexuelle
Eigenschaften.

„Du hast es wohl auch nicht erwarten können?"
fragt mein Schatz mit einem schrägen Seitenblick,
als sie bemerkt, daß da außer Jeans nur pochende
Männlichkeit ist.

Dieses *„auch"* in ihrer Frage offenbart sich, als wir
im Grase liegen, und meine Hand auf Wanderschaft
geht. Unversehens spüre ich heiße Feuchte. Ihr
kleiner Knospenkopf steht hart zwischen den prallen
Lippen.

„Mein Vater verbietet mir doch, Hosen zu tragen" -
wispert mein Schatz mir schelmisch ins Ohr.

*„Ich füge mich da als gehorsame Tochter bloß sei-
nen Anordnungen."*

Wenn der „Gute" auch nur einen Hauch von Ahnung
hätte - er würde uns beide schnurstracks in die Hölle
wünschen.

Das Verlangen unserer Körper hat die Reihenfolge
etwas durcheinander bekommen. Das Vorspiel hat es
an die zweite Stelle gesetzt. Wir sind aus dem Stand
auf den höchsten Gipfel der Empfindungen kata-
pultiert worden. Traudes Lustschreie reihen sich in
das Kreischen der Möven, und wehen mit ihnen fort
in himmlische Weiten.

Vielleicht berichten sie an irgendeinem Ort der Erde
irgendeinem lauschenden Ohr von unserer Liebe. Ich
möchte der Welt da draußen unser Glück kundtun -

und alle Zweifler in den Turm des Schweigens verbannen.

Das Rauschen des Flusses der Begierde ist wieder in das Plätschern des Baches der Sanftmut übergegangen. Mit geschlossenen Augen lassen wir das leise Singen des Windes über uns dahin ziehen. Durch unsere verschränkten Finger fließen die Empfindungen und tummeln sich im großen Meer der Gefühle. In diesen Momenten bestehen wir nur noch aus Vergessen und Glückseligkeit. Ich wünsche mir, es würde ewig dauern.

„Mein Bruder wird Vater" - es dauert eine geschlagene Zeit, bis mir eingeht, was mein Schatz fast tonlos in den Morgenwind geflüstert hat.
„Mama hat zu Hause die Hölle auf Erden. Wir haben die ganze Nacht zusammen geweint."
„Was ist denn am Vaterwerden so höllisch?" Halb aufgerichtet schaue ich fragend in ihre traurigen Augen.
„Mein Bruder Kurt wird Vater ....!"
Ach Hölle - jetzt sehe ich dich. Jetzt rieche ich förmlich das Pech und den Schwefel.
Kurt ist erst fünfzehn - zwar ein Lulatsch von einsachtzig - aber erst fünfzehn.
„Papa gibt die ganze Schuld Mama. Sie ist darüber schier verzweifelt."
Jetzt weiß ich auch um die Müdigkeit in ihren Augen, die ich bei ihrer Ankunft bemerkte. Schade, das

Willy das „Kriegsleiden" nicht höher dosierte.

„Mama hat Blut und Wasser geschwitzt - und gebetet, das niemand Papa etwas von dir und mir steckt."

Ohne Willys Roßkur hätte sich garantiert jemand gefunden. Willy war einmal mehr Schutzwall zwischen zwei feindlichen Welten.

Wo sind die Stunden geblieben? Die Sonne hat den Zenit überschritten und schielt schon wieder mit ihren Strahlen in den Nachmittag hinein.

Mein Schatz hat aus Oma Lüders Jungmädchenerdbeeren eine köstliche Kaltschale bereitet. Das hat sie mir natürlich nicht verraten, als sie mich losschickte um von Meyers ein Schälchen Schlagsahne zu holen.

Meyers haben letzte Woche eine Maschine bekommen, mit der die Sahne durch Druckluft aufgeschäumt wird. Das gibt ein völlig neues Gaumengefühl.

Als ich wieder an die Burg komme, dreht Oma Lüders auch gerade durch die Hecke. Um Zwei war ihre Schicht zu Ende.

Die Mittagsüberraschung ist Traude gelungen. Sie hat den Tisch draußen am Brunnen gedeckt - das Feingefühl, und die Liebe die er ausstrahlt, machen mich sprachlos.

Geschlagene zwei Stunden haben wir uns nicht von den Plätzen gerührt - die seelische Bedrängnis und die Spannung der letzten Tage benötigte diese Zeit, um von uns abzufallen. Oma Lüders hat ihren Teil dazu beigesteuert, indem sie von der heimlichen Freude berichtete, die sie und die Schwester Oberin genossen haben.

Wie gesagt - heimliche Freude. Offiziell durfte Theodora von Willys Husarenstück ja nichts wissen, aber inoffiziell hat Oma Lüders schon dafür gesorgt, daß es ihr nicht verborgen blieb.

Trotz der befreienden zwei Stunden ist die letzte Beklemmung nicht von uns gewichen. In mir ist eine dunkle Wolke geblieben. Ich fühle, daß die Unbeschwertheit des Sommers ihre Leichtigkeit verloren hat - man hat unsere Liebe ihrer Unschuld beraubt. Der Besuch Napoleons gab der verfluchten Angst in mir neues Leben - der Angst, die ich einen kurzen Sommer lang tot glaubte.

Oma Lüders versucht nach Kräften die aufkommenden Schleier fort zu wischen - aber nach kurzem innehalten merke ich, daß es stets vergebens ist.

Dem Himmel sei Dank - die Stunden in denen wir unserer Liebe leben können, werden ob des ausklingenden Sommers länger. Die Kühle, die schon hin und wieder die Insel überzieht, gleichen wir durch unsere brennende Leidenschaft aus.

Die spärlichen Nachrichten von zu Hause, und die Sorge um unser Glück, machen Traude schwer zu schaffen.

Ihr Engelsgesicht ertrinkt nachts häufig im Meer der

Tränen aus ihren grünen Augen - die vor Trauer ganz dunkel geworden sind. Immer seltener sind sie der sommerliche, strahlende Bergsee.

Immer heftiger wird in den kurzen Nachtstunden unser Begehren - immer unbändiger wird unser Verlangen, ineinander zu vergehen - immer bitterer wird morgens das loslassen der Liebsten, und der Schritt in die vom Nebel verhangene Inselwelt.

Eine Nachricht hat mit einem Schlag die Gemütslage gewendet. Morgen ist der große Tag. Ein paar mal ist er schon verschoben worden, und bei uns sowieso nach hinten gerutscht. Auf den Inseln gilt aber ein Wort, und so gilt auch Janns Einladung zum Helgolandtörn mit der Baunummer vierzehn.

Traudel brachte die Botschaft mit - das Mädchen aus der Knutschkugel hatte sie ihr übermittelt. Morgen früh um fünf Uhr am Hafen. Jann hat den Termin wegen seines Versprechens auf unseren freien Tag gelegt. Alles ist ein Zusammenspiel lieber Menschen auf dem Eiland.

Ich hab' unwahrscheinlich Bammel - vertraut Edeltraud uns am Abendbrottisch an - ich bin doch erst dreimal mit der Fähre zwischen Norddeich und Norderney gefahren. Aber ich freue mich riesig. Man kann es ihr ansehen – ihr Gesicht ist ein Strahlen ohne Schatten.

Ich muß den erfahrenen Seefahrer herauskehren - obwohl ich ja von der Seefahrt auch reichlich unbefleckt bin. Mein Vater, der war ein waschechter Seemann. Bei mir beschränkt sich meine Erfahrung - außer daß ich am Wasser geboren bin - auch nur auf einmal Helgoland und das bißchen 'rum schippern mit Kurt Deckers Angelboot rund um den Voslapper Hafen.

Sicher haben wir mit Begeisterung Seeräuber auf Stohwassers altem Kahn gespielt. Aber der lag als Wrack bei uns auf der Sandbank.

Ich bin sozusagen ein Trockenkurs-Seemann. Zwar von der See und vom Wasser in der Seele gefangen - aber eben ein Trockenkurs-Seemann. Trotz dieser dürftigen Voraussetzungen mühe ich mich, tatkräftig von Oma Lüders unterstützt - meinem Schatz das Bordleben auf so einem Schoner in den prächtigsten Farben zu malen. Ich bin mir selber nicht sicher, ob es mir überzeugend gelungen ist.

Na, wie auch immer - Traude himmelt mich an, weil ich soviel weiß, und Oma Lüders wirft mir hinter ihrem Rücken ein verstecktes Augenzwinkern zu.

Der Tag sieht uns heute nicht mehr lange in sich rumkaspern.

Nach dem frühen Abendbrot verschwinden wir in der Kammer.

Bevor wir die Dunkelheit dem Mond überlassen, folgt noch eine Stunde mit schmusen und kuscheln, wie sie nur in schnulzigen Liebesromanen beschrieben wird.

Ich bin so ohne Säbelrasseln, und mich selbst beweisen müssen, in das Traumland hinüber geglitten. In der Nacht hätte uns wohl der größte Sturm nicht trennen können. Fest umschlungen findet uns der rötelnde Morgen, als er sein erstes Ahnen in den kommenden Tag schickt.

Beladen mit freudiger Erwartung, und tausend guten Wünschen von Oma Lüders, finden wir uns pünktlich um fünf Uhr am Hafen ein.
'ne knappe Stunde streicht noch über die erwachende Inselwelt dahin, bis aus dem Ruderhaus das Kommando ertönt:
„Alle Mann an Bord. Leinen los!"
Acht Menschen sind wir in der Runde. Acht Menschen, die untereinander so verschieden sind, wie Himbeersaft und Feuerwasser.
Irgendwie ist es schon ein erhebendes Gefühl für mich, in diesem kleinen Kreis stehen zu dürfen.
Aus der Werfterprobungsfahrt ist eine Übergabefahrt geworden. Die technischen Sachen wie Klassifizierungscheck und Prüfung der Sicherheit liegen schon hinter dem schönen Schiff und seinen Erbauern. Die beruflich bedingte Verhinderung des Eigners und seiner Frau hat die Termine neu sortiert. Für uns ist es dadurch sehr viel angenehmer, weil der Törn jetzt eher einer Vergnügungsreise ähnelt. Die Stimmung ist gelöst und locker. In den Eignern begegnen uns zwei Menschen, mit denen wir auf einer Wellenlänge liegen.

Im Lebensalter sind sie uns wohl um einige Jährchen voraus - aber das erweist sich schon nach kurzer Zeit als völlig unerheblich.

Ein freundlicher, morgenkühler Südostwind bläht die dunkelgrünen Segel über unseren Köpfen. Wie auf Kufen schiebt er das schneeweiße Schiff um die Westecke der Insel.

Traudel und mich beschleicht ein seltsames Gefühl. Es ist schon etwas besonderes, etwas anderes, sich unter Segeln wie schwerelos über die See zu bewegen, ohne daß unter den Decksplanken im Schiffsleib eine Maschine rumort um den sie umgebenden Körper voranzutreiben.

Traudel hat seit gut einer halben Stunde nicht ein Wort gesagt. Ihr Gesicht der Sonne zugewandt, steht sie an der Reling und schaut dem Spiel des Wassers zu, wenn es vom Bug geteilt, anscheinend schwerelos, zur Seite weicht. Ihre innere Bewegung spüre ich am Druck ihrer Hand mit der sie meine Hand hält.

Erst als wir die Marienhöhe umrundet haben, stellt sie einen Ausruf in die klare Luft. Wie von einer Glocke hingeläutet ruft sie nur fünf Worte: *„ Mein Gott - ist das schön!"*

Die anderen wenden sich ihr zu, und lauschen dem Nachklang ihrer Worte, so, als wenn sie eine Offenbarung gehört hätten.

Es war wohl ihre Seele, die in diesem Moment vor Glück übergelaufen ist. Jeder an Bord hat es gefühlt.

Maria, die Frau des Eigners, kommt ein paar Schritte zu uns herüber. Sie legt mit einer unendlich zärtlichen Bewegung ihren Arm um Traude. Als wenn eine liebende Mutter ihr Kind schützt.

Ich denke mir, daß es so aussehen muß.

Es ist ein Bild, an das schon viele große Maler ihr Herz gehängt haben. Es ist einer der Momente, in denen man bedauert, daß niemand da ist der knipst.

Wetterpetrus meint es heute besonders gut mit uns - er hat diesen Tag wohl extra in seinem Gutelaune-Kalender rot angestrichen.

Das Zeug an den Masten will jetzt am liebsten in Ruhe gelassen werden, und so sitzen wir in lockerer Runde auf dem Vordeck. Mit Ausnahme des Rudergängers.

Der Smutje hat ein richtiges Seemannsfrühstück gezaubert. Die Frauen wollten sich darum kümmern - aber da hat Jann sein Nein vorgesetzt. Noch ist er der Käpten an Bord, und nach alter Seefahrermanier duldet er einfach keine Frauen in der Kombüse. Es gibt keine Widerrede - ich denke, es ist unseren beiden Damen gar nicht so Unrecht.

„Die Emmas werden uns nicht verlassen" - sagt Jann, und deutet auf die Handvoll Möven, die uns seit dem Auslaufen aus dem Hafen begleiten.

Zwischen ihren schwingenden Kreisen, die sie um das Schiff drehen, machen sie immer wieder Rast auf den Mastspitzen oder auf den Stengen.

Ich kann mir ein Boot ohne Möven - ehrlich gesagt - nicht vorstellen. Diese stolzen Vögel fliegen viele Seemeilen mit hinaus, bis das Schiff irgendwann ihr Revier verläßt.

„Soweit wird unser Törn heute nicht gehen. Wir wollen ja nicht auswandern" - setzt Jann scherzhaft hinzu.

„Ich möchte am liebsten gar nicht wieder zurückfahren" – so, als wenn Traudel laut gedacht hat, verlieren sich ihre Worte in den sich dehnenden Segeln. Wo mein Schatz wohl mit ihren Gedanken ist. Nach dem, was sich in ihrem Gesicht spiegelt, muß sie ganz, ganz weit weg sein.

Wie gerne wäre ich in diesem Augenblick in ihrem Denken. Maria schaut meinen Schatz schräg von der Seite an, als wolle sie sie vor irgendeinem Unheil bewahren.

„Unsere fliegenden Begleiter haben ihren Verwandten heute abend viel zu erzählen" - Jann schmunzelt bei seinen Worten – *„mit der Baunummer vierzehn ausgeflogen, und mit der Nordwehen wieder nach Hause kommen. Das passiert auch nicht jeden Tag - und nicht jeder Möve, wenn es dann das gleiche Schiff ist."*

Traude und ich sind die einzigen die gucken, als wie wenn Jann gesagt hätte, mitten in der Nordsee sei ein Bahnhof. Die Überraschung ist perfekt - wir sind richtig kalt erwischt worden.

Die Dreimeilengrenze liegt hinter uns - wir haben die deutschen Hoheitsgewässer verlassen.

Mit feierlichen Worten übergibt Jann das Schiff an seinen Eigner - wir haben einen neuen Kapitän, und das Schiff hat einen anderen Namen.

Nur der Wind und die Wellen singen ihr Lied als Jann die Fahnen einholt - sogar die Möven halten für kurze Zeit ihren Schnabel. Man könnte meinen, sie wüßten um den Sinn dieser Zeremonie.

Unsere Hände haben darauf gewartet, daß Barge von seinem Schiff Besitz ergreift.

Als er die nationale Flagge setzt, fangen wir an zu klatschen, als würde nach einer Wagneraufführung der Vorhang fallen. Am Heck weht nun die schwedische Flagge. Ein seltsames Gefühl schleicht sich wohl in jeden von uns ein.

Ab sofort wird auf diesem Schiff schwedisch gesprochen, flachst Barge.

Er tut es wohl, um seine eigene Ergriffenheit ein bißchen beiseite zu wischen.

Die provisorischen Bezeichnungen an Bug und Heck sind entfernt worden.

Es prangt in goldenen Lettern „Nordwehen" am Schiffsrumpf. Am Heck steht in großen Buchstaben KRISTINEBERG darunter.

Es ist richtig ein bißchen feierlich - mit hier und da einer Freudenträne im Auge, und Sonnenschein auf den Gesichtern. Uns allen ist im Bauch wohl so ein bißchen nach Hochzeit, oder der Geburt eines neuen

Kindes.

Der Smut hat die Sektkelche gefüllt - hin und her und kreuz und quer wird angestoßen. Übrigens bleibt es das einzige Gläschen mit Prozenten an Bord. Jann hat da ganz strikte Regeln, seitdem es ihm und sechs anderen Seeleuten fast das Leben gekostet hat, weil ein betrunkener Kapitän das Schiff - auf dem er Heuer hatte - aus dem Ruder laufen lassen hat.

Auch der neue Kapitän und Eigner denkt so. Maria könnte jetzt nach Regel und Recht die Kochhoheit übernehmen, aber mit Freuden überläßt sie dem Smutje für die heutige Reise die Kombüse.

Die Zukunft wird mir hoffentlich noch genug Gelegenheit geben, am Herd zu stehen - meint sie lachend, als Jann sie darauf anspricht.

Die Schiffsglocke ertönt - acht Glasen - zwölf Uhr mittags. Barge hat zum ersten Mal die Wachablösung geläutet.

Wir kreuzen den Hauptschifffahrtsweg der Deutschen Bucht.

„Es ist so etwas wie eine Autobahn für große Schiffe - wenn es denn miteinander zu vergleichen ist" - erklärt Jann Traudel auf ihre Frage.

„Es ist die Anlaufroute zu den deutschen Häfen - mit garantierter Wassertiefe. Wenn das nicht wäre, dann würde es wohl ein riesiges Tohuwabohu vor der Küste geben.

Die Pötte, die sich auf dem Schiffahrtsweg befinden, haben absolute Vorfahrt vor kreuzenden Wasser-

fahrzeugen. Wer diese Regel als Käpten oder Steuermann nicht beachtet, der wird zumindest sein Patent los. Vielen Freizeitskippern hat es auch schon mehr gekostet."

„Patent" - fragt Traudel erstaunt- *„habt ihr was erfunden, daß man euch das Patent wegnehmen kann?"*

Alle lachen. Nur Maria meint, als Landratte darf man schon solche Fragen stellen. Ihr ist es auch nicht anders ergangen, als sie zu ihrem Barge ins eiskalte Wasser gesprungen ist.

Und zu Traude gewandt, fügt sie hinzu:

„Ein Patent ist für Schiffsführer so etwas wie ein Führerschein für Autolenker. Wenn du Lust hast, dann erkläre ich dir das später genauer."

Die Mannsleute lachen nicht mehr - denn bei Licht besehen ist Maria die Ranghöchste an Bord. Sie besitzt, was übrigens für eine Frau sehr ungewöhnlich ist, das Kapitänspatent für große Fahrt. Und so ganz nebenbei ist sie Schiffbauingenieurin, Prof. Dr. Ing. sogar, und Inhaberin eines Lehrstuhls an einer schwedischen Universität.

Nautik und Technik sind bei ihr in einer Person vereint. In einer sehr weiblichen Person übrigens, wenn man die Formen als Maßstab betrachtet.

Eigentlich will sie da gar nichts von hören, aber Jann kann nicht umhin, uns das kund zutun.

Find' ich nobel - er ist zwar auch Kapitän, aber nur für kleine und mittlere Fahrt. Für die Schipperei auf den sieben Weltmeeren hat er nur das Steuermannspatent in der Tasche. Damit ist das Thema abgehakt. Jann hat sowieso schon sein Redepensum für drei normale Tage verbraucht. Jetzt muß er sich erst einmal mit Hingabe seiner Pfeife widmen. Er tut es so intensiv - von ferne könnte man meinen, der Schoner wäre ein Segelschiff unter Dampf.

Rilko sitzt oben auf dem Kajütdach, und widmet sich seiner Passion. Mit leichten schnellen Bleistiftstrichen bannt er die vorbeiziehenden Schiffe auf Zeichenpapier - kunstvolle Skizzen stapeln sich in seiner Mappe. Vielleicht wird ja einmal ein Buch daraus, in dem dann mancher alte Fahrensmann sein Schiff entdeckt, und seiner Vergangenheit nachhängen kann.

Es ist Seemannsmittag an Bord. Wir finden nicht viel Hin- und Hergetue auf der Back. Jeder hat einen Teller, und eine Gabel vor sich. In der Mitte thront eine Riesenschüssel mit Labskaus. Dazu kann sich jeder nach Belieben selbst mit Rollmöpsen, Spiegeleiern und sauren Gurken bedienen.

Der Eindruck „Eintopf" täuscht. Der Smut hat ein Meisterstück abgeliefert. Nach einem guten Nachschlag könnte man sich noch alle zehn Finger – oder besser gesagt, um d' Muul schlikken - wie es so schön in Ostfriesland heißt.

Was ist das? Musik zieht über das Deck - ganz zart, ganz leicht - wie ein Tüllschleier, der sich im

Nachtwind bauscht.

Barge hat seine Handharmonika mit an Bord. Maria lächelt – *„ohne seinen geliebten Trekkbüdel fühlt mein Mann sich nicht wohl."*

Wir lauschen alle gebannt den weichen Tönen, die zu uns heraufsteigen. Der eine oder andere summt vor sich hin - irgendwo haben wir die Lieder alle schon mal gehört.

Plötzlich ertönt über unseren Köpfen ein heller Sopran:

„Dor wäär eenmool een olen Kassen – mit Noamen heet he Maghellan ..."

Edeltraud steht auf dem Kajütdach und singt inbrünstig Rolling Home.

Woher kennt mein Glück Seemannslieder, frage ich mich erstaunt. In der nächsten halben Stunde wird uns - die wir andächtig lauschen – nahe gebracht, daß Seemannslieder und Chantys auch von einer Frauenstimme zu Herzen gehend dargeboten werden können. Ich glaub' wir Männer kommen uns schon ein bißchen bedrüppelt vor – da ist ein weiblicher Professor an Bord mit Kapitänspatent, die andere singt alle Seemannslieder wie ein alter Fahrensmann.....

Aber wissen wollen wir es nun doch - woher hat Traude die Gesangskunst?

„Unser Kirchenchorleiter in Nienburg war früher

Seemannspastor" - gesteht Traudel auf unser drängen.

„Wir hatten einen dicken Packen Seemanns- und Küstenlieder im Repertoire. Schade, das ich meine Gitarre nicht dabei habe....."

Barge feixt vor sich hin – *„keine Gitarre, keine Gitarre - wie wär's denn mit meiner Klampfe - kleine Frau?"* und reicht Traudel eine Gitarre mit den Worten: *„Es soll keiner sagen, auf schwedischen Seglern herrsche Trübsal."*

Die Eiländer sind aber auch nicht ohne - denn Jann hat aus irgendeiner Tasche seine Pustmusik gezaubert und verstärkt mit den Tönen seiner Mundharmonika das Orchester. Und was machen wir, die wir ohne Musikmöbel sind? Wir singen - wir singen, bis daß die Schwarte kracht.

Was uns bei unseren hervorragenden Musikanten nicht sonderlich schwer fällt.

Wenn wir auch nicht Alle alle Texte kennen - die Refrains sitzen in jedem Kopfe, und kommen aus jeder Kehle.

So ist unversehens aus dem schicken Gaffelschoner ein schwedisches Musikschiff geworden.

Unsere Troyer haben wir längst gegen leichte Hemden getauscht, denn die Sonne heizt uns, trotz der leichten Brise, noch kräftig ein. Eigentlich ist es das richtige Wetter, um über Bord zu springen, und ein paar Runden zu schwimmen.

Aber bei der Dünung, und zehn Seemeilen südwestlich

von Helgoland, wäre es sicherlich ein leichtsinniges Unterfangen. Also genießen wir die Sonne, und das Wiegen der Planken auf den Wellen, und machen Musik.

Das Schiff macht eine Wende. *„Es ist Zeit den Heimathafen anzusteuern"* - meint Rilko.
„Na, denn haben wir aber noch einen langen Törn vor uns" - belustigt schaut Barge uns an.
„Hängt mal eure Köpfe übers Heck - dann wißt ihr, wo der Heimathafen ist." Er hat ja Recht, der Gute. Das wäre wirklich noch ein langer Törn.
„Ich hätte nichts dagegen einzuwenden ...!"
Man kann Traudel ansehen, daß es ihr damit vollkommen ernst ist. In diesem Moment geht es uns wohl allen ähnlich. Wir müssen leider unsere Wünsche in die unterste Lade der Seemannskiste einschließen.
Also - Kurs Südsüdwest, auf Norderney zu. Um uns das zeitraubende kreuzen gegen den stetigen Südsüdost zu ersparen, sind die Segel eingeholt worden, und der Diesel stimmt sein monotones Lied an.
Jann ist natürlich mächtig darauf erpicht, uns auch noch in punkto Maschine seine meisterliche Leistung präsentieren zu können. Das ist verständlich.
Ich gönne ihm den kleinen Stolz, der aus seinen Augen schaut.
Die Sonne hat schon einige Stunden abfallende Richtung – sie belächelt aber noch mit rötlichem

Schein eine Runde von freudig Erzählenden, und ebenso gespannt Lauschenden.

Es ist in Gedanken eine Reise über alle sieben Meere. Von den Palmenstränden der Südsee bis zu den Eskimos an Grönlands Küsten. Wir haben Kap Horn umrundet und sind mit Barge gemeinsam den Spuren der Steppenwölfe auf Kamtschatka gefolgt.

Mir ist zumute, als wenn ich den ganzen Nachmittag in einer Kiste voller Abenteuer gestöbert habe, die irgendjemand - anscheinend wahllos – für mich zusammengetragen hat.

Mein Schatz hat sich seit geraumer Zeit an meiner Seite zusammengekuschelt, und läßt alles mit Wonne über sich hinweg ziehen.

Als Jann vorschlägt, nach dem Einlaufen noch gemeinsam in die Hafenklause reinzuschauen, flüstert Traudel mir zu: *„Ich wäre lieber mit dir alleine - laß uns nach Hause gehen."*

Es ist niemand gekränkt, als wir uns vom Anleger direkt auf den Weg in die Nacht machen. Nach einer herzlichen Verabschiedung, und dem Versprechen sich irgendwann irgendwo wieder zusammenzufinden, werden wir aus dem kleinen Kreis entlassen.

Nicht nur Traudels Augen blinkern verräterisch - nein, auch Maria wischt sich verstohlen über die Wangen.

„Bitte - laß uns einen Landauer nehmen."

Diesen Wunsch kann ich meinem Schatz nicht

abschlagen, zumal der Tag ganz schön an ihr gezehrt hat.

Zu unserem Glück steht die Kutsche vom alten Kleen vor dem Hafenrestaurant. Ich brauche bloß um die Ecke zum Tresen zu schauen, und sofort ist er bereit uns zu kutschieren.

Bezahlung lehnt er kategorisch ab. Er betrachtet diese Fahrt als ein kleines Dankeschön für die Touren, die ich ihm regelmäßig vermittle. Das sanfte Schaukeln der Kutsche ist wie das ausklingende Nachspiel der sich wiegenden Schiffsplanken - als wenn wir von Bord der Nordwehen direkt in unser kuscheliges Bett gewechselt wären.

Oma Lüders hat es sich nicht nehmen lassen, auf uns zu warten. Ein dicker, duftender, frischge-backener Pflaumenkuchen steht auf dem Tisch - der Deckel des Teekessels klappert ungeduldig vor sich hin, und eine rührselige Oma Lüders nimmt uns in ihre Arme.

Es ist ein Empfang, als wenn wir von einer Weltreise heimkehren. Ich denke im Stillen, so möchte wohl jeder empfangen werden, wenn er heimkommt.

Natürlich ist unsere gute Oma Lüders begierig zu erfahren, was uns der Tag auf dem Meer so gebracht hat. Und natürlich berichten wir - das heißt, ich schildere ihr in den buntesten Farben die vergan-genen Stunden.

Traudel hat sich auf unserem Kuschelsofa zu einem Knäuel zusammen gerollt. Sie liegt da wie ein kleines Kätzchen nach stundenlangem herumtoben.

Oma Lüders muß mich bremsen, zu sehr hat mich die Begeisterung über den zurückliegenden Tag in ihren Bann gezogen.

„Geht schlafen Kinners, ich bin auch müde.“

Mit dieser Feststellung zieht sie sich in ihre Kammer zurück. Ich denke sie hätte gerne noch mehr gehört. Aber rücksichtsvoll wie immer verzichtet sie darauf.

Mein Schatz räkelt sich zufrieden schnurrend.

„Geh schon vor - ich komme gleich nach.“

Ein seltsamer Ton hängt ihren Worten nach - ein unbekanntes Schwingen begleitet sie. Ich kann das, was sie mir vielleicht mitteilen will, nicht zu einem Bild formen.

Die Minuten, die ich auf sie warte, dehnen sich zu einer Ewigkeit. Aber das warten zahlt sich aus.

Mein Schatz hat sich mit einer Raffinesse zur Nacht geschmückt, die mir den Atem nimmt. Will sie mich belohnen? Die Hoffnung darauf bringt Bewegung in meinen, schon etwas trägen, Kreislauf.

Der kleine Prinz an mir ahnt wohl etwas von Krönung, und schickt sich an, seine volle Größe herauszukehren. Bei aller Ungebärdigkeit muß er sich noch ein gutes Weilchen gedulden, bis er den heiß ersehnten Platz in meiner Liebsten Schoß einnehmen kann.

Ich habe ein leises Ahnen, das mein Herzblatt eine indische Liebesschule besucht hat. In Serpentinen führt sie mich bis Herzschläge unter den Gipfel der höchsten Lust - um mich dann auf Schleichpfaden wieder zu sonnenüberfluteten Talwiesen zu leiten. Ich weiß nicht wie lange Ewigkeiten ich über die Berge und durch die Täler der Begierde wandle - ich merke nur, das ich plötzlich über den Gipfel hinausschieße - und wie ein feuriger Blitz direkt in dem heißesten und sanftestem Paradies lande.

Mit einem Urlaut aus ihrem tiefsten Innern hat mein Schatz sich mit ihrem Schoß auf meine Erregung sinken lassen. Ihr Liebesmund klammert so sehr, daß ich denke, mein Glied ist in Ketten gefangen.

Der Körper Frau über mir ist wie von Sinnen - er ist nur noch Weib, Weib, Weib und immer wieder Weib. Als wenn Morgen die Welt untergeht – und alle Freuden mit ihr – erlaubt sie mir keinen Rückzug aus ihrem Schoß.

Ich schleudere durch alle Himmel und Höllen - mein Denken besteht nur noch aus Lust - mein Fleisch nur noch aus Hitze und Schweiß.

Schleichend kriecht das Erinnern in meinen Kopf, der mir so ein bißchen das Gefühl von hohlem Kürbis vermittelt. In meinen Lenden ist Lähme. Ich kann mir vorstellen, daß es dem ersten Marathon-läufer so ähnlich ergangen ist, bevor er tot zusammenbrach. Kein Gedanke - ich bin in der

Nacht aus dem größten Liebesrausch ohne Übergang in einen gnädigen Schlaf gefallen.

So entfesselt habe ich meinen Schatz noch nicht erlebt - hat die See sie verhext? Dann müssen wir die Reise baldmöglichst wiederholen. Zu allererst muß ich jetzt aber sehen, daß ich schnellstens in die Hufe komme. Sonst gibt es im Betrieb langen Hafer. Frühdienst steht auf meinem Dienstplan.

Da es im Gästegetriebe schon merklich ruhiger geworden ist, bin ich in den ersten zwei Stunden allein. Es ist also niemand da, der mein Zuspätkommen ausgleichen könnte.

Ein gehauchter Kuß auf die Nase meiner Liebsten - ein zärtliches zudecken - und weg bin ich. Mein Schatz macht im Schlafe eine bedrückte Miene - sie schaut gar nicht nach süßen Träumen aus.

Ich nehme mir vor, sie heute Abend zu fragen, ob sie in ihren Träumen dem Leibhaftigen begegnet ist.

Gottseidank müssen wir im Dienst nicht mehr auf Hochtouren laufen, sonst hätte mein Motor Heute wohl einen Getriebeschaden erlitten.

Der lange Tag auf See, und die glühend heiße Märchennacht, haben nicht mehr viel an Reserven übrig gelassen.

Obwohl ich mich nicht zu den Liebhabern von Eierspeisen zähle, sitze ich heute Morgen mit großem Appetit vor einer Platte mit fünf Spiegeleiern. Eleonore hat sie mir ohne Worte serviert - ihr Gespür für das Richtige, und ihr sachkundiger Blick haben sie dazu veranlaßt

Unser Umgang miteinander hat sich durch das Geschehen im Speiseraum nicht um einen Deut verändert. Wir haben es beide, auch nicht andeutungsweise, nie mehr erwähnt. So ein wenig trauere ich Lore jetzt schon hinterher - obwohl sie uns erst in sechs Tagen verlassen wird.

Für sie ist die Saison zu Ende. Vier Wochen Urlaub warten auf sie, im heimatlichen Schwabenländle. In der Wintersaison wird sie der Besatzung im Hotel Sonnenblick, in Garmisch, das Leben etwas schöner gestalten.

Ich denke so bei mir, sie ist wie ein majestätischer dunkler Falter, der mit unbeirrbarer Sicherheit immer nur an den buntesten Blüten nascht.

Wir Stifte , die wir während unserer Ausbildungszeit zur Stammbesetzung zählen, müssen in diesem Jahr noch etwas länger als sonst auf die Winterpause warten.

Eine Gruppe von Wirtschaftsbossen, aus dem Süden Deutschlands, hat seine Jahrestagung in die erste Dezemberhälfte gelegt. Man ist in dieser Jahreszeit sozusagen unter sich. Es gibt keine Öffentlichkeit mehr im Hotel, und kein einfacher Pöbel – wie einer der Organisatoren es im Gespräch mit unserem Direks verlauten ließ - befindet sich mehr auf der Insel. Die Vertraulichkeit bleibt gewahrt, und für alle Annehmlichkeiten und Zerstreuungen ist gesorgt.

Der Barbetrieb verkürzt die Nächte, die Croupiers in

der hauseigenen Spielbank sorgen für den nötigen Nervenkitzel, und für die Gaumenfreuden - auch die ausgefallensten - steht die exzellente Küche bereit. Was will man mehr - ach ja - da wären dann noch die begleitenden Damen. Wir nennen sie unter uns Doublés - diese Kurzzeitehefrauen. Die wirklichen Ehefrauen - die, welche im Besitz der Trauscheine sind – die lassen die honorigen Herren in der Regel zu Hause.

Es ist schon eine illustre, ausgewählte Gesellschaft - die da als Vorbild der Nation fungiert - in Smoking, Stresemann oder Frack. Ein Hauch von Dior umschwebt das Ganze.

In meinen kleinen Lehrlingsgedanken ist es oft das Bild eines gepflegten Misthaufens, den man mit Channel N°. 5 besprüht hat.

Bis unsere Winterpause beginnt, wird die Flut noch etliche Male den Strand küssen. Unsere Tage werden ausgefüllt sein mit sich kümmern und umsorgen der Knappschaftskurleute.

Für diese weniger betuchten Gäste ist außerhalb der Saison unsere Insel ein kleines Stückchen Paradies - fernab ihres mit dem Staub des Kohlenpotts bedeckten Alltags.

Im Grunde unterscheidet sich ihr Verhalten nicht sehr von dem der Nadelstreifengilde. Einzig, daß sie sich ihre Doublés erst auf der Insel aussuchen.

Natürlich geschieht das alles ein paar Preisklassen

niedriger. Manchesmal denke ich, ein Kurschatten ist ein Schatten der kein Licht benötigt.

Der Hotelkasten hat mich ausgespuckt - ich habe Dienstschluß. Auf reichlich müden Beinen - aber sonst in bester Stimmung – zockel ich heim in den Rosengarten.
Es ist seltsam, als ich mich unserem Zuhause nähere, macht sich zwischen meinen Rippenbögen ein eigenartiges Gefühl breit. Ich höre keine Musik, und kein fröhlicher Laut empfängt mich. Nur ein flackernder Lichtschein fällt aus dem Küchenfenster.
Oma Lüders sitzt mit gefalteten Händen am Küchentisch - mit einem Gesicht, als wenn sie ihrer eigenen Beerdigung beiwohnt.
Mein gewollt forsches Hee quittiert sie mit einem müden Nicken.
„Setz' dich man erst 'mal hin, mein Jung."
Während ich mich zögernd an den Tisch setze, schiebt sie mir einen rosafarbenen Briefumschlag zu.
Meine Hände zögern ihn anzunehmen, als wenn sie wüssten, daß er glühendes Eisen enthält.
Zwei große, rote Herzen, aus denen Tränen quellen, sind auf die Vorderseite gemalt. Oma Lüders steht auf. Ich sehe, daß es ihr schwer fällt - sie geht um den Tisch herum, und legt ihre Hände auf meine Schultern.
„Nun lese ihn schon - dann ist es auch für mich leichter."

Indem sie das sagt, verkrampfen sich ihre Finger. Wie in Trance nestel ich das Papier aus dem Kuvert, und schlage es mechanisch auseinander. Meine Augen folgen den geschriebenen Zeilen - aber mein Kopf nimmt nichts davon in sich auf. Erst nach dem dritten oder vierten Mal lesen nehmen die Buchstaben, die auf dem Papier stehen, Gestalt an:

„ Mein Herzallerliebster - wenn Oma Lüders Dir diesen Brief gegeben hat, bin ich schon in Nienburg. Mein Vater wird mich gleich abholen.
Irgendjemand hat nicht umhin können, ihm von unserer Liebe zu berichten. Möge der liebe Gott es diesem Jemand verzeihen.
Ich weiß schon seit einer Woche, daß ich nach Hause muß. Die Schwester Oberin hat es mir gesagt. Sie tat es gegen den Willen meines Vaters. Wir sollten nicht ahnen, daß er kommt.
Er wollte uns bei unserem ‚schändlichen Tun überraschen'.
Ich konnte es Dir nicht sagen, weil wir sonst vielleicht etwas getan hätten, das dann endgültig gewesen wäre. Ich weiß nicht, ob es richtig war, zu schweigen, aber so habe ich mit Dir wenigstens die schönen Stunden der letzten Tage erleben dürfen.
Es tut mir so weh, nicht mehr bei Dir zu sein. Sei Oma Lüders bitte, bitte nicht böse. Sie hat mir schwören müssen, Dir vorher nichts zu sagen. Es hat ihr ebenso das Herz gebrochen wie mir.

Sie hat mir versprochen, sich um Dich zu kümmern, damit Du mir, so wie Du bist, erhalten bleibst. Sobald ich in Nienburg bin, werde ich Dir schreiben - jeden Tag.

Die Adresse, für Deine Briefe an mich, liegt auf dem Nachtschrank, es ist die meiner Schwester. Wie Du ja weißt, wohnt sie mit ihrer Familie im Nachbarort.

Mag mein Vater mit mir tun was er will - ich liebe Dich und Gott beschütze Dich, mein Schatz .... "

Der Schluß des Briefes ist noch von den Tränen feucht, die auf das Papier gefallen sind.

Ich habe die Worte gelesen - allein der Sinn ist mir noch nicht zu Bewußtsein gekommen. In mir ist ein riesiger leerer Raum, in dem der Brief von meinem Schatz von einer Ecke in die andere weht.

Bei jeder Drehung fallen die Buchstaben von ihm ab, bis ich bloß noch ein zerknittertes Stückchen Papier sehe, dem mein Liebstes mit wehenden Haaren, und vergebens greifenden Armen, hinterherläuft.

Als wenn ich auf einem Karussell sitze, zeigt sich mir immer wieder das gleiche Bild. Und immer wieder fühle ich ihren stummen Schrei. Er ist wie ein Schwert aus glühendem Eisen.

Eine warme Hand berührt zart meine Wange. Es ist die Hand von Oma Lüders.

Sie stellt eine dampfende Tasse Tee vor mich hin.
„Trink - mein Jung', das wird dir gut tun. Du mußt nämlich gleich zum Dienst."
Ganz leise, ganz zärtlich ist ihre Stimme - sie kann wohl in mein Inneres blicken.
Mir ist gar nicht bewußt, daß ich die Nacht am Küchentisch sitzend verbracht habe.
Plötzlich weiß ich auch die vielen Zeichen zu deuten, die meine Liebste mir in der vergangenen Woche ohne laute Töne gegeben hat. Warumhat sie mir nichts davon gesagt? - Warum hat der liebe Gott mich dieses Mal nicht die Zukunft schauen lassen? Ich fühle die heiße Spur der Tränen auf meinen Wangen, die mein Schatz jetzt in Nienburg um mich weint.

Es ist in der Welt um uns herum soviel Glück - für unsere Liebe scheint in ihr kein Raum zu sein. Lieber Gott - ich glaube einfach nicht, daß du alles richtig machst.
Der heiße Tee verjagt die Kälte, die sich in meinen Gliedern festgesetzt hat. Nicht etwa die Kühle der Nacht, sondern meine erfrorene Seele hat mich erstarren lassen. Damit Oma Lüders nicht in ihrem Schuldgefühl ertrinkt, reiße ich mich zusammen.

Wie ich den Tag hinter mich gebracht habe, kann ich nicht sagen - irgendetwas ist in mir blockiert. Gleich nach dem ich Feierabend habe, greife ich zu Papier und Feder. Die Tintenzeichen füllen zwar die

Zeilen, aber ich weiß nicht einmal was ich geschrieben habe. Fünf Seiten sind es geworden, die
ich in den Briefumschlag stecke – ich wünsche mir,
er könnte nach Nienburg fliegen.

Auf dem Rückweg vom Briefkasten bin ich am
Strand gelandet. Die Körbe sind alle verlassen. Der
Korb mit der Nummer achtzehn steht einsam in einer
Sandkuhle. Ich drehe ihn aus dem Wind und hocke
mich in ihm in eine Ecke. Hier ist der einzige Platz,
an dem ich heute Nacht sein kann.

Mit geschlossenen Augen schaue ich zu den Sternen
hinauf - und meine Edeltrauds Weibsgeruch zu
spüren. Bitte, bitte - lieber großer Stern am Himmel
da oben - nimm meine Gedanken mit und lasse sie
bei meinem Schatz in Nienburg fallen.

Dann finde Napoleon und blende ihn, damit er von
den Schönheiten der Erde nichts mehr wahrnehmen
kann. So ein ganz gutes Gefühl habe ich bei meinen
unfrommen Wünschen nicht - aber sie nehmen mir
den Druck von der gepeinigten Seele.

Ich schreie es ganz laut in die anrollenden Wellen
der Nordsee. Immer und immer wieder - bis meine
die Stimme versagt. Daß mir die ganze Zeit die
Augen übergelaufen sind, macht mir erst der Wind
bewußt, der in meinen nassen Kragen fährt, und
mich frösteln läßt.

Eine lange, heiße Dusche spült die Salzwehen der
Nacht von meiner Haut - das Wasser schmeckt wie

Tränen, die im großen Meer ihr Ziel gefunden haben. Was ist mit dir los - und wo bist du gewesen, will mein Freund Heiner von mir wissen. Ich weiß, er fragt nicht aus Neugierde - er ahnt ganz sicher etwas von dem, was in mir vor sich geht. Ich kann ihm nur sagen: *„Laß' mich - bitte!"*
Ich meine die Enttäuschung in ihm zu fühlen, als ich seine ausgestreckte Hand nicht ergreife. Verzeih mir mein Freund - ich kann nicht darüber reden. Noch nicht.

Die Arbeitswut überkommt mich. Es ist das einzige Mittel, das meinem Liebesschmerz Paroli bietet. Es läßt mich Beschäftigung in Ecken entdecken, die wir ansonsten geflissentlich übersehen. Der sonst so grobschlächtige Patron nimmt mich in einem unbeobachteten Augenblick beiseite. Für einen Herzschlag drücken mich seine mächtigen Pranken an seine Brust. *„Kopf hoch, es wird schon alles wieder..."* - ist das einzige was er sagt, bevor er sich irgendeiner Beschäftigung zuwendet. Sekundenlang war ich der kleine Junge, der sich verzweifelt nach der Liebe eines Vaters sehnte.
Es ist ein Glück für mich, das im Kurheim Hochbetrieb herrscht, sonst würde ich durchdrehen. Jeden Tag kommt ein langer Brief aus Nienburg auf die Insel, und jeden Tag findet ein langer Brief den Weg dorthin zurück.

Ich bin nachts nicht mehr im Rosengarten - in ‚unserem' Bett zu schlafen könnte ich nicht ertragen. Oma Lüders hat mir den Vorschlag gemacht, erst einmal eine Weile im Hotel zu nächtigen - sie sieht mich leiden.

Dadurch, daß ich jeden Tag bei ihr zur Teestunde bin, und meine Post abhole, verliert der Schmerz in mir seine Spitzen. Er weicht ganz allmählich einer frohen Erwartung - der Hoffnung, meinen Schatz bald wieder in die Arme nehmen zu können.

Im Kurheim haben wir seit gestern einen Gast aus Hannover. Bernhard Stumpenhorst. Er hat im Kriege ein Bein verloren, und ist auf den Rollstuhl angewiesen. Von der ersten Stunde an besteht zwischen uns eine innere Verbindung - ich kann es nicht beschreiben - ich fühle es nur.

Die Tage durchziehen den Herbst - man kann an den längeren Abenden schon den Winter ahnen.

Meine Freistunden teile ich zwischen Oma Lüders und Bernhard. Bei mir sage ich immer Bernhard – laut, und zu ihm natürlich Herr Stumpenhorst.

Seit der zweiten Woche schiebe ich ihn in seinem Rollstuhl regelmäßig in den Rosengarten. Die alte Dame freut sich über einen neuen Spielpartner.

Sie ist glücklich, daß ich wieder lachen kann. Aus Traudels Briefen erfahre ich, daß Oma Lüders ihr akribisch über meinen Seelenzustand berichtet.

Wir sind eine richtig verschworene Runde geworden

– alle begeisterte Mühlespieler, die auch schon mal bis tief in die Nacht hinein vor dem Brett sitzen. Oma Lüders, Willy, Bernhard und ich. Bernhard hat uns Dreien das Schachspiel beigebracht.
Das königliche Spiel fasziniert mich vom ersten Augenblick an. Wenn wir in Aktion sind, dann rauchen auch schon mal die Köpfe.

Heute wartet bei Oma Lüders ein ungewöhnlich dicker Brief auf mich. Als ich ihn öffne, wieselt Oma Lüders wie ein kleiner Spitz um mich herum. Als wenn sie sich unbändig auf irgendetwas freut.
Es ist sonst gar nicht ihre Art, ihre Neugier so offen zu zeigen. Ein wenig irritiert mich ihr Verhalten schon.
Meine Augen fliegen über die Zeilen hinweg. Die zweite Seite des Briefes beschert mir Krautsalat im Kopf, und ein ganzes Völkchen Schmetterlinge im Bauch dazu. Das Luftholen bereitet mir plötzlich Schwierigkeiten.
Bei meinem Schatz ist die monatliche Regel ausgeblieben.
Vor einigen Wochen habe ich noch ahnungslos gefragt, ob es denn so schwer sei Vater zu werden - jetzt habe ich vielleicht die Gelegenheit, selber die Antwort herauszufinden.
Oma Lüders hat heute auch Post bekommen. Sie hat sie aber Stunden vor mir öffnen können. Sie war mir mit ihrem Wissen wieder einmal voraus.

Wie immer merkt sie ganz schnell, daß ich nichts sagen will - und läßt mich allein.

Ich muß erst das verworrene Bild in mir hin- und herschütteln, damit ich etwas erkennen kann.

Am späten Abend - in trauter Runde - sieht es in meinem Gefühlsleben schon bedeutend geordneter aus. Das denke ich zumindest. Um mich herum sind alles liebe Menschen - und jeder versucht sein Bestes dazuzugeben.

Unsere Seniorin ist natürlich wieder diejenige, die uns drei Männer aus dem Wolkenkuckucksheim auf die Erde zurückholt.

„Ihr Mannsbilder seid alle ganz schön meschugge."
Unsere Gesichter sind ein einziges großes Fragezeichen, als sie - ohne Luft zu holen - fortfährt:

„Wenn ein Frauenzimmer seine Regel mal nicht zur gewohnten Zeit bekommt, muß noch lange kein Kind dahinter stecken.

Seelische Ursachen sind viel häufiger der Anlaß für Unregelmäßigkeiten in der Periode. Und wir wollen mal alle gemeinsam beten - daß es sich so verhält.

Ich gönne ja meinen beiden Kindern alles Glück" -
meinen beiden Kindern hat sie gesagt – *„aber eine Schwangerschaft wäre im Moment für die jungen Leute wohl eher ein Unglück.*

Denkt doch bloß mal an Edeltrauds Vater. Unter dem hat unser Traudchen, auch ohne ein Baby unter dem Herzen, schon genug zu leiden. Wer muß denn immer die Trümmer beseitigen, wenn die Männer der Welt Krieg geführt haben? Egal auch, worum es da geht. Wer muß seine Söhne beweinen, wenn sie von den mächtigen Herren sinnlos in den Tod geschickt werden? Wir Frauen! Möge der Gnädige der Kleinen dieses Schicksal noch einige Zeit ersparen. "

Sie hat sich richtig in Rage geredet. So habe ich sie noch nie erlebt.

„Aber Marthe - das ist doch was ganz anderes ...."
kommt ein zaghafter Einwand von Willy.

„Was anderes - was anderes..... so ein Tüünkram. Schaut's euch doch an, was dieser elendige Napoleonverschnitt von Edeltrauds Vater mit seiner Familie gemacht hat. Zum Himmel schreiend ist sowas. Und er ist nicht der einzige - beileibe nicht. Ich könnte euch, ohne nachdenken zu müssen, hundert andere nennen. "

In ihrer Erregung hat sie sich unbewusst der Bezeichnung bedient, die ich Edeltrauds Vater bei unserer ersten Begegnung in meiner jugendlichen Unbedarftheit verpaßt habe, und die sie zuerst so halb missbilligt hat.

Rings um den Küchentisch herrscht Schweigen im Walde.

Bei Willy und Bernhard keimt die Zustimmung zu Oma Lüders Ansichten, und treibt ihre ersten Blätter in Form von zögernden Worten.

Ich sage zu dem ganzen Spiel gar nichts. Nicht weil mir die Worte fehlen - nein, sondern weil mir die

Bedenken der Älteren ganz einfach an meinem Achtersten vorbeigehen.

In meinem Kopf ist schlicht nur ein bunter Wirbel aus einer Mischung von Sehnsucht und unbekanntem Glücksgefühl.

Genauso fällt auch der viele Seiten lange Brief aus, den ich in der ersten Morgenstunde an meinen Schatz schreibe. Ich muß einfach mein übervolles Herz in tausend Strichen auf das Papier fließen lassen.

Während des Frühstücks bittet Bernhard mich, ihn am Vormittag in seinem Zimmer aufzusuchen. Es ist schon eher eine ungewöhnliche Bitte von ihm, da unsere gemeinsame Zeit sonst eher in die Abendstunden fällt.

Neugierig wische ich zwischen Spülen und Tische eindecken in die dritte Etage. Bernhard genießt als Privatpatient einen Sonderstatus. Er bewohnt ein Einzelzimmer im Hotelbereich, mit Blick auf die Kaiserpromenade. Den popeligen Kassenkurenden steht sonst bloß ein Platz im Doppelzimmer im LVA-Flügel zur Verfügung, mit Blick auf die triste Seitenfront der benachbarten Bremer Häuser oder in den noch trostloseren Innenhof des Hotelgevierts.

Ich habe ihm aus dem Feinkostladen am Denkmal eine Flasche Jim Beam besorgt. Es ist ein kleiner Freundschaftsdienst von mir, so haarscharf an der Hausordnung vorbei. Für Bernhard dagegen ist es

jedesmal ein Sonnenstrahl in der Welt seiner Behin-
derung. Ich muß gestehen, für mich bedeutet es aus-
serdem jedesmal ein großzügig bemessenes Hand-
geld.

Bernhard erwartet mich schon am Lift. Innerhalb des
Hauses benutzt er zum sich fortbewegen seine Geh-
hilfen.

In seinem Zimmer muß ich ihm erst einen zünftigen
Schluck richten. Als die Eisstückchen im Glase
klingeln, sehe ich wie er strahlt - ich sehe ihm
förmlich an, wie sehr er den edlen Tropfen schon
entbehrt hat.

„So, mein Junge" - er holt tief Luft, bevor er weiter
spricht – *„ich glaube, mir hat soeben ein Engel
übers Herz gepinkelt. Damit du auch einmal er-
fährst, was es für ein Gefühl ist, wenn dir sowas
widerfährt, lade ich dich ein. Zu mir nach Hause -
nach Hannover. "*

Nach einer kleinen Pause kommt noch hinterher:
*„Vom Kröpke ist es ja nur einen halben Katzen-
sprung hinüber nach Nienburg. "*

Es herrscht Stille im Raum. Nach Minuten des
Schweigens fliege ich meinem Bernhard mit einem
lauten Jubelschrei um den Hals. Ob es im Hause jemand hört ist mir völlig schnuppe - ich muß es
einfach tun.

„Nun man langsam und sinnig" - wehrt Bernhard
belustigt ab – *„das ist doch nur eine Einladung nach
Hannover. Du freust dich ja, als wenn es das Billett*

zu einer Weltreise wäre. "
Wenn er wüßte - ach was, er weiß es ja - für mich ist es vielmehr als das. Für mich ist es eine Fahrkarte ins Paradies.

Die Welt hat sich gedreht - der Himmel hängt plötzlich voller Geigen, und mein Kopf ist angefüllt mit Bildern, die in die Zukunft laufen.
Die Arbeit läuft mir mit einer Geschwindigkeit von der Hand, daß mein Chef doch tatsächlich von mir wissen will, welchen Kraftstoff ich denn getankt hätte.
Alle um mich herum merken, daß eine Veränderung in mir vorgegangen ist. Und alle sind irgendwie mit mir fröhlich und vergnügt. Heiner trägt mir mein sonderbares Verhalten nicht mehr nach - im Gegenteil - der Gute entschuldigt sich bei mir auch noch, indem er meint, wenn für ihn die Welt in dieser Weise untergegangen wäre - er hätte sich noch gräßlicher benommen. Das glaube ich ihm zwar nicht - dafür kenne ich ihn zu gut - aber ärgern tut's mich natürlich auch nicht.

Im Betrieb wird es immer ruhiger. Täglich verläßt uns jemand von den sommerlichen Mitstreitern, um in den Winterkurorten Lohn und Brot zu suchen.
Auf eine bestimmte Art sind wir alle Nomaden.

Eleonore hat mir aus dem Schwabenland einen

langen lieben Brief geschrieben. Sie will wissen, ob es uns – Edeltraud und mich – schon wieder nach oben treibt. *„Aus dem Tal der Tränen hinauf zur Sonne'* - wie sie es formuliert. Ich werde ihr heute Abend einen Brief schreiben - nachdem ich meinem Schatz postmäßig Genüge getan habe.

Die Aufregung der Menschen um mich herum kann sich wieder schlafen legen.

Edeltrauds Regel hat mit Verspätung und verstärkt eingesetzt. Oma Lüders sagt mit Erleichterung in der Stimme: *„Gott sei Dank."*

Ihr glaube ich das ehrliche Aufatmen. Nachdem ich - zum wer weiß wievielten male - den Brief meiner Liebsten in mich aufgenommen habe, dämmert auch mir, daß damit wahrscheinlich ein Felsbrocken von Traudels Seele genommen wurde.

Trotzdem bin ich dem Schicksal noch eine Weile gram. Ich hätte so gerne unser Kind in den Armen gehalten. Würde nicht die Einladung nach Hannover in greifbarer Nähe sein - ich hätte mich, wohl ohne zu überlegen, in Richtung Nienburg auf die Socken gemacht.

Völlig ungeachtet irgendwelcher Konsequenzen.

Nach Nienburg schreibe ich natürlich nichts von mei-ner Enttäuschung über ihr „nicht schwanger sein" - ich will Traudel ja keine neue Last aufbürden.

Der November trägt seinen Teil dazu bei, daß die Fröhlichkeit nicht überschäumt. Den Hauptteil des Monats schwimmt die Insel in einem grauen Nebelmeer. Das Wetter ist so richtig meiner Gemütslage entsprechend.

„Ich kann dich bald nicht mehr ertragen - du liebeskranker Dackel. "

Heiner ist richtig in Fahrt, als er mir diese Freundlichkeit zu Gehör bringt.

„Laß uns mal wieder einen Zug durch die Gemeinde machen. Du weißt ja schon gar nicht mehr, wie unsere Stammkneipen von innen aussehen. Fritz aus dem Café Matz hat schon unter den Gästen gesammelt, um einen Nachruf auf dich in die Badezeitung setzen zu lassen. "

Dabei stößt er mir freundschaftlich den Ellenbogen in die Seite.

„Ach ja - der gute Fritz - einmal so richtig mit ihm wieder alles aufwärmen. "

Mir scheint, ich habe ein bißchen zuviel Wehmut durch meine Worte klingen lassen.

„Von wegen, alles aufwärmen" - wieder spüre ich Heiners Ellbogen – *„ich hab eher an alles 'runter spülen gedacht. So richtig bis zum Abwinken. "*

Er soll seinen Willen haben, ich bin einverstanden damit, daß wir heute Abend auf Kneipentour gehen.

Bei Jonny, im ‚Matz', schlägt die Stimmung schon hohe Wellen, als wir uns durch die Rauchschwaden zum Tresen durchkämpfen.

Die meisten der jungen Leute, die hier verkehren, dürfen ja in ihren Quartieren und auf der Arbeitsstelle, nicht rauchen. Das wird bei Jonny dann alles nachgeholt. Auf Vorrat schmöken - sozusagen. Trinken natürlich auch.

Ich kann gar nicht so schnell schlucken, wie mir alle beim Spülen behilflich sein wollen. Von den meisten bekomme ich einen ausgegeben. Die noch vollen Gläser stehen vor mir auf der Theke schon Schlange. Was ich insgeheim befürchtet habe, tritt natürlich prompt ein.

Die ganze Clique hat noch nicht einmal richtig Gas gegeben, als ich schon bedudelt, und schlecht zufrieden bis zum geht nicht mehr, in meine Koje schleiche. Geschrieben habe ich heute Abend auch nicht - das liegt noch als ein dickes Zusatzgewicht auf meinem eierig kreiselnden Magen.

Gesprochen wird heute Morgen im Dienst nicht viel. Die lieben Kollegen sind alle erst gegen Ende der Nacht in ihre Betten gefallen, und dementsprechend unausgeruht. Ihre Bewegungen sind auch nicht ganz so graziös heute Morgen. Es ist nur gut, daß der Patron später kommt.

Heiner läßt als Krönung des Ganzen im Niedergang zum Magazin eine Palette mit dreißig Eiern die Kellertreppe hinuntersausen.

Damit er mir meinen verfrühten Abgang gestern Abend nicht noch mehr ankreidet, bin ich schnell mit Eimer und Wischtuch zur Stelle. Dankbarer kann ein Hund seinen Herrn auch nicht anblicken - denke ich, als ich Heiners Gesicht so von unten herauf betrachte.

Wahrscheinlich wäre ihm - beim Rühren in der Eierschmiere - all das wieder herausgeflogen, was er sich die ganze Nacht hindurch mühsam einverleibt hat. Jammerschade um das teure Gut - hätte man da nur sagen können.

Laut sage ich das natürlich nicht, denn dann wäre es vielleicht umgehend von oben auf mich hernieder geregnet.

Ein bißchen Schadenfreude gönne ich mir aber im Stillen - soll er ruhig seine Idee von gestern noch ein wenig auskosten. So eine daneben gegangene Witwer-Tröstung werden wir so schnell nicht wiederholen. Da bin ich mir ganz sicher.

Ich kann nicht umhin, Traudel ausführlich davon zu berichten. Wie ich aus ihrer Antwort herauslese, habe ich ihr damit einen Klecks Freude serviert. Das ist wenigstens ein positiver Aspekt.

Die Grundreinigung des Hotels, und das Herrichten für die anschließende Winterpause, haben wir gut überstanden.

Es geht auf die letzten Tage zu. Heute Mittag erlebe ich eine freudige Überraschung. Ein Brief ist für mich angekommen, von meinem väterlichen Freund Bernhard aus der Landeshauptstadt.

Er enthält ein Ticket für die Bundesbahn, von Norddeich Mole bis nach Hannover Hauptbahnhof. Mit allen guten Wünschen für die Reise versehen. Ein bißchen spinnt er wohl schon in seiner Güte, der liebe Bernhard - ich soll nämlich erster Klasse reisen.

Das darf ich niemandem erzählen, sonst gerate ich noch in schlechtes Licht, aber freuen tu ich mich schon auf die Fahrt in den Samtpolstern. Was wird das für ein Gefühl sein!

Gleich nach dem Kriege fuhren wir häufiger mit der Eisenbahn, war sie als ehemalige Werftbahn damals doch das einzige öffentliche Verkehrsmittel, welches unseren Vorort erreichte. Über eine Fahrt in der dritten, der Holzklasse, sind wir aber meist nie hinausgekommen

Die dritte Klasse hatte so ‚schöne' Holzbänke. Als die dritte Klasse dann abgeschafft wurde, war es für uns schon ein ungeheurer Luxus, die zweite Wagenklasse benutzen zu müssen.

Und jetzt habe ich eine Karte für eine Eisenbahnfahrt auf einem Sitzplatz erster Klasse in der Hand!

Norddeich Mole ist deswegen Endpunkt, weil wir als Inselbewohner für die Fährüberfahrt nur eine Mark entrichten müssen - im Bahntarif ist es natürlich um einiges teurer. An alles hat er gedacht - der liebe Bernhard - und als Reisegeld hat er für mich doch glatt noch einen Hundertmarkschein beigelegt. Einen solchen Schein hatte ich bis dahin noch nicht in der Hand halten können, geschweige denn, ihn als mein Eigen betrachten können.

Es ist soweit. Die letzten Gäste haben vor zwei Tagen das Haus verlassen. Die Türen sind für die nächsten Wochen verschlossen. In der hinter uns liegenden Woche waren es nur noch zwei Handvoll Menschlein, die durch den riesigen Kasten geisterten. Jetzt ist Ruhe eingekehrt.

Nur der Hausmeister schaut täglich nach dem Rechten - er hat aber sein Zuhause auf der gegenüberliegenden Straßenseite.

Der Nebel hat sich verzogen. Es wird ein klarer, kalter Tag in dieser Dezembermitte. Die Sonne hat schon ein Auge über den östlichen Himmelsrand geschoben - als wenn sie vorsichtig schaut, was wohl los ist auf unserer Insel. Die Besatzung der FRISIA III hat uns vorzeitig auf das Schiff gelassen. So bleibt uns im Hafen noch eine Stunde im warmen Salon, um Adieu zu sagen.

Seltsamerweise wird in der ganzen Runde nicht viel gesagt. Jeder hängt seinen Gedanken nach - der eine ist schon zu Hause, der andere befindet sich noch im Gestern.

Neun Uhr. Ein Ruck geht durch den Schiffsleib - die Schaufeln sind angelaufen. Langsam dreht sich der Raddampfer in die Fahrrinne hinein. Ganz gemächlich – so, als könne er sich nur mit Widerwillen von der Insel trennen.

Irgendwie hat dieses Fossil aus vergangener Epoche fast menschliche Züge. Mit jedem patschen der riesigen Schaufeln, in das Wasser der Nordsee, wird mir - und ganz bestimmt nicht bloß mir - das Herz ein wenig schwerer. Mit jeder Drehung der großen Räder entfernen wir uns ein Stückchen mehr von Norderney. Ich weiß - um genau dieses Stückchen komme ich mit jeder Drehung meiner Liebsten näher - aber ein bißchen Wehmut hängt doch hinterher.

Je kleiner der Sandhaufen achteraus wird, desto größer wird das Geschwafel an Bord. Alle fahren nach Hause - alle freuen sich riesig. Ich freue mich noch riesiger, und zwar nicht auf Zuhause - ich fahre mit Volldampf in das Glück, meiner Liebsten entgegen.

Auf Norddeich zweigen die ersten Kollegen ab, und verlieren sich im nahen Ostfriesland.

In Emden verlassen Heiner und ich die restlichen aufgekratzten Heimfahrer, und wechseln in den Zug nach Hamburg. Bis Bremen haben wir noch Zeit, und Gelegenheit, uns all das zu erzählen, was uns auf dem Herzen liegt. Es ist seltsam – aber das Schweigen überwiegt. Der großen Worte sind genug gesagt - habe ich mal irgendwo gelesen. Und genauso ist uns beiden wohl zumute.

In Bremen folgt ein wortloser Abschied – Heiner fährt weiter in Richtung Stade. Eine heftige Umarmung drückt unser Gefühl aus - und schon sitze ich allein im D-Zug in Richtung Leinestadt.

In Bremen bin ich in ein Abteil erster Klasse gewechselt, um wenigstens den letzten Teil der

Reise den Luxus auszukosten, der mir unverhofft zu teil geworden ist.

Jetzt kann ich die Minuten bis zum Wiedersehen zählen - und vor gar nicht so langer Zeit war es für mich noch unerreichbar weit.

Nach außen mache ich den Eindruck eines gestandenen Mannsbildes – ich wirke wie ein gefasster junger Mann.

In mir drin ist eher eine wackelige Puddingmasse, denn ich muß gestehen - meine fest geschmiedeten Vorstellungen schluckt der Nebel, der mir anscheinend von der Insel gefolgt ist.

Auf Deutsch gesagt: mir geht zunehmend der Hintern auf Grundeis. Heiner hätte es jetzt garantiert noch drastischer ausgedrückt. Mir reicht es völlig, wenn ich es mir mit diesen Worten eingestehen muß.

Der Zug fährt durch winterlich graue Vorstadt - Industrie. Es ist nicht die schönste Jahreszeit, um die Landeshauptstadt kennen zu lernen. Es ist mir aber auch eigentlich piepegal, ob Hannover grau, grün oder gar blau ist. Wichtig ist für mich bloß - es liegt nur fünfzehn Bahnminuten von Nienburg entfernt. Diese Tatsache vergoldet mir die Stadt.

Hannover Hbf - die ersten Schilder fliegen vorbei. Mit Pfeifen und Quietschen kommen die Räder des langen Zuges zum Stillstand. Unter der Kuppel der Bahnhofshalle fängt sich der Rauch, und der Wasserdampf, der mit Zischen und Fauchen aus dem Bauch der Lokomotive entweicht.

Es ist ein riesiges schwarzes Ungetüm aus der Nulleinser Baureihe. Allzu lange werden sie wohl nicht mehr die Waggons durch die Lande ziehen. Immer mehr Diesellokomotiven prägen schon das Bild der Bahnhöfe.

Die neuen Lokomotiven sehen aus wie Maschinen aus dem Baukasten - eckig, kantig, schlicht, einfach phantasielos. Einen qualmenden Schornstein, und eine Dampfpfeife besitzen sie auch nicht mehr.

Wovon sollen die kleinen Jungen in der Zukunft wohl träumen, wenn die wunderschönen schwarzen Dampfrösser gestorben sind.

Vom Hauptbahnhof in die Sundernstrasse sind es bloß ein paar Haltestellen mit der Straßenbahn. Echte Freude steht in Bernhards Augen, als er mir die Tür öffnet. Bei seiner Frau und seiner Tochter hält sich die Begeisterung über den Jungmänner-besuch aus dem Norden spürbar in Grenzen. Nicht alles was Bernhard macht, findet in den Augen seiner Frauen ungeteilte Zustimmung. Dies und noch einiges mehr vertraut er mir beim Bummel über den Kröpke an.

Ich will auf dem Fußboden seines Familienlebens keine Heftzwecken ausstreuen, und mache mich am nächsten Morgen wieder auf die Socken.

Ich bin gar nicht so unfroh darüber, denn auf mich wartet ja etwas Besonderes.

Um die Mittagszeit verlasse ich in Nienburg den Zug. Mein leichtes Reisegepäck findet schnell Platz in einem Schließfach in der Bahnhofshalle.

Ich muß ohne Last erst einmal mir unbekanntes Land erkunden. Traudel hat in ihren vielen Briefen Nienburg so plastisch und eingehend geschildert, daß das Städtchen mir wie eine alte Bekannte vorkommt.

Zuvorderst zieht es mich natürlich in die Alpheide, der Wohnadresse meiner Liebsten. Ich weiß zwar aus den Schilderungen, daß es am Rande der Stadt ist, dieses Abseits habe ich aber nicht erwartet.

Nach den letzten Häusern der Siedlung geht es noch gut einen Kilometer in den Wald hinein. Ich finde ein einzelnes Haus am Waldrand - fünfzig Meter vom Wege gelegen - das ist Napoleons Burg.

Das ist gerade die richtige Umgebung für einen religiösen Eiferer, wie Napoleon einer ist.

Es fehlt nur noch das Kreuz auf dem Dach des Hauses, dann könnte es eine Kapelle in den sibirischen Weiten sein - geht mir so beim Anblick des verwunschenen Häuschens durch den Sinn.

Ich kann nur aus der weiteren Nähe ein wenig Witterung aufnehmen - das Terrain zu sondieren, das muß ich mir verkneifen.

Bei dieser Einzellage, und dem weiten Schußfeld wird jeder, der sich dem Zaun nähert, schon von weitem gesichtet. So kann ich bloß einen großen Bogen schlagen, und mich wieder dichter bewohntem Gebiet zuwenden.

In der Leinetal – Klause an der Bundesstrasse macht man mir etwas zu essen. Eine Kleinigkeit muß ich

meinem Magen nämlich zur Beruhigung anbieten. Es sitzt ein lustiges Völkchen in der Gaststube beieinander, zu denen ich mich ein Weilchen hinzugeselle.
Ein Stück die Straße hinunter ist das Winterlager einer Schaustellertruppe. Sie alle gehören noch zum fahrenden Volk. Da wir wohl seelenverwandt sind, kommen wir schnell ins Gespräch.
Die Zeit verfliegt. Bevor ich aufbreche, um meinen Schatz von der Arbeitsstelle abzuholen, miete ich mich noch vorsorglich beim Wirt ein. Irgendwo muß ich ja die folgende Nacht verbringen.
Die nächsten Stunden halten sich noch im Dunkel der Ungewißheit verborgen. Es ist siebzehn Uhr geworden. In der Näherei ganz in der Nähe, in der Edeltraud arbeitet, ist Arbeitsende.
Bevor sie ihr Fahrrad besteigt, mache ich sie leise auf mich aufmerksam. Damit mein Schatz nicht vor Schreck vom Rad fällt. Sie erschrickt trotzdem, aber nicht sie, sondern ihr Fahrrad kippt aus den Pantinen, weil sie es einfach loslässt.
Wie vom Blitz getroffen, steht sie minutenlang an einem Fleck.
Ich warte bis sie wieder fähig ist, sich zu rühren, obwohl es mir äußerst schwer fällt.
Mit einem Schrei - der ihr sicher schon tagelang in der Kehle saß - fliegt sie auf mich zu.
Sagen - sagen können wir beide eine Weile nichts. Mir ist, als wenn ich einen dicken Tampen um den Hals habe. Und Edeltraud? Edeltraud würde sich

bestimmt an ihren Tränen verschlucken – würde sie jetzt versuchen zu reden.

Unsere Zeit ist kurz bemessen. Weil sie mit mir zu Fuß geht, während ich ihr Fahrrad schiebe, kommt sie eh' schon zu spät nach Hause. Irgendwie muß sie es ihrem Vater dann auch noch erklären.

„Morgen früh um sechs komme ich aus dem Haus." Mit diesen Worten entwindet sie sich mir, und verschwindet in der Dunkelheit.

Ich werde mich heute Abend nicht waschen, um mit den Spuren ihrer Küsse schlafen gehen zu können.

In meinem Pensionsbett haben wohl schon die alten Römer während ihrer Feldzüge gegen die Cherusker genächtigt - so groß und ausgelegen ist die Kuhle in der Mitte der Matratze.

Meinem Schlaf tut es aber keinen Abbruch. In der Hochstimmung, in der ich mich befinde, würde ich auch genauso gut auf Pfählen ruhen. Der Lärm, der aus der Gaststätte unter mir, noch lange zu mir herauf klingt, begleitet mich in den Schlaf.

Um fünf Uhr zigeunere ich schon wieder durch den Nienburger Morgen. Unter meinen Füßen knirscht der harsche Schnee. Jetzt wären feste Winterschuhe angebracht – nur habe ich leider keine im Gepäck. Nur gut, daß ich meinen dicken Tuchmantel nicht auf der Insel gelassen habe. Auch wenn er nicht sehr lang ist, wärmt er mich wie eine Pferdedecke.

Von der Waldstraße aus sehe ich um Punkt sechs

eine helle Lichtbahn die kalte Nachtluft zerschneiden. Mein Schatz verläßt das Haus, und macht sich auf den Weg in die Fabrik.

Auf meinen leisen Flötenton hin steigt sie vom Fahrrad - oder besser sie springt von ihrem Drahtesel, und fliegt in meine Arme.

Ihr Körper zittert förmlich eine Symphonie von Bewegungen.

„Nein, nein - kalt ist mir nicht" - wehrt sie ab, als ich ihr meinen Mantel umhängen will.

„Ich bin nur so glücklich - ich kann dir gar nicht sagen, wie glücklich ich darüber bin, daß du hier bei mir bist."

Es fällt mir schwer, sie loszulassen.

„Wir können hier nicht ewig stehen bleiben - mein Schatz. Um halb sieben geht mein Vater aus dem Haus. Ich möchte noch ein klein wenig leben - mit dir!"

Die letzten Worte fügt sie fast unhörbar hinzu.

„Jetzt gehen wir erst einmal in meine Firma. Ich arbeite heute nicht. Für mich ist einfach schon Weihnachten. Keine Bange" - kommt sie meiner Frage zuvor – *„die Meisterin weiß von uns. Sie kann meinen Vater nicht so gut leiden. Ich denke er weiß es, aber es kümmert ihn nicht."*

Vor der Bekleidungsnäherei brauche ich bloß einen Moment zu warten, und schon ist mein Schatz mir wieder in die Arme gewirbelt. Das Fahrrad bleibt vor dem Gebäude zurück, damit Napoleon keinen Verdacht schöpft. Wenn er, auf dem Weg in die Stadt, vorbeifährt.

Meine Liebste hat ganz einfach, und wie selbstverständlich, die Regie übernommen.

„Ich habe in den letzten Tagen einiges vorbereitet." Verrät sie mir. Sie verrät mir aber nicht was. Die Nacht führt ja noch das Regiment. Zielsicher geht unser Weg durch die Dunkelheit - mal hierhin, mal dorthin. Alleine würde ich nicht wieder zurückfinden. Zumindest nicht ohne das Licht des Tages.

Ein ganzes Stück Wegs sind die Häuser hinter uns geblieben.

Der Wald wird dichter - und plötzlich - wie vom Himmel gefallen, steht auf eimer kleinen Lichtung eine Hütte vor uns. Mein Schatz drückt mir etwas Hartes in die Hand. Es ist ein Schlüssel! So muß der Schlüssel zum Himmelstor aussehen. Fragen kann ich nichts - sagen kann ich nichts! Ich muß wohl wie der berühmte Ochse dastehen, dessen Stall ein neues Tor bekommen hat.

„Nun schließ schon auf - ich bekomme kalte Füße. Und alles andere friert sonst womöglich auch noch ein."

Unmissverständlich macht Traudel mir klar, worauf sie wartet, und was sie - genau wie ich - scheinbar seit Ewigkeiten entbehrt hat.

Das Ziel so dicht vor Augen, hat es mir tatsächlich das Gehirn vernebelt. Mein Herz muß mich nochmals anstoßen, um die Watte aus meinem Kopf zu schütteln. Vor Aufgeregtheit finde ich das Schlüsselloch nicht gleich - na endlich!

Drinnen falle ich in die nächste Überraschung. Ein Tisch, zwei Sessel, eine Anrichte mit Geschirr, ein offener Kamin an der Giebelwand und - oh Wunder - ein Bett! Mit schlafwandlerischer Sicherheit hat mein Schatz eine der Petroleumlampen entzündet. Warmes Licht breitet sich in der Hütte aus, obwohl es auch hier drinnen noch bitterkalt ist. Aber nicht mehr lange ist es so. Mit dem nächsten Zündholz setzt meine Zauberfee das Holz im Kamin in Brand.

„Waren die Heinzelmännchen hier", frage ich ganz leise. Mein Engel lacht – *„nein, aber meine Schwester. Diese Hütte hier gehört dem staatlichen Forstamt. "*

Mit der Aussage kann ich absolut nichts anfangen - Teufel nochmal - mein Schatz läßt mich ganz schön zappeln.

„Der Schwiegervater meiner Schwester ist hier der Förster. "

Spitzbübisch schaut sie mich an: *„Na mein Großer - hat deine kleine Frau nicht ordentlich Courage? "*

Ich kann ihr nur beipflichten - und im Stillen denke ich: *‚Könntest du mir nur ein kleines Stückchen davon abgeben. Ich wäre auch so gern mal kein Hasenfuß.'*

Das Holz knastert und knistert im Kamin - allein die Melodie der brennenden Holzscheite ist schon eine Wohltat.

„So - jetzt mache ich uns erst einmal einen Tee!"
Ich falle von einem Staunen ins andere. Woher hat
Traude Thiele Tee? *„Guck nicht so"* - stubbst sie
mich an. *„Den hat Oma Lüders mir geschickt. Für
dich, für mich - und für sich - damit wir hin und
wieder an sie denken. Auch mal, wenn wir uns lieben, und das, das habe ich ihr fest versprochen. "*
Während sie das sagt, können wir beide nicht mehr
schauen - die Tränen verhängen unsere Augen mit
dem Schleier der Wehmut.

Ach - Oma Lüders! Warum bist du soweit weg, und
nicht nebenan in der Kammer. Du warst für uns
immer ein großer, starker Schild. Hinter dem sich
unsere kleinen Seelen so wunderbar geborgen fühlen
konnten.

Eine Weile herrscht Stille in der langsam warm
werdenden Hütte. Einzig unsere Hände sprechen
schon eine beredte Sprache. Sie wandern mit zärtlich
tastenden Bewegungen - sie sind auf der Suche nach
entgangenem Glück.
In meinem Kopf klingt es, wie wenn in einem
Opernhaus ein großes Orchester sich einspielt.
Verhalten auf die feinen Töne horchend, als sei man
sich seiner Sache noch nicht ganz sicher - der
Sekunde entgegen fiebernd, in der der Meister den
Stab hebt. Genauso überrascht es uns. In unserem

Denken wohl wissend was da kommt, doch immer aufs Neue von der Heftigkeit überwältigt.

Wie das Feuer im Kamin die frisch aufgelegten Holzscheite mit seiner Glut verschlingt, löschen die hoch auflodernden Flammen unseres Begehrens alles um uns herum aus. Für eine Zeit ohne Maß vergessen wir die schwarzen Schatten, und die drohenden Gesichter, die uns - ach so gut - behüten. Ich muß die endlosen Tiefen und die himmelhohen Spitzen der Liebe neu entdecken.

Erschöpft und eng umschlungen liegen wir auf der schmalen Liege.

Durch die kleinen Fensteröffnungen graut der kalte Wintermorgen. Er kann uns in unserem Paradies nicht schrecken. In die watteweiche Stille tastet sich die leise Stimme meiner Liebsten.

„Weißt du ..." Ein glühend heißer Pfeil saust mir durch Kopf und Herz. Immer wenn Menschen, die mir nahe sind, mit *„Weißt du ..."* beginnen, dann folgt etwas was sie sehr bewegt. Ein heftiges Zittern zeugt von Traudels innerer Erregung.

„Wie gern hätte ich dir im Frühjahr unsere Tochter in die Arme gelegt. Ende April wäre sie zur Welt gekommen."

Aus ihren Augen bricht ein Sturzbach von Tränen hervor.

„Der liebe Gott wird sie für uns behüten."

Ich versuche verzweifelt, ihr fallendes Herz aufzufangen. Ihre Stimme weigert sich weiter zu sprechen

- ihr Körper ist ganz starr und kalt - als wenn eine knöcherne Hand sie berührt hat.

„Wir müssen sie in unserer letzten Nacht auf der Insel gezeugt haben. Ich habe gefühlt, daß es passierte .... weil ich es mir so sehr gewünscht habe."

Nur langsam löst sie sich aus diesem schrecklichen Bild.

„Mein Vater hat sich auch mit deiner Mutter getroffen - sie hat ihn wohl noch bestärkt in seinem Treiben. Ich hab' nächtelang geweint.

Schreiben konnte ich dir davon nicht - es wäre nur ein riesengroßer Tintenklecks geworden. Meine Schwester hat es Oma Lüders geschrieben - sie konnte dieses Unrecht nicht für sich behalten.

Zu Gott gefleht habe ich - Oma Marthe möge dir nichts davon erzählen."

Wie ein glühendheißer, eisigkalter Hauch weht ihre dünne Stimme in mein Ohr, und hängt ihre spröden Worte wie Winterschleier in meinem Kopf auf.

Wenn ich jetzt etwas sage, zerspringt alles in mir in tausend Stücke.

Erzählt hat Oma Lüders mir nichts davon, aber wie Schuppen fällt es mir von den Augen.

Die Vehemenz, mit der sie unserer Männerbegeisterung widersprochen hat, als es um das Vater- bzw. Mutterwerden ging, bekommt schlagartig eine andere Farbe.

Jetzt erkenne ich, das war nicht ihre Überzeugung,

das war ihr verzweifelter Versuch, mir etwas mitzuteilen was sie mir nicht sagen durfte.

Irgendetwas breitet sich in mir aus. Es ist eine unglückliche Mischung aus Hilflosigkeit, und dem bitteren Geschmack von Wut.

Hilflosigkeit, aus dem Wissen heraus, nichts tun zu können, und unbändige Wut auf ihren Vater, und meine Mutter. Ich merke, wie Haß in mir anfängt zu keimen.

Haß auf Edeltrauds Vater, den selbstgerechten Heuchler, und Haß auf meine Mutter, die eifersüchtig auf alles Weibliche in meiner Nähe egoistisch all das zerstörte, was sie vorgab zu lieben.

Es scheint mir so, als ob Satan selbst seine Hand im Spiele hat.

Ich kann meinen Schatz nur mit zarten Liebkosungen aus der Kälte zurückholen, in der sie gefangen ist.

Wie sehr liebe ich sie jetzt noch mehr - diese gepeinigte, geschundene Seele. Die nächste Stunde benötigen wir, um uns gegenseitig zu trösten.

Unsere gegenseitigen Berührungen sind wie die Farben eines strahlenden Regenbogens, der uns vor der bösen Welt schützt. In mir drin ist jedoch eine seltsame Leere.

Eng umschlungen machen wir uns nach Stunden auf den Weg. In der Hoffnung, in der Leinetal - Klause noch eine Kleinigkeit zum essen zu bekommen.

Die Wirtin enttäuscht uns nicht, und macht uns noch einen herzhaften Imbiss, obwohl die Küche schon geschlossen ist. Sie kennt Edeltraud durch ihre Schwester, und sagt vielleicht aus dem Grunde nicht nein.

Die ausgelassene Stimmung in dem Krug bunkert unsere Gedanken ein. Die lustigen Schausteller sind wieder zugange. Im Privatleben sind sie nicht viel anders als auf den Jahrmärkten in ihrer Profession. Edeltraud stößt mich an: *„Ich muß nach Hause - gleich ist in der Firma Feierabend.“*

Es widerstrebt mir innerlich, dem Vater zu Willen zu sein - aber Widerspruch ist ausgeschlossen.

Nachdem wir ihr Fahrrad vom Betrieb geholt haben, begleite ich sie bis in Sichtweite des Elternhauses. Um diese Zeit steht es fast unsichtbar zwischen den dunklen Bäumen – die Umrisse sind verwischt mit der Silhouette des Waldes.

Ein gelbes Licht in einem Fenster, und weißer kräuselnder Rauch über den Baumspitzen verraten, daß da auch noch etwas anderes ist als nur schweigender Wald.

Die Trennung fällt uns unheimlich schwer. Auch wenn sie nur einige Stunden währen soll - wie wir uns vorgenommen haben.

Wir haben verabredet, die Nacht gemeinsam in ihrer Kammer zu verbringen. Die Eltern schlafen unten - nach hinten hinaus. Die Kinder haben oben ihre

Zimmer. Mein Schatz schaut nach vorne auf den Waldweg, wenn sie aus dem Fenster blickt. Diese Tatsache kommt uns natürlich sehr gelegen.

Nachdem die Eltern zu Bett gegangen sind - diese Zeit ist von Napoleon genau festgelegt - soll mein Weg über den Vorbau des Wohnzimmers, durchs Fenster, in ihre Kammer führen. Die Wege ins Paradies sind nun einmal nicht alle eben und gepflastert.

Als Traudel ihr Rad besteigt, und dem Hause zustrebt, nimmt sie einen Teil von mir mit. Bis heute abend!

Ich kann mich nicht weit vom Hause entfernen. Zweihundert Schritte den Weg hinauf - zweihundert Schritte den Weg herunter. Bei jedem Licht, daß in der Ferne aufleuchtet, schlage ich mich in die Büsche.

Napoleon kommt irgendwann von der Arbeit, und ich möchte ihm nicht unbedingt in die Arme laufen. Er kennt mich ja von seiner Visite auf Norderney.

Zeit kann sich unendlich in die Länge ziehen - obwohl Eiszapfen nicht streckbar sind. Sollte man meinen.

Zehn Glimmstengel haben sich in der Zwischenzeit gequalmt - davon wird mir aber auch nicht wärmer.

Das Häuschen hat sich schon eine geraume Zeit in das Dunkel der Nacht verkrochen.

Endlich - nach einer Ewigkeit wie mir scheint - leuchtet am oberen Fenster der flackernde Schein einer Kerze auf. Es ist das vereinbarte Signal für meine Kletterpartie. Auf leisen Sohlen schleiche ich mich an das Haus heran. Wie ein Tiger, der seine Beute nicht verschrecken will.

Wenn mich bei Licht jemand aufgefordert hätte, das Dach zu erklimmen, wäre ich sicher nicht dazu in der Lage gewesen. Wie gut, daß die Liebe Flügel verleiht. Mein Schatz steht am offenen Fenster, und erwartet mich.

Wie sie so da steht - in ihrem durchsichtigen Nachthemd - denke ich, ein Engel ist mir erschienen.

Mit dem Oberkörper habe ich das Vordach schon belegt - mein Verlangen kann die Liebe schon riechen, da ertönt an der Rückseite des Hauses Hundegebell.

Gleichzeitig höre ich eine barsche Männerstimme. Den Ton kenne ich. Seit der Parade auf Norderney ist er mir nicht mehr aus dem Kopf gegangen.

Als mein Engel ein erschrockenes „*Mein Vater*" ausstößt, sause ich auch schon wie ein geölter Blitz durch den Garten. Zehn Meter Distanz ist zwischen mir und den Hunden.

Bevor ich mir selber auf die Zunge trete, bietet mir ein Hochspannungsmast seine Hilfe an. Irgendein gütiger Gott hat ihn mitten in die Geographie gesetzt. In fünf Meter Höhe kommen meine Glieder zum Stillstand. Emil Zatopek würde mir wohl anerkennend auf die Schultern klopfen.

Die Hunde streichen um den Gittermast herum. Ich

kann sie bloß schemenhaft wahrnehmen. Ihr Hecheln weht um meine Ohren.

Nach einigen Minuten erscheint Napoleon als siegreicher Feldherr auf dem Schlachtfeld.

Die Hoffnung, meinen Hochsitz verlassen zu können, weil er die Hunde ins Haus holt, ist in dem Augenblick dahin, als Napoleon die Hunde am Fuß des Mastes anleint.

Er hat mich während der Aktion keines Blickes gewürdigt. Eine böse Ahnung keimt in mir, und wird ganz schnell zur Gewißheit.

Edeltrauds Vater entfernt sich - und die Nacht wird zur Bühne. Ich bin Gefangener und gleichzeitig unfreiwilliger Zuschauer.

Am Hause entfaltet er anschließend eine rege Tätigkeit. An etlichen Stellen flammen Petroleumlampen auf.

Im Schuppen rumort es. Eine lange Leiter wird durch das Gelände getragen, und ans Haus angelegt. Im zweiten Akt sieht man den Akteur Bretter durch das Dunkel tragen.

Oben auf der Leiter stehend, wird ein hölzernes Kreuz von ihm vor das Fenster meines Begehrens genagelt.

Von markigen Sprüchen begleitet, vollbringt er sein Werk. Wieviel Freude darüber, daß ich alles mit ansehen muß, durchströmt wohl seine schwarze Seele.

Nach vollbrachter Tat schluckt ihn das Dunkel der

Nacht. Das letzte Geräusch kommt von einer, ins Schloß fallenden, Tür.

Ein Windlicht erhellt schwach den Giebel des Hauses - besonders das kreuzweise vernagelte Fenster. Wohl um den Teufel fern zuhalten, den er im Gittermast gefangen hält.

Es ist recht ungemütlich, in so einem Geviert aus winkeligem Eisen - noch zudem bei 15 Grad unter dem Gefrierpunkt.

Still sitzen, und vor mich hin dösend die Nacht abreiten, ist nicht drin. Die klirrenden Waffen des Frostes hindern mich daran. Ein kleines Glück ist mein dicker Mantel - aber nur ein Kleines. Wärmt er mich oben, werden die Füße zu Eisklumpen - wärmt er mich unten, drohen mir die Ohren abzubrechen.

Es hilft nur Bewegung – jeweils drei Meter im Karree durch die Streben klettern. Nach jeder zehnten Runde muß ich pausieren, um die steifen Hände in der Wärme meiner Achselhölen zu neuem Leben zu erwecken.

Während der kurzen Ruhepausen verschnaufen auch die Hunde. Sobald ich mich bewege, knurren auch sie sich warm.

Als der Zeiger der Uhr in den neuen Tag wechselt, schaut der Mond für ein paar Atemzüge nach dem Rechten. Daß es für mich ein Trost ist, den Mond am Himmel zu sehen, kann ich nicht sagen. Aber er gewährt mir minutenlang Ausblick auf einen grandiosen Winterwald. Wie gerne hätte ich ein

Fenster zwischen mir und diesem Kalenderbild.

Die ersten zweihundert Runden im Mast habe ich noch gezählt - irgendwann sind mir dann die Zahlen abhanden gekommen.

Verflixt - wer hält mir denn Feuer unter die Füße? Ich schrecke hoch. Ich bin doch tatsächlich während einer Ruhepause eingenickt.

Väterchen Frost macht sich an meinen Füßen zu schaffen - der Halunke. Das darf mir aber nicht noch einmal passieren.

In den nächsten Pausen singe ich mit tonloser Stimme alle Lieder, die mir in den Sinn kommen.

Jegliches Zeitgefühl habe ich schon verloren, als mich von der Waldstrasse her eine Stimme anspricht.

Es ist der Nachbar auf dem Wege zur Arbeit. Zu meinem Glück arbeitet er auf der nahen Molkerei. Seine Schicht beginnt um fünf Uhr.

Durch die Hunde ist er auf mich aufmerksam geworden. Er läßt sein Fahrrad am Wege liegen und kommt zu mir her.

Die Hunde begrüßen ihn mit einem freudigen Winseln. Ich berichte in kurzen Worten von meinem Geschick. Lacht er? Das möchte ich ihm nicht raten.

Na, denn komm' man da herunter. Da hat der alte Giftzwerg dir einen schönen Streich gespielt. Die beiden hier wissen gar nicht was beißen ist.

Die wären dir sicherlich gern für die Nacht ein Wärmespender gewesen.

Mit steifen Gelenken klettere ich aus meinem

Nachtquartier.

Der gute Nachbar bietet mir noch eine Zigarette an, und rät mir zu einem warmen Bett. Bevor er sich wieder aufmacht, reicht er mir noch einen Becher Muckefuck aus seiner Trinkensflasche.

Ich hab' bis hier nicht gewußt, daß Muckefuck ein Lebenselixier ist.

Der mitfühlende Nachbar hat gut reden - warmes Bett. Bis mein Schatz zur Arbeit fährt muß ich noch ausharren.

Wenn mich jetzt jemand sehen könnte. Mit Springen und Hampeln und Tanzen versuche ich mich wieder auf 37 Grad zu bringen. Der Zeiger meiner Uhr läßt die sechs hinter sich - nichts regt sich im Hause. Vom Mast her höre ich bloß die Hunde Laut geben. Sie begehren befreit zu werden, nach dieser Nacht am Mast.

Es ist wieder still - unheimlich still nach meiner langen Wanderung im klirrenden Eisen. Einzig an den gläsernen Köpfen der Hochspannungsleitung über mir sprühen die Funken in der eisigen Luft.

Als der kleine Zeiger die sieben überlaufen hat, liegt immer noch alles wie tot.

Tot ist auch meine Hoffnung, Traudel an diesem Morgen in die Arme schließen zu können. Ich muß mich jetzt doch irgendwo verkriechen, um meine Wunden zu lecken.

Nur gut, daß ich in der Klause für drei Tage eingemietet habe. Die Bettkuhle ist für mich wie ein

Zufluchtsort. Der Schlaf geht zwar in gehörigem Abstand an mir vorbei, aber ich werde so langsam wieder warm.

Gegen Mittag hält mich nichts mehr - auch nicht die lustigen Späße der fahrenden Leute. In weiten Kreisen schleiche ich um das Haus am Waldrand. Es liegt da, als wenn es ausgestorben ist.
Ich entdecke kein Lebenszeichen. Einzig der Kamin tut kund, daß im Hause Wärme ist.
Wie gebannt bleibt mein Blick immer wieder an dem kreuzweise zugenagelten Fenster hängen. Selbst wenn ich die Augen schließe, sehe ich die gekreuzten Bretter.
Ich weiß nicht wie viele Stunden und Tage ich in diesem kleinen Stück Nienburg herumvagabundiere. Weil mein Geld aufgebraucht ist, steht mir auch keine Schlafstelle mehr zur Verfügung.
Die Schausteller haben mir in ihrem Winterquartier einen Platz für die bitterkalten Nächte eingeräumt, und teilen mit mir das Wenige was sie haben.
In ihrer Gegenwart ist mitfühlen das einzige was ich spüre. Keiner macht mir Vorhaltungen, oder stellt mir Fragen - auf die ich sowieso keine Antwort wüßte.
Irgendwann taucht eine Gruppe von Menschen in der Wagenburg auf. Es ist meine Mutter, mit ihrem Partner und zwei Schupos im Schlepptau. Sie haben meine Spur aufgenommen, und mich gefunden.

Es geschah nur aus Sorge, um mich und mein Wohlergehen - bekomme ich zu hören. Immer und immer
wieder. Und ständig die Ergänzung: Wir haben dafür
gesorgt, daß ihr euch nicht mehr seht! Niemand redet
von dem, was sie uns genommen haben, als wenn es
kein keimendes Leben gegeben hätte.
Mörder!!! schreit es in mir. Mörder!
In dem Mietwagen, der das Haus meiner Kindheit
ansteuert, hockt neben meiner Mutter ein Eisklotz -
der nur so aussieht wie ich.
Ich bin mit den gekreuzten Brettern ans Fenster
meiner Liebe genagelt ....

... die folgenden Jahrzehnte meines Lebens haben
mich durch Tiefen und über Höhen geführt - haben
mir Vieles in vielen Bildern gemalt - doch niemand
hat mich in Nienburg vom Kreuz genommen . . .

Nachwort . . .
19. September 2002 - mittags zwölf Uhr.

Heute morgen habe ich jemand zum Flughafen
Hannover gebracht, zum Urlaubsflieger. Ich muß
zurück nach Hause. Hund und Katzen warten auf
mich. In gut zwei Stunden will ich wieder zu Hause
sein. Doch irgendjemand hat wohl etwas dagegen.
Statt nach Hause, bestimmt ein anderes Wort mein
Denken. Ich denke nur noch Nienburg. Seitdem ich

unsere Geschichte in dieses Büchlein gelegt habe, sind viele Versuche, Edeltraud ausfindig zu machen, im Sande verlaufen. Eine Barrikade ist hier in Hannover plötzlich in mir errichtet worden - ich kann nicht direkt nach Hause - ich muß den Weg über Nienburg nehmen. Den Weg, den ich vierzig Jahre zuvor auch von hier gegangen bin. In Nienburg hat sich vieles drastisch verändert. Ich muß mir aus den Teilen der Erinnerung erst ein neues Bild machen. Unsichtbare Hände führen mich in fremde Häuser - zu Menschen, denen ich nie zuvor begegnet bin. Von denen mich aber jeder ein Stück des Weges führt - ein Stück des Weges zu dem Haus, zu dem Fenster, an das seit über vierzig Jahren ein Teil von mir genagelt ist. Innerhalb einer Stunde habe ich es gefunden. Ich kann das andere Ende des zerrissenen Bandes sehen - von der Hoffnung erfüllt, es irgendwann ergreifen zu können, fahre ich nach Hause . . .

22. September 2002 - zehn Uhr vormittags

Drei Zittertage liegen hinter mir - ich muß in Braunschweig bei Edeltrauds Schwägerin anklingeln - ich muß wissen, ob ich hoffen kann. Wählen - warten - besetzt. Bevor ich Minuten später erneut einen Versuch starten kann, fährt mir das Läuten des Telefons in die Glieder. Der erste Ton ist noch gar nicht ganz aus dem Apparat, habe ich den Hörer am

Ohr. Ewald Eden, Moin - kann ich noch sagen - und dann habe ich keine Stimme mehr. „Hier ist Edeltraud" - diese drei Worte hüllen mich in rosarotes Licht - lassen alles um mich her verschwinden - und schnüren mir die Kehle zu. Nach einer Minute läuft leise fragend hinterher: „bist du noch da?" Und ob ich noch da bin. Nur die vierzig Jahre - die sind aus der Zeit getilgt. Bei mir und bei ihr. Zwei Stunden am Telefon haben ganz viele Bilder dieser Zeit schon wieder zusammengefügt. Wir hoffen beide, die Wunden endgültig schließen zu können - ohne jemand anderen dadurch zu verletzen.